TABATHA VARGO

Na Medida Certa

Traduzido por Clarissa Growoski

1ª Edição

2023

Direção Editorial: Anastacia Cabo
Tradução: Clarissa Growoski
Revisão Final: Equipe The Gift Box
Arte de Capa: Bianca Santana
Preparação de texto e diagramação: Carol Dias

Copyright © Tabatha Vargo, 2013
Copyright © The Gift Box, 2023

Todos os direitos reservados. Nenhuma parte do conteúdo desse livro poderá ser reproduzida em qualquer meio ou forma – impresso, digital, áudio ou visual – sem a expressa autorização da editora sob penas criminais e ações civis.

Esta é uma obra de ficção. Nomes, personagens, lugares e acontecimentos descritos são produtos da imaginação da autora. Qualquer semelhança com nomes, datas ou acontecimentos reais é mera coincidência.

Este livro segue as regras da Nova Ortografia da Língua Portuguesa.

CIP-BRASIL. CATALOGAÇÃO NA PUBLICAÇÃO

V297n

Vargo, Tabatha
  Na Medida Certa / Tabatha Vargo ; tradução Clarissa Growoski. - 1. ed. - Rio de Janeiro : The Gift Box, 2023.
  220 p. (Crônicas sob medida ; 1)

  Tradução de: On the plus side
  ISBN 978-65-5636-255-7

  1. Romance americano. I. Growoski, Clarissa. II. Título. III. Série.

CDD: 813
CDU: 82-31(73)

Para Matthew, obrigada por fazer eu me sentir bonita todos os dias nos últimos onze anos... mesmo quando estou usando a calça de pijama feia de poodle. Eu te amo demais!

Um

DEVIN MICHAELS

— Mas, Dev, ele me bateu primeiro... mais ou menos — Jenny disse ao me entregar uma chave de catraca. Eu estava embaixo do carro, é claro. O espaço sob o capô de um veículo era minha segunda casa.

— Não é culpa minha se ele não protegeu as bolas. Você *sempre* protege as bolas. Até eu sei disso, e eu sou menina. — Ela roía as unhas enquanto falava. Pude deduzir por causa da voz abafada.

— Isso é discutível. Eu e meu pai não temos mais tanta certeza. — Dei uma risadinha e ela chutou meu pé que estava para fora. — E tem mais, você poderia, por favor, *não* falar sobre bolas comigo? Tenho quase certeza de que existe uma regra sobre irmãs mais novas dizerem a palavra "bolas" perto do irmão. Se não existir, vamos instituir essa regra agora mesmo. — Soltei o óleo velho do motor.

O óleo espirrou na minha camisa coberta de graxa. Peguei o trapo do bolso de trás e limpei as mãos para poder segurar melhor a catraca.

— Imagino que a nova regra também se aplique à palavra pau? — Ela riu.

— Sim! — exclamei, um pouco alto demais. — *Essa* palavra é estritamente proibida.

— Não seja um babaca, Dev — ela disse, passando para mim um novo filtro de óleo por baixo do carro.

— Cuidado com a boca, Jenny. Você podia pelo menos tentar ser uma dama? Damas não chutam as bolas dos meninos quando ganham um jogo de Halo. Se eu fosse ele, também ficaria puto. Você precisa ligar pra ele e se desculpar. Josh é seu melhor amigo há muito tempo. Não vai deixar um jogo estúpido estragar isso.

— Em primeiro lugar, ele *não* ganhou, e em segundo lugar, fui criada por dois caras. Tenho certeza de que perdi a chance de ser uma dama quando tinha nove anos. — Ela abriu uma lata de refrigerante e suspirou. — Enfim, acho que mais tarde vou tentar compensá-lo com umas balinhas de goma em formato de vermes e pedir desculpas. Ele é tão criança. São só bolas. Ele me bateu no peito uma vez e você não me ouviu reclamando e chorando por aí — reclamou, saiu da oficina e foi em direção à porta dos fundos da casa.

— Você disse bolas de novo! — gritei, de baixo do carro.

Não consegui ouvir a resposta por causa da batida da porta.

Terminei de trocar o óleo e trabalhei em um arranhão que fiz no carro quando fui a mercearia. Pobre Lucy, minha Chevy Camaro 69, não levou a melhor contra o carrinho de supermercado rebelde.

O carro foi presente do meu pai. Quando o ganhei, era só uma lata velha, o motor nem dava partida. Meu pai não é muito de presentes, mas ser mecânico tem suas vantagens de vez em quando. Quando um cliente não conseguiu pagar pela nova transmissão que meu pai colocou em sua caminhonete, em vez de fazer o pagamento em dinheiro, o cara ofereceu a Lucy, e então eu a ganhei. Para mim, ela vale cada minuto que investimos na caminhonete caindo aos pedaços daquele homem. Meu pai pode não concordar comigo, mas posso dizer que fiquei com a melhor parte daquele negócio.

Lucy era o epítome da beleza. Hoje em dia, você não conseguiria comprar a personalidade que um carro antigo tinha, e Lucy tinha personalidade. Preferia ficar lá fora isolado na oficina com ela a estar em qualquer outro lugar do mundo. Passaria horas mexendo em meu carro e gastaria cada centavo nele — se tivesse algum centavo.

Com a minha idade, eu deveria ter uma mulher estável na vida, mas carros eram melhores que mulheres. Eram lindos, potentes, e ronronam quando você mexe com eles. Faziam tudo isso sem o compromisso obrigatório que as mulheres exigiam.

— Devin! Vai ficar na oficina embaixo desse carro o dia todo? Preciso que você entre um minuto, garoto! — meu pai gritou da porta dos fundos da casa.

— Já vou! — gritei de volta. — Será que algum dia esse homem vai me dar sossego? — suspirei para mim mesmo.

Não seria tão ruim se eu realmente ganhasse um dinheiro trabalhando na oficina com meu pai. Mas como recebo um salário ruim, o mínimo que ele poderia fazer é me dar cinco minutos para me dedicar à minha vida nada luxuosa. Em vez disso, ele exige mais de mim a cada dia. Seria de se imaginar que ele valorizaria o fato de que não fugi e o deixei em uma saia justa, mas, ah, não... não Harold Michaels, também conhecido como o bêbado da cidade.

Na Medida Certa

Se meu pai fosse capaz de consertar um carro na mesma velocidade em que bebe um fardinho de cerveja, já seríamos ricos. Mesmo bêbado como um gambá, o homem sabia o que fazer com um motor. Esse fato fez com que as pessoas em nossa cidadezinha não se importassem que ele trabalhasse com hálito de Budweiser. Um dos pontos positivos de se morar em uma cidade cheia de proprietários de caminhonetes era o fato de que quando os coroas encontravam um bom mecânico, ficavam fiéis a ele. Quem se importava que ele não conseguisse ficar em pé ou que falasse enrolado, desde que o trabalho fosse bem-feito?

Esse era o principal motivo pelo qual nossa pequena oficina de pai e filho continuava em atividade. O outro motivo, claro, era porque eu sou um gênio da contabilidade. Só no ano passado, economizei três mil em impostos para o meu pai. Eu deveria ter continuado a estudar, e então talvez poderia ter ido para outro lugar do mundo.

Em vez disso, aqui estava eu, 22 anos de idade, preso a Renee, aspirante a namorada — que me deixava maluco — e a um pai que era um chefe durão. E não vamos nos esquecer da minha irmã de quinze anos, Jenny, que deveria ter nascido menino. Acho que as coisas poderiam ser piores, eu poderia estar sozinho neste mundão cruel.

Saí de debaixo de Lucy e fiquei lá por um instante antes de sair correndo da oficina e atravessar o quintal até a casa.

A porta estalou atrás de mim, fazendo um barulho alto quando entrei. Meu pai estava sentado à mesa da cozinha, mexendo em uma pilha enorme de contas. Ele balançou a cabeça desgostoso. Por mais trabalho que tivéssemos em nossa pequena oficina, parecia nunca ser suficiente. Estávamos sempre num aperto.

Os últimos dois meses foram os piores que tivemos em muito tempo. Uma nova oficina mecânica acabou de abrir nos arredores da cidade. Mesmo sabendo que todos os clientes voltariam quando o lugar não fosse mais novidade, eu me preocupava conosco até isso acontecer.

Acontecia muito no nosso mercado. Uma oficina nova com tinta lustrosa e ferramentas frescas aparecia e ficava aberta tempo suficiente para nos deixar financeiramente desconfortáveis. Outra vantagem de morar em uma cidade pequena: as pessoas não gostavam de mudanças. Elas sempre voltavam para onde já conheciam, e as pessoas em Walterboro conheciam meu pai.

— E aí, pai? — chamei, dando umas batidinhas no topo de uma lata de refrigerante antes de abri-la.

— Filho, estamos com um probleminha. Parece que estamos com alguns empréstimos um pouco atrasados. Temos que arranjar algum dinheiro, e rápido.

— Ok. De quais empréstimos estamos falando e de quanto? — Apertei os lábios, como uma mãe decepcionada.

Eu sabia exatamente de quais empréstimos estávamos falando ou, devo dizer, de qual empréstimo. O empréstimo do qual falávamos era o da casa e da oficina. Antes de eu começar a cuidar da contabilidade para o meu pai, ele estava tão endividado com a Receita Federal que realmente teve que hipotecar tudo o que tinha de valor. Pela expressão em seu rosto, dava para dizer que o montante ia me deixar puto.

— Qual é o estrago e o que podemos fazer? — perguntei, impaciente.

— Bem, é mais ou menos uns oito mil e não tenho nada em mente. Tem alguma ideia?

Oito mil dólares! Troquei o refrigerante por uma cerveja.

— Quanto tempo a gente tem? — suspirei.

— O aviso de cobrança diz noventa dias. Não sei como podemos conseguir oito mil até lá. Só espero que algo apareça.

Fiquei irritado com ele insistindo em dizer "nós" como se eu tivesse algo a ver com isso. Foi ele quem deixou as coisas ficarem tão ruins. Era ele quem precisava voltar para a escola e aprender matemática básica, não eu!

Olhei de volta para ele por um instante para que as últimas frases que ele disse entrassem em meu cérebro e fizessem sentido.

— Pai, vou dar uma volta e tentar descobrir o que fazer. Quer que eu pegue alguma coisa para você no caminho?

— Não, mas não demore muito. Morgan está trazendo aquele Ford que faz barulho. Quero que você dê uma olhada nele para mim. — Eu o ouvi dizer já saindo pela porta. A porta de tela estalou e fez um barulho ainda mais alto que antes.

Todo o trabalho que dediquei a essa oficina estúpida tentando salvá-la e todo o tempo que passei ali com ele foram um desperdício. Eu poderia ter um emprego de verdade em algum lugar longe daqui. Poderia ter meu próprio canto e cuidar de mim mesmo. Sempre trabalhei duro e odiava o fato de estar preso aqui indo a lugar nenhum.

Trabalhava na oficina do meu pai desde que tinha uns doze anos. Costumava voltar para casa da escola, comia um sanduíche de manteiga de amendoim e geleia, e depois ia direto lá para trás, onde passava o resto da

Na Medida Certa

noite sob algum capô. Isso quando minha mãe ainda estava aqui. Ela foi embora quando Jenny tinha seis anos.

O ano em que fiz treze foi o mais difícil da minha vida. Não bastasse ser oficialmente um adolescente lidando com todos os novos hormônios e picos de crescimento, minha mãe me abandonou como se eu fosse um nada. Era de se imaginar que ela teria ficado pelo menos para ver Jenny crescer. Que tipo de mulher deixaria uma menina de seis anos para trás com dois homens? Era quase possível perdoá-la por ter me deixado com meu pai, mas uma menina precisava da mãe para ensiná-la coisas de menina.

Minha mãe era bonita e, aparentemente, todos os homens da cidade achavam isso. Lembro-me das noites em que minha mãe e meu pai discutiam. Sempre me perguntei por que ele a deixava traí-lo. Se eu sabia o que estava acontecendo quando era criança, então todos na cidade sabiam. Meu pai deve ter feito papel de idiota.

Houve alguns momentos felizes quando eles estavam juntos, mas, na maior parte do tempo, eu ficava sentado vendo meu pai tentando de tudo para fazê-la feliz. No dia em que ela partiu, nem se despediu de mim e Jenny. Ouvi meu pai implorando para ela ficar e dizendo o quanto ele a amava.

Em um momento da conversa, ele perguntou:

— E as crianças? Você vai simplesmente abandonar as crianças?

Não consegui ouvir a resposta dela, mas, aparentemente, a gente não era tão importante. Ela desistiu de nós, e você nunca supera a dor de perder uma mãe. Teria sido mais fácil se ela tivesse morrido. Eu não a odiaria tanto por ir embora se não tivesse sido por escolha própria.

Não fui eu mesmo desde que ela partiu e sempre a culpei pelo meu medo de compromisso. Embora nunca tenha falado sobre isso, no fundo, ela era a razão de eu ter dificuldade de confiar nas pessoas. Ela era a razão de eu me recusar a ficar com alguém. O medo de sentir o que senti no dia em que ela partiu era insuportável. Eu nunca me colocaria em posição de me machucar como meu pai fez. Nunca tive uma namorada séria.

Jenny era a razão de eu ter ficado. Preferia morrer a abandoná-la. Ela era a única razão de eu ainda trabalhar na oficina do meu pai, a razão pela qual eu faria quase qualquer coisa para conseguir esse dinheiro e salvar nossa casa.

— Merda! — xinguei, batendo a mão no volante.

Oito mil dólares! Onde é que eu encontraria esse dinheiro tão rápido? Podia roubar um banco. Ladrões de banco sempre eram pegos, mas talvez eu conseguisse esconder o dinheiro em algum lugar para o meu pai e Jenny encontrarem, como em um daqueles filmes de ação incríveis.

Depois de dirigir sem rumo por uma hora, acabei na frente da casa de Renee. Estava precisando aliviar o estresse.

Eu a vi sentada na varanda da frente fofocando no celular. Ela terminou a conversa e sorriu assim que me viu.

Ela é uma mulher bonita — alta e magra, do jeito que eu gosto. Não diria que era linda, já que a maioria das coisas atraentes nela eram falsas: cabelos loiros falsos, unhas falsas e um sorriso forçado. Seria uma droga descobrir que seus olhos azuis eram lentes de contato.

Fisicamente, ela não é perfeita para mim, já que eu gostava mais de mulheres mais autênticas, porém, emocionalmente, ela era. Estava ciente dos meus limites, o que deixava a situação confortável. Como não havia nenhuma expectativa, as coisas ficavam mais fáceis.

Graças à sua reputação de ser uma deusa do sexo, alguns caras achavam que eu tinha muito sorte de tê-la. Mas a realidade era outra. Sua natureza egocêntrica fazia com que ela fosse ativa na cama, mas quanto a ser uma deusa no sexo… não era para tanto.

Jogou o corpo esbelto contra o meu e colocou os braços em volta do meu pescoço. Eu me inclinei e dei um selinho em sua boca.

— Isso é tudo o que eu ganho? Juro que não sei por que gosto de você, Devin. — O sotaque sulista dela apunhalou meus tímpanos. — Pelo jeito, pedir um telefonema carinhoso de vez em quando é demais, né? Você podia ter ligado para me avisar que vinha. Tenho manicure marcada, e depois a Nicole vem para cá para vermos um filme. Ah! Quase esqueci! Falei com o Matt um dia desses… você sabia que o irmão da Cassie foi para o Afeganistão? — tagarelou, até que finalmente percebeu que eu não estava falando e parou. — Por que você tá me olhando desse jeito? — perguntou.

Eu me imaginei sufocando-a até a morte e rindo histericamente como um daqueles psicopatas malucos e sinistros dos filmes. Quase dei uma gargalhada. Meu pai me daria uma surra só por pensar em uma coisa dessas. Fui criado para nunca encostar a mão em uma mulher.

— Você fala demais. Vamos entrar e fazer logo isso — eu disse, de um jeito seco.

Não havia necessidade de fazê-la pensar que eu estava lá por qualquer outro motivo além de transar.

Ela se inclinou e me beijou, colocando a língua na minha boca. Não

Na Medida Certa

demorou muito e estávamos dentro de sua casa pequena de dois quartos, caindo sobre as coisas e tentando chegar ao quarto. Mindy, que dividia a casa com ela, não estava à vista, felizmente.

Depois, sentei na cama cercado por travesseiros cor-de-rosa fofos e renda. Ela é definitivamente do tipo feminina, nada parecida com minha irmãzinha Jenny. Eu provavelmente morreria se visse algo rosa no quarto dela. Renee dormia tranquila com as pernas enganchadas nas minhas. Eu me sentia muito melhor. Sexo era o que eu precisava, sexo era a principal razão pela qual estava com ela. Merda, ela me usava, por que diabos eu não deveria usá-la? Olhei para o despertador rosa na mesa de cabeceira. Estava ficando muito tarde. Eu realmente precisava me levantar e ir para casa, e realmente precisava encontrar oito mil dólares... rápido.

Com esse pensamento, saí da cama de Renee ligeiro e em silêncio. Me vesti e andei sorrateiro pela casa até a porta da frente. O ar da noite roçou meu cabelo, e fechei a porta atrás de mim. Durante todo o caminho para casa, minha mente estava focada no dinheiro. Tinha que ter um jeito, sempre tinha um jeito.

Dois

LILLY SHEFFIELD

Ontem, em um evento beneficente em que minha mãe fingia estar interessada, um homem baixinho em um palco enorme estava tentando fazer com que todos doassem para uma infinidade de instituições de caridade. Eu geralmente era a maior doadora, principalmente porque as pessoas que administravam essas coisas me conheciam muito bem — elas se infiltravam em minha consciência e me faziam sentir um monstro por ter dinheiro. Assim que sacavam as apresentações de slides com crianças famintas, já era. Eu saía com pelo menos cem mil a menos na conta bancária.

De qualquer forma, esse homenzinho disse uma coisa que me fez avaliar de verdade o meu mundo. Ele perguntou ao grupo de multimilionários do que eles estariam dispostos a abrir mão para fazer a diferença na vida de outra pessoa. Isso me fez pensar nas coisas das quais eu nunca abriria mão. Dinheiro não era realmente um problema, principalmente para mim, mas quais eram as coisas que eu valorizava na vida?

Minha lista era um tanto patética para uma mulher de vinte anos. Realmente patética!

Havia poucas coisas na minha vida que você teria que apontar uma arma na minha cabeça para tirá-las de mim. A primeira delas era minha roupa íntima modeladora, que, na minha opinião, eram as melhores engenhocas já criadas pela humanidade — melhor do que eletricidade ou chocolate. As criadoras desses pedaços de pano que mudam sua vida devem ser colocadas em um pedestal por todas as mulheres cheinhas do mundo adorarem. Dispositivos que moldam o corpo das mulheres fora do padrão... eu os reverencio.

Não sabia do que foram feitos, ou quem teve essa ideia fantástica, mas eram uma dádiva de Deus. Se não fosse por eles, cada porção de gordura que eu tinha se derramaria como uma lava de vulcão branca e espumosa. Eles também disfarçavam a gordura nas costas. Todas com peso extra agradeciam por isso. Não havia nada como andar por aí sentindo como se você tivesse um sutiã amarrado às suas costas.

A segunda coisa que valorizava era o meu Honda Accord 97 preto quitado, mas não mais tão bom assim. Sim, tinha dinheiro para comprar um carro novo. Sim, provavelmente deveria comprar um carro novo, mas o meu esteve comigo nos momentos de vacas magras e gordas. Bem, não realmente magras, mais tipo vacas gordas e obesas. Referir-se a qualquer coisa como magra na minha vida era errado de várias maneiras.

Finalmente, a terceira coisa que eu não poderia viver sem era sorvete. A meu ver, sorvete poderia curar ossos quebrados se fosse aplicado diretamente sobre a pele. Pense nisso. Se você considerar quantos corações partidos o sorvete já consertou, não seria uma coisa tão de outro mundo. Além do mais, sorvete tinha bastante cálcio.

Cálcio + ossos = maravilha!

Acho que médicos de todos os lugares deveriam comprar estoques de sorvete. Isso economizaria uma tonelada de dinheiro no setor da saúde.

Era esse tipo de lógica que me fazia tomar um pote de sorvete de biscoito e creme sem a culpa de saber que somaria mais dois quilos. Ei, qualquer coisa que ajudasse a encarar o dia, né?

Nem preciso dizer que a quantidade de sucção na minha vida foi gigantesca para uma mulher com mais dinheiro do que conseguia contar. Eu deveria ser feliz. Deveria estar deitada em uma praia em algum lugar enquanto meu corpo recém-saído da lipoaspiração estivesse sendo massageado pelo meu namorado gostoso com um nome muito sexy tipo Damon. Em vez disso, fui trabalhar. Sentei atrás de um balcão de joias trabalhando por um dinheiro que não precisava na tentativa de alcançar qualquer forma de normalidade.

O espaço entre meu queixo e a palma da minha mão começou a suar enquanto eu olhava pela janela da loja para as pessoas que passavam. Ok, então hoje não seria um dia bom. Tecnicamente, como meu dia de trabalho estava quase terminando, já era um dia ruim. Sem mencionar que eu tomaria um café com minha mãe que estava se aproximando rapidamente. Exceto pelo fato de que teria um motivo para sair do trabalho mais cedo, eu tinha pavor de encontrar minha mãe. Nossos encontrinhos raramente terminavam bem.

Por mais que eu quisesse adiar enfrentar o dragão, era hora de ir.

— Shannon! Estou saindo, ok? Vou ficar com o celular por perto caso você precise de mim — gritei.

Eu duvidava que algo que exigisse minhas excelentes habilidades de gerenciamento acontecesse nos próximos trinta minutos, especialmente considerando que tivemos um ou dois clientes o dia todo.

— Pode ir, querida. Te vejo em casa! — gritou de volta.

— Não esquece, ligue para o meu celular se precisar de alguma coisa e, por favor, não se esqueça de trancar a fechadura de cima. A Sra. Franklin vai ter um ataque se você esquecer de novo — eu disse, quando ela veio dos fundos da loja.

Observei Shannon cambaleando com muitas caixinhas de joias empilhadas em seus braços. Ela as largou no balcão da frente e sorriu com inocência. Uma mecha solta de cabelo ruivo-claro caiu em seus olhos, e eu ri da cara que ela fez quando a soprou para fora de sua visão.

— Pode deixar comigo, Lil. Divirta-se com sua mãe — brincou.

Revirei os olhos, saí da loja e fui em direção ao carro.

Quando tirei a carteira de motorista, minha mãe tentou me convencer a deixá-la comprar um carro esportivo caro para mim. Acho que ela estava mais preocupada com a minha reputação de dezesseis anos do que eu. Como se uma garota como eu fosse ser feliz com um carro pequeno *demais*. Tive que lidar com coisas que eram "muito pequenas" a vida toda, por que é que eu me torturaria ainda mais? Ela pensou mesmo que eu ia querer me enfiar em um carro de garota magra todos os dias? Hum... não, obrigada! Sentir-me como uma sardinha nunca me atraiu.

Desconsiderando toda essa história de carros esportivos pequenos, as coisas têm mais valor quando você as compra para si mesma de qualquer maneira. Se eu deixasse minha mãe comprar para mim tudo o que ela me oferecia, não haveria espaço para mais nada na minha vida.

Felizmente, minha mãe superou a fase de tentar viver por mim. Isso foi só depois de anos tentando fazê-la entender que eu não era nada parecida com ela.

Sempre fui o tipo de pessoa que gosta de fazer as coisas sozinha. Quero trabalhar para ter qualquer coisa na vida. Por exemplo, eu amo meu carro, e não porque é o melhor carro do mundo, mas porque paguei por ele com meu próprio dinheiro. Dinheiro que ganhei antes da minha vida mudar para sempre, antes da minha avó morrer e me deixar milhões. É o *meu* carro. Minha mãe não entende isso. Ela nunca trabalhou um único dia na vida.

Nunca a odiei por isso, ela está apenas jogando com as cartas que recebeu. Meus avós sempre foram ricos, então ela nunca conheceu outra vida

Na Medida Certa

15

diferente. Também fui criada com dinheiro, mas meu pai inundou minha vida com toneladas de realidade antes de fugir para a Califórnia sem mim.

Simplificando, o dinheiro é meu. A enorme quantidade de dinheiro foi deixada para mim pelo testamento da minha avó. Recebi tudo no meu vigésimo aniversário, mas daria tudo de volta para ter apenas mais um dia com ela.

Ela era muito parecida com minha mãe, o que significava que adorava gastar dinheiro. A diferença era que ela queria que eu fosse feliz comigo mesma — nunca fez com que eu sentisse que era uma decepção. Seu orgulho de mim era evidente, enquanto minha mãe sempre me desprezou, me fazendo me sentir como se estivesse sempre um passo atrás de onde deveria estar.

Minha mãe sempre foi esnobe, embora nunca admitisse isso. Se você removesse a admirável máscara de megera, veria que sua autoestima é muito baixa. Se ela tivesse um momento de honestidade, admitiria que ter dinheiro faz com que se sinta superior a todo mundo. Acho que é isso o que a excita.

Nunca senti a necessidade de tornar minha vida menos anormal do que sempre foi sendo chamativa com um dinheiro que, para começo de conversa, eu nunca quis.

Normalidade tem sido artigo escasso para mim. Meu status de solteira permanente dominou a escola particular só para meninas em que cresci, e fui apelidada de Lilly Gorda, também conhecida como Virgem Maria. Apenas me chame de presidente do clube das virgens de vinte anos! A lista de membros inclui eu e um monte de freiras pouco atraentes.

Quando finalmente acontecer para mim, será real. Não tenho nenhum desejo de estar em um relacionamento do tipo que meus pais tinham antes de se divorciarem. Eles eram infelizes e se odiavam. Foi o exemplo perfeito do que um relacionamento não deve ser. Quero o amor... do tipo sobre o qual que escrevem livros, mas meu medo de rejeição se recusa a tornar isso possível.

Agradecimentos especiais para todas as garotas incríveis do ensino médio que zombavam de mim diariamente. Obrigada pelo fabuloso complexo.

Tenho a sensação de que algo cômico paira sobre a minha situação. Tecnicamente, posso ter tudo o que quiser. Poderia comprar qualquer coisa, mas a única coisa que não posso comprar é aquela que desejo. Não é como se você pudesse correr para o *drive-thru* mais próximo e pegar um relacionamento.

Um cara sexy pra levar, por favor!

Minha conversa interna foi interrompida pela campainha sobre a porta do Mirabelle's, meu café favorito. Minha mãe já estava sentada e tomava seu expresso de baunilha. Odiei o fato de que ela escolheu se sentar em uma mesa com bancos em vez de cadeiras. Eu arrancaria as unhas antes de admitir que essas mesas com bancos eram muito pequenas para mim.

Adivinha quem vai ter que brincar de espremer a mulher gorda na mesa minúscula hoje?

— Como foi o trabalho? — minha mãe perguntou.

Minha presença nem sequer a obrigava a tirar os olhos de seu jornal diário — a coluna de finanças, sem dúvida.

— Bom — falei. — Como foi o Spa?

Prendi a respiração e suguei a barriga para dentro enquanto deslizava para o assento. A mesa se enterrou na minha blusa de *mini-muffins*.

Ela ignorou minha pergunta sobre o Spa.

— Seu pai ligou. Disse que já faz quase duas semanas que não tem notícias suas.

— É, eu sei. Preciso ligar pra ele. É que tenho estado tão ocupada no trabalho. Recebemos uma nova remessa para o outono. Eu e Shannon estamos nos matando tentando arrumar tudo. Você deveria passar lá, mãe. Temos toneladas de coisas que sei que você vai gostar.

Ela olhou para mim como se eu tivesse enlouquecido. O jornal fez barulho em cima da mesa.

— Querida, sem querer ofender, mas você sabe que não compro nesse tipo de lugar. Queria que você largasse esse emprego horrível, ou pelo menos considerasse trabalhar em um lugar mais apropriado. Seu avô provavelmente está se revirando no túmulo só de pensar em sua anjinha trabalhando por horas intermináveis. Você não foi criada para isso, Lilly. — Ela soprou o café expresso, enviando o cheiro de baunilha na minha direção.

— Eu sei, mãe, mas eu gosto de lá. A Sra. Franklin está falando sobre me tornar gerente de área nas três lojas. Espero conseguir isso.

— Se estamos sendo honestas uma com a outra, espero que você seja demitida daquele lugar lamentável. — Ela torceu o nariz.

Um *mocha latte* foi colocado na minha frente. Ir ao mesmo café quase todos os dias tem seus benefícios. Eles sempre sabem o que eu quero. Eu entro, e eles preparam para mim.

— Aqui está, Lilly. Está tendo um bom dia? — Joey sorriu para mim.

Na Medida Certa

Ele é o único funcionário do sexo masculino no Mirabelle e é cheio de fazer gracinhas.

— Ah, sim, tive um dia *fabuloso*. E está ficando ainda melhor — eu disse, sarcástica.

Era uma piada interna entre mim e as pessoas que trabalham no café. Como o Mirabelle sempre foi o meu ponto de encontro com minha mãe, eles sabem como está indo o encontro de acordo com o número de cafés que eu peço. Um geralmente significa que foi uma conversa agradável, rápida e direta ao ponto. Dois cafés significa que as coisas não correram tão bem. Três significa que provavelmente estou a três minutos de arrancar os cabelos e estrangular minha mãe com um nó improvisado em um guardanapo.

— Mãe! — eu disse em voz baixa depois que Joey se afastou da mesa.

— Por que você diria uma coisa dessas? Quer que eu seja demitida? Não acredito que você desejaria coisas ruins pra mim desse jeito. Tenho que ficar nesse emprego para fins de sanidade. Sinto *muito* por me recusar a viver como você, mas isso não é motivo pra você dizer coisas ruins pra mim.

Revirei os olhos antes de tomar o café e desejei ter dito a ela que não podia largar o emprego.

Minha mãe continuou falando sobre eu não precisar trabalhar. Eu a ignorei. Tudo sempre está ligado a dinheiro para ela. Famílias normais discutem porque as crianças pedem dinheiro constantemente aos pais. No meu caso, discutimos porque eu me recuso a esbanjá-lo.

Houve algumas vezes em que bolsas e sapatos caros e de marca apareceram misteriosamente na minha porta — nomes de marcas que nem consigo pronunciar. Pessoas normais não usam sapatos de mil e duzentos dólares. Nem preciso dizer que Shannon tem um closet bem impressionante.

Enquanto eu continuava a ignorar minha mãe, notei um casal bonito em uma mesa de canto. Eles estavam se olhando amorosamente nos olhos. Estavam com os cotovelos apoiados na mesa para manterem o equilíbrio enquanto se inclinavam um em direção ao outro. Era adorável assisti-lo sorrir para ela e acariciar sua mão suavemente.. As bochechas da moça estavam ficando rosadas enquanto ele sussurrava coisas doces para ela do outro lado da mesa.

Sorri secretamente para mim mesma com a história de amor que se desenrolava na minha frente. O amor deles era evidente. Estava escrito em seus sorrisos e brotava de seus olhos. Eu não conseguia parar de olhar. Eu me odiava por ser uma observadora louca e romântica, mas o desejo que caiu sobre mim era paralisante.

— Lilly! O que deu em você? Você ao menos está me ouvindo?

Voltei a atenção para minha mãe.

— Claro que tô ouvindo. Só tô com a cabeça cheia agora.

— Querida, você sabe que pode falar comigo sobre qualquer coisa. Vamos lá, o que exatamente está te incomodando?

O casal no canto chamou minha atenção mais uma vez.

— Mãe, você amava o meu pai?

Ela endireitou o corpo como se refletisse sobre a pergunta estranha dentro do peito.

— Eu amava muito o seu pai. Infelizmente, meu amor não foi suficiente para nós dois. Por que você fez essa pergunta tão estranha?

— Motivo nenhum — respondi. — Só estou curiosa pra saber como era.

Ela olhou para mim com tristeza e acariciou minha mão na tentativa de ser maternal.

— Ok, chega dessa bobagem. Vamos fazer alguma coisa divertida. Vamos fazer compras! Podemos comprar o que você quiser, qualquer coisa que te faça feliz. Só me diga o que é e vou garantir que você tenha.

Quando eu era mais nova, sempre que alguma garota magra na escola ria de mim ou tínhamos um baile da escola para o qual eu nunca tinha um par, minha mãe era sempre a primeira a dizer que não era nada de mais. Ela comprava algo divertido e depois de um tempo eu esquecia. Era o jeito dela. O único jeito que ela conhecia de demonstrar afeto era comprando coisas. Em vez de palavras doces e abraços maternais, eu ganhava presentes.

— O dinheiro não pode comprar tudo, mãe — afirmei, olhando para o casal fofo que agora estava se pegando no cantinho.

Minha mãe olhou para eles também. Ela soube imediatamente o que eu quis dizer.

— Você está se sentindo solitária, querida? Porque eu serei a primeira a te dizer que você não precisa de um homem para te fazer feliz. Acredite em mim. Eu tive um por vinte anos e era infeliz. — E riu de sua piadinha.

Sorri para ela e depois dei uma risada forçada.

— Deixa pra lá, mãe. Vamos fazer compras. Até que estou precisando de algumas blusas novas e um sapato — comentei, esperando que ela esquecesse o que acabara de testemunhar.

Eu odiava comprar roupas. Tentar encontrar algo decente que me servisse era uma missão horrorosa. Ficaria feliz em passar pelo inferno se isso fizesse com que minha mãe esquecesse a conversa que acabamos de ter.

Na Medida Certa

A última coisa que eu queria era que ela tentasse me arranjar encontros inúteis com um bando de idiotas que preferiam ser celibatários do que encostar em mim. E claro, funcionou.

Ouvi enquanto ela listava todas as lojas que queria visitar e as coisas que queria comprar. Eu a segui para fora do café quase sem prestar atenção.

Hoje não era o meu dia. Todos os pensamentos sentimentais e a lamentação de "ninguém me quer" estavam começando a me dar nos nervos. Definitivamente aquele período do mês estava batendo na porta e trouxe os trigêmeos T, P e M com ele.

Fiquei lá na primeira loja em que fomos, sonhando acordada com um banho de espuma quente, velas e Christina Perri tocando baixinho. Todas essas compras de porcarias caras que nunca me serviriam, quando tudo o que eu realmente queria era um bom banho quente de espuma e um *ménage à trois* com Ben & Jerry's. Lá se vai essa ideia por água abaixo!

Três

A PROPOSTA

Devin

Não uso gravata desde o funeral do meu avô quando eu tinha quinze anos. É melhor esses malditos funcionários do banco valorizarem isso. Já passei a maior parte da manhã preso no trânsito indo de Walterboro para o centro de Charleston. Geralmente é um trajeto de trinta minutos, se você pegar a interestadual. Hoje levei quase uma hora e meia.

Sentei no saguão e, em silêncio, rezei para que esses caras do banco nos dessem uma chance com uma extensão de prazo. Eu só precisava de mais tempo... qualquer coisa que mantivesse eu e minha família em nossa casa. Talvez eles pudessem nos dar mais dois meses além dos noventa dias? O que são só mais dois meses?

O diabinho no meu ouvido soprava pensamentos negativos na minha cabeça. E se eles recusassem? Teríamos que começar do zero de algum jeito. Não é uma ideia de todo assustadora para mim, exceto pelo fato de que o coitado do meu pai ficaria perdido. A oficina é a vida dele.

Os minutos pareciam horas, e eu estava ficando atordoado. Peguei uma revista e folheei sem nem olhar para as páginas. Senti como se estivesse sendo observado, então analisei ao redor do saguão mais uma vez. Notei uma mulher sentada à minha frente, uma mulher atraente, na verdade. Ela era mais velha — talvez perto dos cinquenta? Não era bem o meu tipo, mas ainda assim era meio sexy, num estilo dominatrix.

Ela estava claramente me encarando, e sem disfarçar que estava me examinando, seus olhos se moveram dos meus para a minha virilha. A maneira como ela me encarava não combinava com sua aparência. Com as pernas cruzadas adequadamente de um jeito puritano, ela sorriu de modo sedutor para mim. Sorri de volta. Ei, se ela queria jogar, eu podia jogar também. Então ela baixou o rosto, e o sorriso foi substituído por uma sobrancelha levantada de um jeito sarcástico e os lábios pressionados.

Balancei a cabeça e desviei o olhar. Não tinha tempo para provocações.

Finalmente, depois do que pareceu serem dias, a senhora atrás da mesa me chamou. Passei pela porta do escritório do gerente do banco.

— Você deve ser o Sr. Michaels? — o homem atrás da mesa perguntou.

Ele se levantou e estendeu a mão, e eu a apertei. Minha palma suada fez um barulho esquisito quando apertei a mão dele, entregando meu nervosismo.

Isso tinha que funcionar. Era o nosso último recurso.

— Meu nome é Sr. Schaefer. Como posso ajudá-lo?

Sentei e comecei a me mexer, inquieto. Essa era a coisa mais importante que eu já tinha feito na vida, e receber uma recusa simplesmente não era uma opção neste momento.

— Bem, Sr. Schaefer, não vou desperdiçar seu tempo valioso, então vou direto ao ponto. Devemos a este banco mais dinheiro do que temos e só temos noventa dias para arranjar a quantia. Estou aqui para pedir mais tempo, talvez mais sessenta dias? — falei de uma vez.

Ele pegou uma pilha pequena de papéis e a bateu contra a mesa para organizá-los.

— Sr. Michaels, vou ser muito honesto com você. Dei uma boa olhada no seu arquivo, e não há mais nada que possamos fazer. Eu me sinto mal, de verdade, mas se o saldo devedor não for pago nos próximos noventa dias, seremos forçados a tomar todas as propriedades do seu pai, inclusive a oficina. Lamento muito. Se houver algo mais em que eu possa ajudá-lo, me avise.

— Você está me dizendo que não há outra opção? — perguntei, erguendo a voz.

Sabia que as pessoas na sala de espera podiam me ouvir, mas eu não me importava. Era a minha vida que estava em jogo. Era a vida de Jenny. Nossa casa e nosso trabalho, o que dava nosso sustento.

— Sr. Schaefer, entendo que este é o seu trabalho e tudo mais, mas você tem que encontrar um jeito — gritei. — Não tem como conseguirmos esse dinheiro nesse tempo, e só passando por cima do meu cadáver é que você ou qualquer um desses desgraçados esnobes que trabalham aqui vão tomar nossa casa.

— Sr. Michaels, acho melhor você sair antes que eu tenha que chamar a segurança.

— Então acho melhor chamar a segurança, porque não vou sair até chegarmos a algum tipo de acordo.

— Entendo que você e seu *pai* estão tendo problemas de dinheiro, mas não é problema meu nem do banco. Se déssemos dinheiro de graça ou mais tempo para cada pessoa pobre que entrasse por essa porta, iríamos à falência. Talvez seu pai devesse pensar em como ele administra as coisas — retrucou.

Quando me dei conta, estava sobre o Sr. Schaefer com o punho dolorido e o sangue dele nos dedos. O desgraçado tinha que agradecer por eu não ter continuado. Ele teve a audácia de desdenhar de mim e de meu pai... e ainda por cima bem na minha cara. Esse babaca precisava de um choque de realidade, e fiquei feliz que fui eu quem deu isso a ele.

A segurança chegou quando eu estava recuando em direção à porta, e eu sabia que acabaria na cadeia.

Vim aqui para tentar consertar as coisas, mas como não consegui controlar meu maldito temperamento, meu pai teria que mexer em nossas míseras economias para me tirar da cadeia. Eu realmente tinha ferrado com tudo dessa vez.

Quatro horas depois, deitado na cama pequena da prisão, várias ideias passavam pela minha cabeça. Decidi não ligar para meu pai pagar a fiança para eu sair. Eu podia passar uma noite na cadeia. Sabia que me deixariam ir embora na manhã seguinte e, para ser sincero, preferia que meu pai se preocupasse comigo durante a noite do que usasse o dinheiro que precisávamos para me tirar da cadeia. Valeu a pena estar atrás dessas grades. Aquele desgraçado teve o que mereceu.

A porta da cela se abriu, e um policial entrou no espaço minúsculo.

— Ok, Michaels, está liberado — ele disse.

— Como assim? Acabei de chegar.

— Sua fiança foi paga. Pode sair.

Segui o policial para fora da cela e pelo corredor até a recepção da delegacia. Peguei todas as minhas coisas, inclusive minha carteira vazia, e me virei para encarar meu pai.

Não o vi em lugar nenhum. Dei mais uma olhada rápida pela delegacia tentando encontrá-lo. Ele definitivamente não estava lá.

Talvez ele tivesse ido esperar na caminhonete?

Saí da delegacia e verifiquei o estacionamento. A caminhonete dele não estava à vista, o que significava que ele estava tão puto que me deixou aqui.

Eu estava prestes a começar a ir andando para casa, quando notei a mulher dominatrix do saguão do banco do outro lado do estacionamento.

Na Medida Certa

Ela estava encostada em uma grande limusine preta e fazia sinal com o dedo para que eu fosse até ela.

Hoje era oficialmente o dia mais fodido de todos os tempos, e não parecia que ia melhorar muito. Primeiro, uma velha me despiu com os olhos no banco. Aí, esmurrei o gerente, o que deixou minha mão inchada e me deu um tempo na cadeia. Então, fui misteriosamente liberado, e encontrei a mulher esperando por mim do lado de fora da delegacia.

Fui até a limusine.

— Até que enfim. Eu estava começando a achar que eles tinham pegado meu dinheiro e te deixado lá — ela disse, com uma voz rouca.

— Você pagou a fiança? — perguntei, confuso.

— Bem, de que outra forma eu falaria com você?

— Desculpe, mas eu te conheço? — continuei a questioná-la.

— Não seja ridículo. Normalmente, eu jamais seria pega socializando com alguém como você.

Meu peito começou a esquentar com a raiva aumentando.

— Então, o que é que você está fazendo socializando com *alguém como eu*? — respondi, em um tom de zombaria.

Mais um desgraçado esnobe na minha frente hoje e eu perderia o controle.

— Chega de conversa fiada. Ouvi você dando um chilique no banco hoje. Você precisa de dinheiro, e eu tenho muito, então vamos falar de negócios — sugeriu.

— Olhe, senhora, não sei como vocês fazem as coisas no seu mundo, mas no meu, pra me impressionar, você vai levar pelo menos trinta dias. Como acabei de sair da prisão, eu preferia...

Ela me interrompeu com uma gargalhada.

— Eu sei que você não está achando que estou sugerindo pagar você por sexo, não é? — Ela gargalhou mais uma vez. — Não me entenda mal, garoto, você é bom de olhar, mas eu gosto de homens, não de meninos.

— Então, o que você quer? — rebati, de modo grosseiro.

— Tenho uma proposta de negócio para você. — Ela abriu a porta da limusine e entrou. — Você se importa em vir comigo? — perguntou.

— Já disse que não sou um...

— Não fique se achando. — Ela me cortou de novo. — Acredite em mim, sou mulher demais para um menino como você. Agora, vai entrar na maldita limusine ou não? — resmungou.

Fiquei lá decidindo o que fazer. Por fim, fui em direção ao veículo, entrei e fechei a porta.

— Para onde? — ela perguntou.

— Walterboro... na saída da Clements Road.

— Meu Deus, *você é* um caipira — ela bufou.

Fiquei lá sentado enquanto ela dava ordens ao motorista. Então ela apertou um botão e uma barreira se ergueu entre nós e ele.

— Agora, voltando aos negócios — ela disse. — Preciso que faça algo por mim e, já que você precisa tanto de dinheiro, estou preparada para te pagar bem, desde que não estrague tudo.

— Ok, é alguma coisa ilegal? Porque não sou criminoso.

— Não, não é ilegal.

— Ok, manda.

Ela sorriu e se ajeitou mais para trás em seu lugar.

— Eu gostaria de te pagar para namorar minha filha. — Deu um sorriso malicioso, despejando um líquido marrom de um recipiente em um copo de cristal. Tinha cheiro de licor, o que fazia sentido, porque eu tinha quase certeza de que essa megera estava bêbada.

— Quer me pagar para fazer o quê?

— Você me ouviu.

— Está brincando, né? — bufei.

— Não, isso não é brincadeira, e eu agradeceria se você não tratasse isso como uma. Estou te fazendo uma proposta de negócio séria — insistiu, de modo agressivo.

Fiquei sério e me livrei do sorriso. Se essa mulher estava falando sério, eu também trataria o assunto com seriedade. Esta poderia muito bem ser a oportunidade que eu e meu pai estávamos esperando. Ainda assim, ser pago para namorar alguém não era muito aceitável para mim. Essa garota deve ser tipo o cão chupando manga se a mãe tem que pagar um cara para namorá-la.

— Qual é o problema dela? — questionei.

— O quê?

— Bem, sem querer ofender nem nada, mas se você tem que pagar alguém pra namorar sua filha, deve ter algo de errado com ela.

— Não tem nada de errado com a minha filha. O problema é com todos os rapazes que não conseguem ver como ela é maravilhosa.

— Então ela é feia?

— Claro não! — retrucou. — Ela tem um probleminha de peso, mas ela é linda, e é exatamente assim que você vai tratá-la. Vai levá-la para sair, passar um tempo fabuloso com ela e fazer com que se sinta a criatura mais bela que você já viu.

Na Medida Certa

— Basicamente, você quer que eu lamba a bunda dela?

— Fique longe da bunda da minha filha, mas sim… faça o que for preciso.

— O que exatamente eu ganho com isso e por quanto tempo terei que fazê-lo? — questionei.

— Em troca de namorar minha filha, vou pagar seu saldo devedor no banco. Se ouvi corretamente, você tem noventa dias. Ao fim dos noventa dias, se minha filha estiver feliz, e você tiver feito seu trabalho corretamente, eu pago a dívida.

— Você só pode estar brincando — falei, me engasgando. — Você vai me pagar oito mil dólares para namorar sua filha? Quantos anos ela tem, afinal? Ela não está no ensino médio ou algo assim, né? — perguntei.

— Isso é tudo o que você deve? Perfeito. Sim, definitivamente vou te pagar oito mil dólares, e não, minha filha não está no ensino médio. Ela vai fazer vinte e um mês que vem. Você é uma espécie de presente de aniversário antecipado.

Isso não poderia ter acontecido em um momento melhor. Na verdade, era meio bizarro o tanto que era conveniente, mas numa hora dessas eu estava disposto a fazer quase qualquer coisa. Não podia recusar nem se quisesse. Não é como se outra oportunidade como essa fosse cair no meu colo de novo.

Oito mil era troco para esta mulher.

— Quinze mil e fechamos negócio — eu disse.

Já que vou fazer isso, posso muito bem tirar algo para mim, também. Lucy ficaria uma belezura com uma pintura nova.

O carro não estava andando, e o silêncio no espaço apertado estava sufocante enquanto ela pensava. Ainda não conseguia acreditar que aquilo estava acontecendo. Era errado induzir uma garota gorda, que não faz o meu estilo, a pensar que eu a queria, mas sabia que conseguia fazer isso. Precisávamos desse dinheiro — eu podia fazer isso por Jenny.

— Tudo bem — ela cedeu. — Vou te pagar três mil de início. Vamos chamar isso de cortesia. No entanto, existem algumas regras. Se você ferrar com tudo, *não* recebe os outros doze mil em noventa dias. Além disso, vou transformar a sua vida em um inferno. Farei com que minha missão seja garantir que você e seus entes queridos percam tudo… e, Sr. Michaels, sou podre de rica. Não duvide nem por um segundo que não posso arruinar você.

— Quais são as regras? — esbravejei.

Não fiquei muito feliz em ser ameaçado verbalmente.

— Primeiro de tudo, não encoste suas mãos sujas na minha filha. Sei que você provavelmente vai beijá-la. Vai namorá-la por pelo menos três meses, e sei que os jovens fazem esse tipo de coisa nesse intervalo de tempo. Você *não* está autorizado a fazer nada mais do que isso. A última coisa que eu quero é que minha filha fique grávida de um caipira qualquer de um ferro-velho — ela bufou. — Entendido?

— Bem, caramba, madame, acho que captei a mensagem! — afirmei, sarcasticamente, forçando meu sotaque sulista falso.

Beijar? Ah! Isso nem iria tão longe. Eu podia fazer essa garota se sentir uma princesa sem encostar um dedo nela. Brincar com mulher é o meu forte.

— Como posso encontrá-la? — perguntei.

— Ela trabalha. Por mais que eu odeie isso, é a gerente da joalheria Franklin, no centro, na rua Meeting. Você pode encontrá-la lá. Além disso, ela está sempre com os amigos em um pequeno café chamado Mirabelle. Você está familiarizado com esses lugares? —indagou.

— Sim — eu disse, abrindo a porta da limusine para sair.

— E, Sr. Michaels... é melhor que minha filha nunca descubra este acordo, entendeu?

— É, saquei! — esbravejei.

— Ótimo. Ainda bem que nos entendemos. O nome dela é Lilly e é melhor não ferrar com isso. Entrarei em contato, e você receberá a primeira parcela quando eu tiver certeza de que começou o trabalho, então sugiro que comece logo. — Ela endireitou a blusa.

— Pode deixar comigo — garanti, saindo da grande limusine preta que agora estava estacionada em frente à minha casa.

Era um pouco assustador ela saber onde eu morava sem que eu dissesse a ela. Era como se ela tivesse feito a lição de casa e desenterrado informações sobre mim. Esta mulher era inteligente, e mulheres inteligentes eram perigosas. Tinha que ficar esperto com ela.

— Até mais, garoto — despediu-se, e bati a porta na sua cara.

Observei a limusine sair. O acordo todo era uma loucura, mas eu tinha que fazer o que precisava ser feito. Uma coisa era certa, meu pai nunca aceitaria isso, o que significava que ele e Jenny não poderiam saber de jeito nenhum. Eu precisava pensar muito bem no que diria a ele sobre onde consegui o dinheiro, mas isso ficaria para depois. Uma coisa de cada vez. E, agora eu tinha uma garota para encantar. Magoar estranhos não era a

Na Medida Certa

27

minha coisa favorita, mas situações extremas exigiam medidas extremas.

Agora eu tinha três coisas que precisava fazer logo pela manhã. Primeiro, fazer Renee pensar que eu ficaria fora da cidade por um tempo. Vou inventar um tio na Geórgia ou algo assim. Sem chance de ela ficar com a matraca fechada pelo tempo necessário para eu terminar o trabalho se achasse que outra garota estava ganhando algo que ela não estava. Claro que havia dinheiro envolvido, então talvez eu pudesse comprar algo para ela para que ficasse calada.

Em segundo lugar, tinha que dar um jeito na minha aparência. Para conquistar uma garota, eu precisava mesmo de um novo corte de cabelo e cuidar da barba. Em terceiro lugar, precisava encarnar o meu *eu* encantador. Tinha que me livrar do "Devin idiota" e trazer à tona o cara legal que eu sabia que podia ser.

Isso talvez pudesse ser divertido. Eu poderia sair um pouco com o dinheiro de outra pessoa com uma garota que, depois de três meses, não precisaria ver de novo. Até que não foi um mau negócio.

Tirei a roupa, fiquei só de cueca e pulei na cama. Antes de qualquer coisa, precisava dormir um pouco. Em poucos minutos, desmaiei, e tive a melhor noite de sono das últimas duas semanas.

Quatro

ESCOLHENDO UMA LILLY

Devin

Depois de finalmente convencer Renee de que eu visitaria minha família por um tempo, fui para Charleston. Dirigi com as janelas abaixadas e deixei o vento frio bater no rosto. Todo ar fresco do mundo ainda seria pouco para mim. O rádio estava desligado, e eu pensava em como chegaria nessa garota. Por mais louco que parecesse, nunca tive que chegar em uma mulher antes.

O barulho do motor de Lucy me acalmava. Eu tinha que me manter focado. Ficaria bem desde que me lembrasse de que isso não era só por mim e por meu pai. Estava fazendo isso por Jenny... pela nossa casa e pelo nosso negócio. Seja como for, não podia permitir que minha consciência me vencesse. Era um trabalho simples e direto, e tudo o que eu tinha que fazer era não me envolver. Não ter uma conexão emocional era fácil para mim, então esse trabalho seria moleza.

Cheguei à joalheria Franklin e precisei fazer baliza três vezes para conseguir estacionar. Peguei umas moedas para o parquímetro, sentei e tive aquele papo motivador comigo mesmo. Eu deveria estar parecendo um maluco sentado no carro, mas queria me planejar. Só precisava entrar, comprar algo e dar uma boa olhada nela para saber com o que estava lidando. Devia ter pedido para ver uma foto para pelo menos saber como ela era. Com sorte, ela seria a única mulher gorda que trabalhava ali.

Depois de colocar dois dólares no parquímetro, fui até a loja. O tempo todo rezei para que todos lá dentro usassem crachás.

Seria mais plausível se eu me aproximasse dela no café, então agora faria apenas um pouco de flerte inofensivo enquanto olhava as joias. Meu objetivo número um era fazer com que ela me notasse.

O sininho sobre a porta soou quando entrei na loja vazia. Só sabia que o lugar estava aberto por causa da grande placa de néon na vitrine onde estava escrito "aberto".

Caminhei até um dos balcões de joias e comecei a olhar para todos aqueles anéis caros nas caixinhas. Fui até os brincos e decidi que eles estavam mais na minha faixa de preço. Para falar a verdade, não havia uma faixa de preço adequada para mim, mas achei que valia a pena assaltar as economias para o pagamento do empréstimo. Além do mais, se isso funcionasse, eu teria todo o dinheiro que precisávamos e um pouco além.

— Procurando algo em particular? — uma voz feminina falou na minha frente.

Olhei para a mulher do outro lado do balcão. Ela era baixinha e corpulenta. Seu cabelo longo e escuro caía sobre os ombros e pelas costas, e uma franja volumosa cobria seu olho direito. Seu rosto bonito e redondo ostentava uma pele clara e lábios carnudos.

Ela usava uma blusa decotada e estilosa e, com a minha altura, pude ver o espaço delicado entre seus seios. Uma das vantagens de ser uma mulher gordinha tinha que ser ter um par de faróis incrível, porque ela com certeza tinha belos seios.

Ela estendeu a mão e tirou a franja do rosto. O movimento lançou uma onda de aroma feminino em minha direção. O perfume dela era maravilhoso, tipo baunilha e cerejas. Era muito bom, não muito exagerado como os horríveis com os quais Renee gostava de se sufocar.

Olhei melhor enquanto ela tirava o cabelo do rosto e sorria. Tinha grandes olhos castanhos... olhos ardentes com um quê de sedução que escondiam os segredos de uma mulher sensual. Honestamente, ela até que era bonita... de um jeito gordinha fofa, para quem gostava.

Enquanto eu olhava para os seus peitos, um crachá apareceu na minha frente. Ela era a Lilly... a salvadora dos meus problemas financeiros.

— Na verdade, fico meio perdido quando se trata de joias — eu disse, mordendo o lábio inferior. Fiquei feliz em ver que os olhos dela mergulharam na minha boca. — Não sei muito bem do que ela gosta. — Lancei meu sorriso "eu te quero" para ela e olhei descadaramente por todo o seu rosto.

Saboreei o rubor intenso que invadiu suas bochechas, pois significava que eu estava fazendo meu trabalho direito. Estava apenas começando, e ela já corava. Tiraria aquilo de letra.

— Que tipo de mulher ela é? O que você acha que ela gostaria? — Ela mordeu a bochecha com nervosismo.

— Eu não sei mesmo. Do que *você* gosta? — Apoiei os cotovelos no balcão para ficar olho no olho com ela.

— *Eu* gosto de muitas coisas. — Ela riu baixinho e começou se mexer, inquieta. Foi encantador. — Mas ela pode não gostar do que eu gosto.

— Ah, imagina. Se você pudesse ter qualquer coisa aqui, o que seria? — perguntei.

Fiquei esperando que ela me mostrasse algo que não fosse muito caro. Essa garota era rica e eu não queria que ela pensasse que eu era um cara pobre que não podia pagar o que ela escolhesse.

— Você tá falando sério? Você quer que eu escolha uma joia para alguém que eu não conheço? — Ela me lançou um olhar de estranheza e confusão.

— Não, quero que você escolha uma joia que você gosta. Tenho certeza de que se for algo que te agrada, também vai agradar a ela. Você faria isso por mim? — Inclinei a cabeça e lancei meu olhar de coitadinho.

O rosto dela ficou corado novamente, e senti uma onda de satisfação primitiva. Já impressionei mulheres antes, mas, por algum motivo estranho, ver a reação dela me deu onda.

— Ok, bem… hã… eu sou mais uma mulher de colares — ela disse, caminhando na direção do mostruário com colares. — Não gosto muito de joias caras — prosseguiu. — Então, isso elimina tudo deste lado do mostruário.

Uma garota rica que não gostava de joias caras? Fascinante.

Fiquei ouvindo enquanto ela continuava escolhendo o colar perfeito para si mesma.

— Prefiro prata ao ouro, então isso elimina metade dos colares deste lado do mostruário.

Seus dedos se moveram suavemente sobre os colares variados e, por um breve momento, me peguei imaginando qual seria a sensação dessas mãos na minha pele. Ela tinha dedos bonitos… unhas bonitas, também. Gostei que as unhas rosa-bebê de comprimento médio eram verdadeiras. Odiava aquelas unhas acrílicas horríveis que a maioria das mulheres usava. As curtas tudo bem, mas algumas mulheres exageravam no comprimento. Meus amigos e eu dávamos muita risada, nos perguntando como limpavam a bunda com unhas tão longas.

Ela balançou o cabelo mais uma vez, e novamente o cheiro suave de baunilha e cerejas me aguçou.

— Que perfume você tá usando? — deixei escapar, sem pensar.

— Hum… não estou usando perfume. Por quê? Tem alguma coisa fedendo? — Sua sobrancelha perfeita se abaixou, questionando.

— Na verdade, tem algo com um cheiro muito bom e, como não tinha sentido até você chegar, supus que fosse você. Você tem um cheiro doce... eu gosto — respondi, com outro sorriso sedutor.

Seu rosto se iluminou mais ainda do que antes, e nadei no meu ego de playboy por um instante. Ela estava perdida... coitadinha. Sua respiração acelerou e seu peito largo pressionava o decote a cada respiração. Fazia tempo que eu não segurava um bom punhado que não eram sacos de silicone, e Lilly era definitivamente mais do que um punhado *de verdade*. Fiquei com água na boca ao me imaginar provando baunilha e cerejas. Ah, ela seria um aperitivo e tanto se eu tivesse permissão para provar.

Talvez isso não fosse tão ruim, afinal. Eu não podia encostar nela, mas estava precisando de uma boa provocação.

Os olhos castanhos se afastaram de mim quando ela abaixou a cabeça. Sua respiração profunda cortava nosso silêncio até que, finalmente, ela ergueu a cabeça e estendeu um colar.

— Que tal este? Acha que ela gostaria deste? — indagou.

Ela não estava fazendo contato visual.

Depois de ficar com tantas mulheres agressivas como Renee, a timidez dela era meio que excitante. Gostei de como ela fazia eu me sentir sexy sem nem perceber. Deixei-a desconfortável de uma maneira boa, e ela não conseguia nem me olhar no rosto sem corar. Foi um estímulo para o meu orgulho viril, já que suas reações eram genuínas, e não eram como as reações excessivamente dramáticas de uma mulher vadia tentando transar. Gostei de como ela reagia a mim. Gostei de como ela fez eu me sentir. Um rosnado baixinho de apreciação escapou da minha garganta e me rendeu um breve lampejo de olhos de chocolate. Controlei o movimento da boca.

O colar que ela segurava era bonito. Era uma corrente de prata com um pequeno medalhão prateado em forma de coração. Era apenas cento e cinquenta dólares e eu podia pagar essa quantia, e ela gostou, então eu ia comprar.

— Acho que ela iria gostar — eu disse. — O que eu coloco nele?

O que você quiser, na verdade. Você poderia colocar uma foto de vocês dois ou talvez gravar alguma coisa no interior. Você decide.

— Ok, vou levar.

Eu a segui até o caixa e a observei colocar o colar com cuidado em uma caixinha vermelha. Ela fez tudo com tanta delicadeza — não estava com pressa. Seus dedos rechonchudos roçaram suavemente o colar e depois passaram de leve sobre a caixa. Observei enquanto ela registrava, tocando a caixa registradora novamente com o que parecia ser o toque mais suave.

Eu me peguei imaginando como suas mãos deveriam ser macias. Seu toque era relaxante, e fui atingido por uma repentina onda de calafrios.

Olhei para ela quando ela me falou o total, novamente percebendo como seu olhar era profundo.

— Seus olhos são realmente lindos — deixei escapar.

Isso não fazia parte da minha estratégia. Foi um momento estúpido de honestidade indesejada. Eu ia me certificar para que não acontecesse novamente.

Suas bochechas esquentaram.

— Está dando em cima de mim? — Sua expressão foi tomada por uma confusão genuína.

Eu não precisava ler mentes para saber que ela estava pensando como era improvável um homem como eu estar flertando com uma mulher como ela. Era isso ou ela realmente não tinha ideia de como era um flerte, e queria de fato saber para futura referência.

— Talvez. — Sorri e encolhi os ombros.

Seus olhos se encheram de pânico, e a parte de mim que eu nunca usava com estranhos se acendeu com pena dela. Ela realmente não tinha ideia de como reagir a mim e aos meus pequenos avanços.

— Obrigada, acho. Pelo... pelo comentário sobre meus olhos — gaguejou.

— Não me agradeça... é a verdade. — Entreguei o dinheiro para ela.

Ela terminou a operação e colocou o recibo na sacolinha preta com o colar. Fiquei ali um pouco, sorrindo para ela e apreciando como eu a deixava nervosa, antes de agradecer e sair da loja.

A primeira parte da minha missão tinha sido cumprida.

Acabei indo ao café que a mãe dela falou e bebi muito cappuccino. Prestei atenção a todas as pessoas que entravam. Ouvi todos os pedidos que fizeram: uma dose dupla disso e um extra daquilo. Nunca mais dormiria se bebesse algo assim. Merda, provavelmente não vou dormir hoje depois de todo esse cappuccino.

— Vamos lá, Lilly — sussurrei, na tampa do meu copo de café.

Faltavam uns cinco minutos para eu desistir e tentar novamente amanhã quando a vi pelo vidro. Ela entrou e passou por mim. Fiquei feliz por ela não ter me notado logo de cara. Fingi estar concentrado na revista de carros em minha mão, ouvindo atentamente o pedido.

— Ei, Joey, o de sempre — ela disse.

— Ei, menina! Tudo bem? Sem encontro com a mãe hoje? — Ele riu.

Na Medida Certa

— Isso não é engraçado, cara. — Riu também. — Não, não vou encontrá-la hoje. Estou na minha hora de almoço. Manda um sanduíche de peru junto.

Ela se sentou em uma mesinha no canto do outro lado do café. Observei quando pegou um livrinho e começou a escrever algo. Era agora, era o momento perfeito para ir lá e me juntar a ela. Levantei e peguei meu cappuccino. Lentamente, fui até a mesa. Ela estava tão envolvida no que estava escrevendo que nem ouviu eu me aproximar.

— Olha só se não é a bonita de olhos castanhos da joalheria — comentei.

Ela olhou para mim, e seus lábios carnudos se espalharam em um sorriso.

— Olha se não é o cara que não sabe nada sobre a namorada — respondeu, largando a caneta.

— Namorada? Quem disse que aquele medalhão era para minha namorada? Talvez seja para minha mãe, ou para minha irmã, ou...

— Tá, você vai mesmo jogar o jogo "não tenho namorada" comigo? — Ela ergueu a sobrancelha de um jeito arrogante.

— Desculpa, não sei se estou familiarizado com esse jogo.

— Duvido que você seja solteiro — afirmou.

— E por que você acha isso?

Escorreguei para a cadeira ao lado dela e apoiei o queixo no punho. Isso estava ficando bem interessante. Ela ia tentar me analisar psicologicamente. Boa sorte, minha cara.

— Caras como você *nunca* são solteiros.

— Caras como eu? — Eu ri. — E que tipo de cara exatamente eu sou?

— Você quer que eu seja sincera ou quer que eu pegue leve?

— Sempre fui fã da sinceridade. — Mordi o lábio inferior e sorri por dentro quando seus olhos acompanharam meu movimento. Ela estava pensando em como seria me beijar... ótimo. Queria que ela pensasse em coisas assim.

— Você é *aquele* cara: alto, moreno, bonito e *completamente* intocável. Você é misterioso, o que deixa as mulheres loucas, e toda essa confiança que você tem em si mesmo também é excitante. Você é um desafio, e ir atrás de um desafio é tipo como se estivesse codificado no DNA humano. Aposto que você tem centenas de estratégias diferentes para manter as pessoas afastadas, o que, claro, deixa as mulheres ainda mais loucas. Todas querem ser a primeira a conhecer o seu eu verdadeiro, e aposto que você ama seu carro… que provavelmente é algum Mustang clássico muito legal ao qual você deu o nome de *Bertha* ou algum outro nome feminino horrível. — Ela parou.

Por fim, me olhou nos olhos, e senti seu olhar profundo dentro da minha boxer. Cacete! Ela estava me deixando excitado.

— Acertei? — ela perguntou dando uma inclinada na cabeça.

Fiquei lá, sentado, analisando tudo o que ela tinha dito. Ela chegou tão perto da verdade que fiquei assustado.

— Na mosca. Você tem me observado, sua danada? — falei, numa tentativa de aliviar a seriedade. Dei uma encarada nela, deixando os diferentes significados por trás das minhas palavras serem absorvidos.

— Você tá dizendo que eu estava certa? — Ela sorriu.

Ela estava tão certa que nem era engraçado mais.

— Não, só tô curioso para saber de onde veio tudo isso.

— Acabei de descrever qualquer homem que *não tem nada* a ver comigo, então agora minha pergunta para você é: por que você está falando comigo? — Ela ergueu uma sobrancelha, como se estivesse me acusando de algo.

Ela era muito estranha. Obviamente, tinha problemas de autoestima, mas ao mesmo tempo era a mulher mais confiante e franca que eu já tinha conhecido… além da minha irmã, Jenny.

Seu olhar sincero me revirou por dentro, e senti um pouco de pânico correr pela minha espinha. Eu estava lentamente perdendo o controle da conversa, o que era completamente inaceitável. Eu me sacudi por dentro e fui para o ataque.

— Você me acha bonito? — flertei.

— Não mude de assunto. — Ela corou.

— Não, acho que é você quem está mudando de assunto. Então está resolvido — eu disse, dando um tapa de brincadeira no tampo da mesa.

— O que está resolvido?

— Contanto que você não esteja saindo com ninguém, e já que você, obviamente, acha que eu sou *bonito*… vou te levar para sair.

— O que você quer dizer com sair? Tipo um encontro?

— Sim, tipo um encontro. O que você me diz? — Dei de ombros.

Estava rezando para que tivesse causado alguma impressão sobre ela, pelo menos o suficiente para que concordasse em sair comigo. Tudo dependia dessa mulher e de fazê-la feliz por três meses.

Na Medida Certa

Cinco

MARÉ DE SORTE

Lilly

— Nem sei seu nome e você quer que eu saia com você?

Este dia não poderia ter ficado mais bizarro. Primeiro, Shannon pega uma doença misteriosa, e eu tenho que trabalhar o dia inteiro bem quando deveria fazer somente meio período. Mas no fim foi bom, porque precisei cancelar o encontro com minha mãe. Aí, quando pensei que morreria de tédio na loja, esse cara alto e sexy entrou e começou a flertar comigo. O que, tenho que admitir, meio que gostei.

Então, para completar, quando cheguei ao Mirabelle's para a minha hora do almoço, quem estava lá, se não o cara alto e sexy, sentado, praticamente esperando por mim. Coisas estranhas aconteceram, mas não consegui controlar a vontade de me beliscar para ver se eu estava sonhando.

Olhei de volta para o homem lindo sentado à minha frente. Ele era muito perfeito. Era como se alguém pegasse todas as qualidades físicas que eu achava atraentes e as colocasse nesse estranho extremamente sexy. Era quase ilógico que esse homem lindo sequer me olhasse, ainda mais que falasse comigo, e ainda assim, ele estava aqui, me convidando para sair.

Mesmo sentado, sua altura se elevava sobre mim. Ele fazia eu me sentir pequena, e qualquer coisa que fizesse uma mulher do meu tamanho se sentir pequena era uma coisa muito boa. Suas madeixas escuras e onduladas caíam para o lado e se juntavam aos pelos do rosto. Gostei do jeito que seu bigode fino e o cavanhaque ralo contornavam sua boca sedutora e a transformavam em um alvo para beijar.

Seus distraídos olhos verdes guardavam segredos sexuais e prometiam satisfação ao vagar pelo meu rosto, pescoço e então, muito descaradamente, pelo meu decote. Ele era destemido, confiante, e isso era muito excitante.

Lembrei-me de que, na joalheria tive que olhar para cima para encará-lo, e da maneira como ele sorriu ao me fitar. Dava para dizer que foi sexy?

Porque eu com certeza podia dizer que foi! O homem tinha um sorriso que poderia colocar uma mulher de joelhos, o que era ruim, considerando que seria um inferno para eu me levantar. Ele usava um moletom verde com capuz e jeans largos que pareciam ter sido feitos especificamente para ele. Ele nasceu e foi criado para ser um colírio para os olhos. Um homem como este não precisava de outras qualidades.

Então percebi que ele estava falando comigo, e eu não tinha ideia do que ele estava dizendo. O constrangimento brotou de mim quando fui pega olhando para ele como se fosse um cachorro babando ou, melhor dizer, como uma porca babando? Quase comecei a gargalhar dos meus próprios pensamentos, mas, em vez disso, um sorriso enorme e pateta se espalhou pelo meu rosto. Ele sorriu de volta e ficou quieto.

— Desculpe, o que você disse? — Eu podia sentir meu rosto queimando.

Ele deu uma risadinha antes de responder. Era como se ele tivesse ouvido todos os meus pensamentos malucos.

— Eu disse que meu nome é Devin… e o seu é Lilly? — Ele se inclinou e passou o dedo suavemente pelo meu crachá, que estava praticamente no meu seio esquerdo.

Senti o toque dele através da roupa e logo senti meus mamilos ficando duros dentro do sutiã. Eles provavelmente estavam apontando como punhais dizendo: "Ei, cara gostoso! Olhe para nós, olhe para nós!". Abaixei a cabeça e respirei fundo. Meu nervosismo estava se tornando irritante. Você pensaria que eu nunca tinha falado com um cara gostoso antes na vida. Não é como se eles fizessem fila na minha porta esperando para conversar comigo ou algo assim, mas já tinha conversado com homens atraentes. Claro, essas conversas não eram nada parecidas com a que estávamos tendo. Ele estava fodendo meus miolos com suas palavras, no meu entendimento.

Tive que me recompor, e rápido. Eu não era uma virgem de quinze anos… era uma virgem de vinte anos. A idade extra por si só deveria me dar mais controle sobre os meus nervos. Sem mencionar que, com meu status virginal imortal, era óbvio que eu precisava de um pouco de atenção masculina. Meus mamilos praticamente saltaram do corpo com uma única carícia do maldito crachá. Eu estava prestes a tirar a roupa e gritar: "Ah, sim, baby, toque o meu crachá!".

Cometi mais uma vez o erro de deixar meus olhos mergulharem em sua boca e seu sorriso me deixou boba de novo.

— Sim, meu nome é Lilly. É um prazer te conhecer, Devin.

Na Medida Certa

— Prazer em te conhecer também. Agora, você vai me fazer feliz e sair comigo?

Sua voz era tão firme e cremosa. Sim... cremosa. Estava ficando óbvio para mim que eu assistia a muitos programas de culinária, já que a única palavra que consegui encontrar para descrever sua voz foi cremosa. A palavra me fez imaginá-lo passando manteiga de amendoim em mim e lambendo-a. Eu me transformaria em um pote de manteiga de amendoim para este homem... sem nem questionar.

Ele perguntou de novo e, de novo, sua voz me fez tremer, vibrou através de mim como se as ondas sonoras estivessem atacando o sistema nervoso, e a única coisa que eu conseguia pensar na hora eram os vibradores coloridos que minha amiga Erin havia comprado no sex shop local.

Que mal apenas um encontro poderia causar?

— Vou sim — eu disse, sem fôlego.

As palavras saíram antes que eu pudesse impedi-las. O que eu realmente queria ter dito era: "por que eu?", mas achei que teria sido pouco atraente, então eu apenas sorri e balancei a cabeça sim ou não para suas perguntas. Agi praticamente como se fosse uma idiota durante toda a conversa.

Ele me perguntou se sexta à noite era uma boa. Depois de dizer a ele que eu tinha que trabalhar na sexta-feira, combinamos que ele me pegaria depois do trabalho. Eu o ouvi dizer algo sobre jantar e filme. O cara estava afetando meus sentidos. Fiquei meio surda, muda e cega, tudo ao mesmo tempo. O homem me deixou sem sentidos!

Dei o meu número, e ele escreveu o dele num guardanapo. Gostei do jeito como seus dedos grossos moviam a caneta. Então, com a mesma rapidez que chegou, ele me deixou. Eu o observei sair do café. Ele colocou meu número no bolso de trás ao alcançar a porta. Fiquei triste ao vê-lo ir embora, mas gostei de assisti-lo sair.

Estava ansiosa para contar para Shannon e, não acreditava que estava dizendo aquilo, mas tinha que mover meu traseiro para a loja *plus size* mais próxima e comprar algumas roupas novas para o encontro, que era simplesmente o primeiro encontro da minha vida.

Depois do trabalho, praticamente arrombei a porta do quarto de Shannon para contar a novidade. Eu estava sem fôlego e suada quando cheguei lá. Nós pulamos como meninas de dezesseis anos e depois desabamos na cama dela enquanto eu descrevia como ele era gostoso. Expliquei por que estava tão confusa e não entendia por que ele iria querer me levar para sair.

— Lil, você está doida! Por que ele não iria querer te levar para sair? Você é maravilhosa!

— Obrigada, mas caras gostam de meninas magras... e alô? — Agarrei minha barriga e ri.

— Nem todos os caras gostam de mulheres magras, querida. Alguns adoram uma mulher com carnes para pegar..— Ela deu um tapa na bunda para enfatizar. — Nós os chamamos de caçadores de gordinhas.

Eu ri tanto que quase me mijei. Caçadores de gordinhas? Graças a Deus eu tinha um senso de humor incrível para tudo isso. Claro, sempre tive. Sempre que assistia a um comediante na TV, ria das piadas sobre pessoas gordas. Por que não? Elas eram engraçadas e, como sou uma garota gorda, posso tanto rir quanto ficar chateada. Ficar brava seria um desperdício do meu tempo. Se eu ficasse ofendida toda vez que alguém falasse algo engraçado sobre pessoas gordas, passaria a vida inteira chateada.

Shannon era uma garota *plus size* também, tecnicamente, salvo que ela era o tipo de *plus size* que mal se registra no gordômetro. Ela estava presa entre mundos... muito magra para estar no clube das mulheres gordas, mas muito gorda para ser magra. Ela só era considerada *plus size* porque seu jeans era tamanho 44. Em vez de chamá-la de gordinha, nós a chamávamos de fortinha. Pessoalmente, eu ria na cara do tamanho 48!

Ela tem longos cabelos ruivos que parecem estar sempre bagunçados e lindos olhos cor de avelã que mostram sua doçura, que era a única maneira de vê-la. Sua altura lhe dava uma aparência mais magra, ao passo que sua personalidade estridente e as sardas espalhadas aleatoriamente em suas bochechas combinavam com o vermelho do cabelo. Tenho certeza de que suas respostas sarcásticas fizeram o ensino médio ser moleza para ela, mas, ainda assim, sua natureza espirituosa e sabichona me conquistou. Eu não poderia ter uma amiga melhor.

Eu a conheci há três anos, quando ela veio pela primeira vez à procura de um emprego na Franklin, e nos tornamos inseparáveis desde então. Ela era um ano mais nova que eu e agia como a irmãzinha indisciplinada que nunca tive. Foi minha primeira amiga de verdade e, embora eu nunca tenha dito isso, acho que ela sabia.

Terminamos nossa conversa inspiradora de "mulheres gordas empoderadas" e começamos a preparar tudo para a noite de jogos. Todas as quartas-feiras à noite, um grupo de amigos vinha em casa, nós tomávamos umas bebidas e jogávamos jogos de tabuleiro.

Na Medida Certa

Éramos seis ao todo. Eu e Shannon, claro, e tinha a Erin, que era alta e bronzeada e tinha longos cabelos negros. Nós a chamávamos de nossa linda amiga indiana, mas ela foi feita para ser uma modelo *plus size*.

Tinha a Anna, que era a baixinha do grupo — um metro e meio de altura, rechonchuda e adorável, com cabelo escuro na altura dos ombros e olhos verdes de gato que tenho certeza de que dava para ver no escuro. Seu status de futura veterinária era perfeito para sua personalidade doce e risonha. Um cão raivoso adoraria Anna. A reação que os animais tinham com ela era assustadora, então todos nós a chamávamos de detetive de animais de estimação.

Meg era a loira magra do grupo. Mas ela não era uma loira magra comum. Era diferente. Gostávamos de chamar Meg de "uma mulher gorda presa no corpo de uma mulher magra". Ela podia parecer a líder de torcida que você amaria odiar, mas tinha a personalidade da doce nerd de banda.

Por último, mas nunca menos importante, tinha Randy. Ele era a menininha do grupo e o único que estava tendo alguma ação no departamento de sexo. De vez em quando, trazia um novo rolo, mas, na maioria das vezes, mantinha sua vida amorosa no clube gay da rua, que, a propósito, era o melhor lugar para se divertir por aqui.

Quando todos chegaram para a noite de jogos, começamos com um jogo de cartas e, em seguida, um longo e pervertido Scrabble. Shannon, é claro, tagarelou sobre meu encontro com um estranho gostoso, o que fez Randy se abanar.

— Ah, querida, não há nada como sexo com um estranho gostoso! Isso eu posso te garantir!

Todos nós rimos, embora eu duvidasse que qualquer um de nós, com exceção de Randy, soubesse alguma coisa sobre sexo com estranhos.

Parecia ter sido um dia completamente diferente quando finalmente deitei a cabeça no travesseiro à uma da manhã. Não sonhei naquela noite e, assim que fechei os olhos para dormir, o despertador tocou às sete.

Parei no Mirabelle's para um café antes de destrancar e abrir a loja. Shannon e eu assistimos TV no intervalo entre os clientes, e logo já era hora de fechar para o almoço. Eu estava sentada na mesa do canto. Agora era a minha mesa favorita graças aos pombinhos inspiradores de algumas semanas antes.

Quando não tinha bolsos na calça, meu sutiã virava meu bolso de celular. Então, quando ele tocou, meu seio vibrou e dei um pulo. Toquei na tela e aceitei a ligação do número desconhecido.

— Alô! — atendi, alegre.

— É a Lilly?

— Sim, sou eu.

— Ei, é o Devin. Você pode falar um pouquinho ou está ocupada?

Seis

TRABALHO SUJO

Devin

O dia passou devagar hoje. Depois que terminei de trabalhar na bomba de água nova de um Ford velho que meu pai deixou para mim, dei um banho em Lucy. Tomei um banho rápido e logo já era meio-dia e eu não tinha absolutamente nada para fazer. Depois de enfiar um sanduíche de presunto e uma coca goela abaixo, decidi ligar para Renee. Um pouco de prazer esta tarde não faria mal nenhum.

Estava prestes a ligar para ela e inventar uma mentira sobre voltar para casa mais cedo, quando notei o guardanapo com o número de Lilly na cômoda à minha frente.

Por que não?

Só tocou duas vezes antes de ela atender.

— Alô! — atendeu, alegre.

— É a Lilly?

— Sim, sou eu.

— Ei, é o Devin. Você pode falar um pouquinho ou está ocupada?

A linha ficou muda por um minuto, e achei que ela talvez tivesse desligado na minha cara.

— Não, posso falar... e aí, tudo bem?

— Sei que peguei seu número ontem e temos um encontro amanhã à noite, mas não conseguia parar de pensar em você. — Sorri para mim mesmo.

A verdade era mais que eu estava completamente entediado e não tinha nada melhor para fazer do que ficar no telefone distribuindo bajulações falsas. Trabalho era trabalho. Eu não via problema em me divertir com ele. De qualquer forma, estava sendo pago para este bico, então podia muito bem fazê-lo direito.

Aconcheguei-me na cadeira grande do meu pai. A casa estava agradável e silenciosa. Jenny estava na escola e meu pai na rua, resolvendo seus assuntos.

— Ah, até parece — ela riu. — Você é engraçado.

— Como assim eu sou engraçado? — perguntei.

Pelo que podia perceber, essa garota nunca deveria ser abordada por caras. Isso era estranho, considerando que ela era uma mulher bonita — seria gostosa se perdesse um pouco de peso, mas ei, alguns caras gostam desse tipo de coisa. Eu não gosto muito.

— Só é engraçado… enfim, o que você está fazendo hoje?

— Terminei meu trabalho e agora estou à toa, tentando descobrir o que fazer o resto do dia. Emocionante, né?

Ela deu uma risadinha.

— Poderia ser pior… você podia estar preso em uma joalheria chata comigo.

— Parece até tortura… ficar preso em algum lugar com uma mulher bonita o dia todo? Prefiro morrer — brinquei.

Ela deu uma risada desconfortável.

— Você é bobo.

Ficamos conversando. Conversamos quando ela saiu do café e voltou ao trabalho. Enquanto ela estava no trabalho e Shannon, que aparentemente é sua colega de apartamento/colega de trabalho/melhor amiga, dava sua opinião ao fundo. Percebi que, depois de um tempo, estava realmente gostando da conversa.

Ela não era como a maioria das mulheres, toda sedutora e chata. Ela realmente falava comigo e perguntava sobre mim. Não perguntas bobas normais, mas sobre minha família e meu trabalho. Foi até legal conversar assim. Era confortável, talvez porque eu não sentisse que precisava impressioná-la. Agora, pensando bem, foi meio estranho. Não tive a sensação de estar falando com alguém que eu mal conhecia. Papeamos como velhos amigos.

Ao final da conversa de três horas, aprendi muitas coisas. Ela falou sobre ela e o relacionamento de merda com a mãe, o que foi incômodo, considerando que eu já tinha conhecido a babaca da mãe dela. Ela me contou sobre o pai que morava na Califórnia e como ela o via muito pouco quando era criança. Contou sobre como foi frequentar uma escola só para meninas, o que, vamos falar a verdade… era sexy pra caramba! A questão era que, pela nossa conversa, pude perceber que ela meio que foi criada sozinha — sem irmãos, sem irmãs, e realmente sem mãe nem pai.

Isso me fez valorizar meu pai maluco e minha irmãzinha pateta. Sim, às vezes discutíamos, e às vezes minha irmã se esforçava, me deixando com

Na Medida Certa

vontade de esganá-la, mas pelo menos éramos uma família. Uma família que ria junto e trabalhava junto para sobreviver a essa vida louca. Eu faria qualquer coisa para manter a vida da minha família funcionando. Sei que deveria me sentir mal pelo que estava fazendo com Lilly e, de certa forma, me sentia mal, mas não conseguia me arrepender do fato de que fazer isso pagaria minhas contas.

Minha irmãzinha entrou pela porta como um furacão quando eu estava prestes a desligar a ligação.

— Com quem você está falando? — ela gritou pela casa ao bater a porta da geladeira.

Entrou na sala de estar com uma coca e um pacote de batata chips.

— Você me ouviu? Com quem você está falando? — continuou a berrar, empurrando um punhado de batatas fritas pela matraca.

Lilly começou a rir pelo telefone.

O nome de Jenny deveria ser Benny, porque tudo nela gritava que era um moleque adolescente. Ela tem quinze anos, vai fazer dezesseis em breve, e está no ensino médio. Tem cabelos longos e escuros que deixa amarrados em um rabo de cavalo baixo e grandes olhos verdes como os meus. Quando paro para pensar, ela realmente não é nada feminina. Veste-se como um menino, arrota como um homem, anda como um cara e luta como um pitbull. Essa última parte, graças a mim, claro. Até o quarto dela é coberto de cartazes de carros e as roupas de cama são azuis e verdes.

— Ei, vou desligar, ok? Minha irmãzinha barulhenta chegou em casa. Estarei aí para te pegar depois do trabalho amanhã, ok?

— Ok, beleza. Até amanhã.

Desliguei o telefone, revirei os olhos para Jenny e me levantei para sair da sala.

— Não era a Renee, era? — Jenny sorriu para mim como se tivesse acabado de me pegar em flagrante.

— Não é da sua conta, intrometida. — Sorri de volta.

— Ah, meu Deus, seu traíra! — Ela riu e pedaços de batatinha voaram de sua boca. — Graças a Deus! Já era hora. Você sabe que nunca gostei daquela vadia da Renee.

— Olha a boca! E não, não era a Renee, mas isso fica entre nós, ok? Sério, Jenny, é importante, ok?

— Ok, tudo bem. Então… quando vamos conhecer a moça?

— Nunca! — Eu ri e cutuquei a ponta do nariz dela ao passar por ela.

— Ah, qual é. Não é justo, Devin!

Essa situação não iria tão longe. Eu sairia com ela, pegaria meu dinheiro e nunca mais a veria na vida. Tudo bem, duraria uns de três meses, mas ela não conheceria minha família de jeito nenhum, especialmente porque eu não ia conseguir enganar meu pai e ele saberia qual era a situação se eu a trouxesse em casa.

Bem, tenho um encontro amanhã. Ossos do ofício.

Naquela noite, depois que meu pai chegou em casa e jantamos, relaxei na cama e tive um sentimento repentino de culpa. Eu seria capaz de fazer o que precisava? Seria capaz de mentir na cara de Lilly? A maioria das pessoas me considerava um canalha sem coração e, honestamente, eu meio que fiz por onde. Era, de muitas maneiras, meu muro de proteção. Isso impedia que as pessoas se aproximassem de mim, o que, por sua vez, me impediu de me aproximar das pessoas. Um psicólogo chamaria de mecanismo de defesa. Eu chamo de inteligência.

A realidade era que eu não era um canalha sem coração. Não queria magoar essa menina, mas mentir para ela e fazê-la pensar que estava interessado iria magoá-la sem que ela soubesse. Honestamente, ela era adorável. Eu conseguia me ver saindo com ela e sendo seu amigo. Talvez fosse por isso que me sentia tão mal sobre o que estava começando a fazer.

Quase não dormi naquela noite. Eu me virei e revirei e, quando finalmente dormi, tive pesadelos horríveis sobre o dia em que minha mãe foi embora sem olhar para trás. Acordei às cinco e meia da manhã, encharcado de suor e ofegante. Nem me esforcei para dormir de novo.

Quando meu pai foi abrir a oficina, eu já tinha terminado de trabalhar no velho Cadillac da Sra. Bennett e trocado os pneus do Chevy novo de Ralph. Meu pai parou, surpreso, e me encarou como se de repente eu tivesse duas cabeças. Passei as costas da mão no suor que estava escorrendo pela testa.

— O que foi? — perguntei.

— Nada… Se você continuar trabalhando desse jeito, vamos ficar sem trabalho. Já estamos adiantados. O que está acontecendo com você? Andou estranho nos últimos dias. Você está bem?

— Sim, estou bem. Só tentando me manter ocupado. Temos que arranjar esse dinheiro. Não sei se você esqueceu, mas temos que pagar oito mil dólares daqui alguns meses.

— Não, não esqueci, mas tem certeza que está tudo bem?

— Sim, estou bem.

Eu realmente precisava ter cuidado perto do meu pai. O homem não deixava passar nada e não aprovaria o que eu estava fazendo.

Terminei o que tinha para fazer na oficina e entrei para tomar um banho e me arrumar para o encontro. Precisava estar muito motivado e descobrir exatamente onde levaria a garota. Ela era rica, e eu não sabia se conseguiria arcar com os lugares que estava acostumada. Felizmente, depois desse primeiro encontro, a mãe dela me daria a primeira parcela. Isso me ajudaria muito, mesmo.

Sete

UM ENCONTRO COM O DIABO

Lilly

Passei a maior parte da tarde de quinta-feira fazendo compras com minha mãe. Por mais que eu reclamasse disso antes, precisava da experiência dela para encontrar algo para vestir no meu primeiro encontro oficial. Acabei com uma blusa preta bem decotada e uma calça jeans flare justa. Finalizamos com um lindo colar preto que quase alcançava o decote e brincos de pêndulo. Minha mãe tentou me convencer a arrumar o cabelo, mas recusei.

— Vai me contar sobre ele ou não? — Deu um sorriso artificial ao nos acomodarmos em seu restaurante favorito.

— Não tem muito pra contar, na verdade. Ele entrou na loja. Aí depois o encontrei no café, e ele simplesmente me chamou para sair.

— Ah, qual é, Lilly. Aconteceu mais do que isso. Você não sabe nada sobre fofocar com meninas sobre caras? — Ela riu.

— Ok, tudo bem. — Joguei o canudo na minha bebida. — Ele é muito sexy, tipo, muito sexy mesmo, e seus olhos são os olhos verdes mais lindos que já vi. Mas você provavelmente não iria gostar dele. Ele não é rico, mas eu gosto disso nele. Ele trabalha na oficina do pai, e sim, ainda mora com o pai, mas eles meio que são os donos de tudo juntos.

Minha mãe não esboçou reação, o que achei extremamente irritante. Ela deveria estar falando sem parar sobre namorar um cara pobre e como ele provavelmente só estava atrás do meu dinheiro. Forcei a barra para tentar quebrar o silêncio dela.

— Ele não usa roupas caras nem nada e, se não me engano, tem um carro velho. Tipo, muito velho, acho... mas dinheiro não é tudo, né? Quer dizer, contanto que ele seja um cara legal.

— O que quer que te faça feliz, querida, e você tem razão, contanto que ele seja um cara legal, isso é o que mais importa.

Olhei para ela como se fogos de artifício estivessem saindo da sua bunda. Definitivamente, tinha alguma coisa acontecendo.

— Qual é o problema, mãe?

— Nenhum. Por quê?

— Ah, pare. O que você está aprontando?

— Não sei do que você está falando.

— Faça-me o favor! Essa hora você já teria ficado transtornada por eu me encontrar com um cara pobretão e blá, blá, blá. Sabe, o comentário de sempre, nós somos ricas e superiores a ele. Que merda é essa?

— Não, eu sei que você está se sentindo sozinha, Lilly, e se esse cara te faz feliz, então eu estou feliz. Agora, podemos pedir alguma coisa? Estou faminta. Que tipo de vinho você quer?

Talvez ela estivesse passando pela menopausa ou algo do tipo. Não podia me esquecer de pesquisar os sintomas no Google quando chegasse em casa. Nunca tinha ouvido minha mãe falar de forma tão sensata. Mas, as pessoas mudam, e talvez ela estivesse passando por algumas mudanças emocionais. Não é necessariamente uma coisa ruim.

Jantamos quase em silêncio total. Foi muito esquisito. Ela não fez nenhum comentário, exceto para dizer que achava que a roupa nova tinha ficado muito boa em mim e que tinha certeza de que ele ia babar. Eu ri disso. Por que alguém babaria por mim?

No dia do encontro, parecia que as horas não passavam. Eu não estava aguentando esperar a hora que ele me pegaria e me levaria para sair. Essa coisa toda era tão nova para mim. Fazia muito tempo desde que fiquei animada com um novo acontecimento. Era sempre a mesma coisa, várias e várias vezes, durante o último ano mais ou menos. Eu estava lentamente me tornando uma eremita que só trabalhava e, de vez em quando, saía à noite com as amigas.

Por volta das seis e meia, fui ao banheiro da loja, ajeitei meu cabelo e retoquei a maquiagem. Shannon concordou em fechar a loja e ir com meu carro para casa para que eu não tivesse que me preocupar com nada, a não ser caprichar no visual. Estava no meio da aplicação de uma nova camada de brilho labial quando ouvi o sininho da porta seguido de Shannon me chamando.

Enfiei o pó compacto e o brilho labial de volta na bolsinha preta e ajeitei o cabelo mais uma vez. Quando saí para o balcão, Shannon se virou para mim e articulou com os lábios: "Ai, meu Deus, muito sexy!". Não consegui segurar o sorriso.

Foi quando o vi de novo.

Ele estava encostado no balcão, todo sexy, vestindo um par de jeans folgados que pendia dos quadris e uma camisa Henley preta. Ele se virou para olhar para mim, e pude jurar que vi algo em seus olhos que dizia "uau". Corei e abaixei o rosto para me olhar uma última vez. Ele estendeu uma única rosa branca, e eu a peguei dele e a levei ao nariz.

— Obrigada... é linda. — Sorri para ele.

— De nada. — Seus olhos escorregaram para o meu decote.

— Se você quiser, posso colocá-la na água quando chegar em casa. Assim ela não vai morrer no carro — Shannon disse.

Entreguei a flor para ela e sorri de volta para Devin. A primeira flor que ganhei de um cara, pode ter certeza de que ela vai secar e ficar esmagada entre as páginas do meu diário.

— Sei que as rosas são meio clichê, mas imaginei que você provavelmente já tinha ganhado um milhão de lírios na vida — ele disse.

Ri para mim mesma disso. Se ele soubesse! Apesar de este ser o significado do meu nome, nada de lírios para Lilly!

— Pronta? — perguntou, com aquela voz cremosa de *mocha latte* dele. Eu sei, eu sei! Pare de pensar em comida agora mesmo!

— Sim, pronta!

Corri para conversar rapidinho com Shannon para garantir que ela não se esquecesse de nada e o segui até a porta. Ele a segurou aberta para mim e, enquanto eu passava, ouvi Shannon gritar:

— Divirtam-se, crianças. Não façam nada que eu não faria, ou melhor, façam tudo o que eu faria! — Deu uma gargalhada.

Revirei os olhos e senti meu rosto ficar vermelho. Devin deu uma risadinha para si mesmo. No caminho até o carro, colocou a mão na parte inferior das minhas costas e, de repente, senti como se toda a minha pele estivesse se derretendo. O calor de sua mão passou pela minha blusa e foi direto para a espinha. Foi um momento tão doce, e fiquei meio triste quando finalmente chegamos ao carro dele. Senti sua mão sair das minhas costas quando abriu a porta do carro para mim.

— Não é muito, mas é meu — ele disse, se desculpando. Então, fechou a porta e correu pela frente do carro para o lado do motorista.

Na Medida Certa

Antes de ele entrar, sussurrei em voz alta:

— É perfeito.

Era perfeito para mim. Não era um veículo novinho em folha, mas tinha personalidade e pequenos toques por todos os lados que me lembravam dele. Eu já tinha visto carros muito chamativos na vida, e este, no que me dizia respeito, era um de verdade. Assim como o meu velho Honda, um carro de verdade, com arranhões e amassados — um veículo que tinha vivido e, se eu não estava enganada, era um carro esportivo antigo, assim como eu tinha dito antes. Acertou em cheio, querido… acertou em cheio.

Ao me lembrar do dia em que me convidou para sair no café, pensei novamente por que ele queria sair comigo. Ainda não acreditava que esse cara incrivelmente gostoso se sentia atraído por mim. Eu! Lilly Gorda, a menina gordinha da escola, a garota patética que se escondia atrás do dinheiro da mamãe e do papai — pelo menos era isso o que as crianças da escola costumavam dizer. Precisava parar de pensar nessas coisas. Não estava mais no ensino médio. Não era mais aquela Lilly. Só precisava me lembrar disso… até mesmo repetir para mim mesma a noite toda se fosse preciso.

Depois de entrar e ligar o carro, ele se virou para mim e sorriu ao acelerar o motor. Senti minhas bochechas esquentarem e, por um instante, fiquei preocupada de que talvez esse encontro não fosse ser bom para minha pressão arterial. Deus sabe que eu estava um pouco corada só de olhar para o sorriso sexy dele.

— Acredito que eu estava certa sobre o velho Mustang chamado Bertha — eu disse, na expectativa de uma mudança repentina de clima.

— Não, o nome dela é Lucy e ela é um Camaro. — Deu um sorriso gentil, acariciando o painel do carro, como se fosse uma mulher de verdade.

Nunca na vida quis tanto ser um carro, se isso fosse o necessário para que ele me acariciasse suavemente daquela maneira. Desejei, em silêncio, ser um carro — eu era grande o suficiente para isso. Queria me imaginar ronronando toda vez que Devin entrasse em mim e me levasse para dar uma volta. Infelizmente, só consegui me ver bêbada com o rosto sujo de chocolate cantando a introdução da música *Robots in Disguise*, do filme *Transformers*, na grade quebrada do ventilador de Shannon.

— Então, aonde você quer ir? Pensei em ir jantar e ver um filme, mas você decide se quiser fazer outra coisa em vez disso.

— Um filme parece legal. Não sei o que está passando.

Fomos para a frente do cinema e olhamos todos os filmes em cartaz.

Não tinha muitas opções boas, na verdade. Tinha uma comédia romântica sentimental, que tenho certeza de que qualquer outra mulher escolheria, mas eu não estava com a menor vontade de ver. Aí tinha o filme de terror novo que deveria ser supernojento, com muito sangue, sexo e ação… que eu estava morrendo de vontade de assistir.

— Você decide, mas não me importo com sangue e tripas, caso esteja se perguntando. — Dei de ombros, esperando que ele fosse homem o suficiente e escolhesse o filme de terror.

Eu não ia admitir, nem morta, que não era como todas as outras mulheres normais com quem ele tinha saído. Então, apenas sugeri que preferia ver o filme de terror.

— Tudo bem se quiser ver o filme de terror em vez do romance. Pra falar a verdade, fico feliz. Odeio comédias românticas. — Ele riu, e eu me senti relaxada.

— É, eu também. Sem lágrimas femininas e drama para mim.

— Meu tipo de mulher. — Ele deu uma piscadela. — Vamos, vamos comprar os ingressos. — Agarrou minha mão, e o segui até a fila da bilheteria.

As mãos dele eram quentes e firmes, e faziam minhas mãos parecerem pequenas. Gostei do fato de que ele era muito mais alto do que eu e suas mãos eram muito maiores do que as minhas. Mais uma vez, ele fazia eu me sentir pequena, e eu amava me sentir pequena pelo menos uma vez na vida. Regiões ásperas e calejadas roçavam minhas mãos macias e, em vez de me tirar o tesão, imaginei a sensação dessas regiões ásperas em diferentes partes macias do meu corpo.

Ele *pagou* os ingressos e, depois que entramos, *pagou* a pipoca e as bebidas. Eu me senti péssima. Aqui estava eu, dona de uma fortuna, com mais dinheiro na conta bancária do que ele provavelmente ganharia em toda sua vida, e ainda assim ele estava pagando tudo. Eu não disse nada. Ele provavelmente odiaria se eu me oferecesse para pagar. O homem era muito orgulhoso, e a última coisa que eu queria era fazê-lo se sentir pobre ou algo assim.

Logo estávamos acomodados no cinema com as pipocas e as bebidas assistindo os *trailers*. Eu não estava mais tão nervosa, mas não deixei de notar as poucas mulheres que estavam lá olhando para Devin. Tive a sensação de que elas nos olhavam, e senti como se estivessem se perguntando o que diabos ele estava fazendo comigo.

Assistimos ao filme. Eu me sentia uma idiota toda vez que pulava

Na Medida Certa

51

quando o assassino assustador aparecia do nada. Sempre que eu pulava, ele estendia a mão e apertava meu joelho. Adorei isso. Era como se ele estivesse me garantindo que me protegeria caso o assassino pulasse da tela. Nunca ninguém tinha me tratado assim antes. Era um ato insignificante, mas era importante para mim.

Sua risada grave fazia meu ombro vibrar quando eu cobria os olhos nos momentos em que as coisas ficavam muito sangrentas. Não me entenda mal, amava um bom filme de terror, mas algumas coisas eram demais.

Teve um momento em que enfiamos as mãos na pipoca ao mesmo tempo. Puxei a minha para trás, como se o pacote de pipoca estivesse cheio de cobras, e ele mostrou seu sorriso que dizia *eu sei que você me quer.*

Quando nos levantamos para sair, ele segurou minha mão, e senti como se estivesse no ensino médio novamente. Ficar de mãos dadas não era uma experiência que eu já tinha tido antes de hoje, e fiquei triste ao pensar em todas as coisas que perdi quando era adolescente. Mas eu me certificaria de compensar todas essas coisas agora.

Ele abriu a porta do carro para mim e eu entrei. Então sorriu antes de fechar a porta e dar a volta até o lado do motorista.

— Ok, para onde agora? — perguntou.

— Qualquer lugar para mim está bom — respondi.

— Você é assim sempre tão fácil? — indagou, antes de cair na gargalhada. — Você entendeu o que eu quis dizer... não assim. Quis dizer tão fácil de se conviver.

Levei um minuto para entender o que ele estava dizendo antes, e comecei a rir também.

— Entendi o que você quis dizer. Ok, tudo bem... hã... que tal minigolfe?

— Ah, aí sim! Se prepare, sou o rei do minigolfe!

O resto da noite foi um borrão. Nós nos divertimos tanto. Eu me senti tão à vontade com ele. Nós rimos e brincamos um com o outro. Acabou que ele não era muito bom no minigolfe, afinal, e isso foi cômico. Dev passou a maior parte da noite sendo um completo cavalheiro: segurando os obstáculos para mim, pegando bebida, segurando meu taco enquanto eu tirava o cabelo do rosto. Foi incrível.

Mais tarde, depois de eu ganhar três rodadas, concordamos que estava ficando tarde e fomos embora. Conversamos durante todo o caminho de volta ao meu apartamento. Ele fez perguntas sobre mim, e dava para dizer que realmente se importava com as respostas — ele queria me conhecer melhor.

E também respondeu às minhas questões.

— Em que série sua irmã está?

— Jenny está no ensino médio. Ela dá um trabalhão, isso é fato. Juro para você, ela tem a boca de um marinheiro de quarenta anos. Outro dia mesmo ela teve problemas na escola por chamar a professora de matemática de vaca velha.

Comecei a rir. Ele não tinha ideia de como era sortudo por ter uma irmã de quem era tão próximo. Ter uma irmãzinha por perto era uma ideia que realmente me agradava, mesmo que ela agisse como um menino.

— Me fale sobre seu pai. Vocês são próximos?

Aparentemente, o pai dele, Herald, poderia fazer qualquer mulher da cidade cair em seus encantos e consertar um motor com os olhos fechados.

— Parece que você é muito parecido com seu pai. — Sorri.

— Não... não sou não. — Ele não sorriu.

Deixei de lado o assunto família quando ele pareceu ficar tenso, e mudei o tema para carros clássicos. Observei enquanto ele falava animadamente sobre os seus favoritos. Ele era adorável demais quando estava sendo ele mesmo e não o playboy sexy.

Resumindo, foi uma das melhores noites da minha vida. Fiquei triste quando vi que tínhamos estacionado em frente ao meu apartamento. Não queria que a noite acabasse.

Oito

UMA ATRAÇÃO ACIDENTAL

Devin

Passei a maior parte da noite olhando para os seios dela como se eu fosse um adolescente inexperiente. A situação *não* estava a meu favor até agora. Eu deveria ser quem seduz, mas a inocência dela estava me deixando louco. Seu tique nervoso era morder o lábio e, juro por Deus, toda vez que ela fazia isso eu queria morder o lábio dela também. Isso me deixou desconfortável pra caramba; nunca tinha acontecido comigo.

Outra coisa surpreendente sobre Lilly... ela era ótima. Fiquei chocado com o quanto me diverti no nosso encontrinho "falso". Não teve álcool, drogas ou sexo, apenas uma boa dose de diversão entre amigos, e isso estava me tirando do eixo de verdade. Dei mais risada com Lilly do que com qualquer outra mulher, e digo rir de verdade, não a porcaria artificial que eu soltava para agradar uma mulher antes de transar com ela.

Ela era uma das mulheres mais legais com quem eu já tinha saído. O fato de que amava filmes de terror já era bom demais para mim, mas ela também mandava bem no minigolfe! Não tinha como ganhar dela. A maioria das mulheres reclamaria de assistir a um filme para homens, mas não a Lilly. Ela sorriu e deu uns pulinhos fofos toda vez que o assassino aparecia do nada. Usei aqueles pulinhos como desculpa para me aproximar dela e tocá-la. Droga, eu estava começando a gostar da mulher e isso era uma droga.

As coisas que tínhamos em comum eram surreais. Nem em um milhão de anos pensei que me sentiria tão à vontade com uma mulher, e tão rápido; e embora seus seios fossem incríveis, eu não ficava pensando em transar com ela a cada cinco segundos. Eu realmente gostava da companhia dela. Era meio triste que não poderíamos continuar amigos depois que toda essa situação acabasse. Isso não terminaria bem... eu sabia desde o começo. Ela me odiaria quando, de repente, eu parasse de falar com ela... era esperado. Ela não era minha amiga, isso era um trabalho.

Quando chegamos ao apartamento de Lilly, saí e abri a porta do carro para ela. O cinto de segurança tinha puxado sua blusa decotada um pouco para baixo, e dava para ver uma pontinha de sutiã rosa claro. Não a porcaria preta, com rendas, de estampa de zebra, como os sutiãs que Renee e as outras piriguetes usavam, apenas um rosa bebê suave que combinava muito com ela.

Ela devia passar creme nas mãos umas dez vezes por dia. Era a única explicação para mãos tão macias quanto as dela. Eu só podia imaginar como todo o resto dela era macio também. Era isso que passava pela minha cabeça enquanto eu segurava sua mão no caminho até a porta. Senti uma pitada de tristeza quando ela afastou a mão para vasculhar a bolsa em busca das chaves.

Ela as encontrou e se debateu com a fechadura por um momento. Suas mãos estavam tremendo tanto que as chaves estavam tilintando. A pobrezinha estava uma pilha de nervos. Ela provavelmente pensou que eu lhe daria um beijo de boa-noite, já que era isso que acontecia em encontros normais. Pelo menos isso foi o que ouvi dizer... nunca tive encontros de verdade.

No início do encontro, ela estava nervosa, e foi fofo, mas depois que se sentiu à vontade comigo, o nervosismo desapareceu. Assim que começou a se divertir, ela ficou ainda mais fofinha. Seu sorriso feliz iluminou seu rosto e ela ficou radiante. Eu realmente gostei desse brilho. Odiei que estivesse nervosa de novo e, por algum motivo estranho, eu queria que ela sorrisse... queria que ficasse radiante.

Estendi a mão e coloquei sobre a dela para que parasse de tremer. Deixei os dedos sobre os dela por mais tempo do que o necessário enquanto lentamente pegava a chave e destrancava a porta.

— Obrigada — ela disse, olhando para baixo e colocando o cabelo atrás da orelha.

Quando ela olhou para cima novamente, sorriu, e seu rubor *me* fez sentir um calor. Percebendo que estava perdendo o controle da situação, eu me sacudi.

— Imagina. Eu me diverti muito hoje. Espero que possamos fazer isso de novo.

— Eu também — ela disse.

Eu estava prestes a dizer boa noite... talvez beijá-la na bochecha e sair correndo, mas, novamente, ela me surpreendeu.

— Sabe... minha amiga ainda não chegou se você quiser entrar um

Na Medida Certa

pouquinho. — Ela me olhou de lado através da franja escura e mordiscou nervosamente o lábio inferior.

Inconscientemente, lambi os lábios ao imaginar mordiscar o lábio dela também. Ela ficava tão inocente e doce com suas bochechas flamejantes. De repente, minha garganta pareceu se fechar, e engoli em seco.

Eu queria mesmo entrar no apartamento dela? O que ela estava oferecendo? E se ela estivesse se oferecendo, eu seria capaz de dizer não? Ela sabia que, ao me convidar para entrar, estava praticamente dizendo que queria fazer isso? Provavelmente não, ela era inocente demais para isso.

— Claro — deixei escapar.

Entrei no apartamento e fui cercado por um lugar autêntico e acolhedor. Não sei direito o que esperava encontrar — talvez um palácio enorme com lustres de cristal? Em vez disso, havia sofás grandes e confortáveis e fotos nas paredes. O lugar gritava "lar doce lar", e eu me senti aliviado por ela não morar em um daqueles apartamentos chiques que eram tão perfeitos que você ficava com medo de sentar no sofá e foder as almofadas.

— Fique à vontade. Vou ao banheiro rapidinho. O controle está na mesa de centro, pode ligar no canal que quiser. Já volto.

Sentei no sofá grande e macio e relaxei por um instante navegando pelas centenas de canais. Droga, eu daria tudo para ter uma TV a cabo cara.

Por fim, cheguei ao canal Discovery, e uma cirurgia cardíaca muito legal chamou minha atenção. O narrador estava me guiando por todo o processo com a imagem do peito aberto e o coração exposto. Eu assisti meio enojado e meio espantado.

Logo ela voltou vestindo uma calça de flanela linda rosa e preta e uma regata preta. A roupa a cobria completamente e realmente não tinha nada de sexy, mas aquelas alças do sutiã rosa estavam muito visíveis. Por alguma razão que não entendi muito bem, fiquei excitado.

Mudei de posição no sofá e peguei uma almofada para cobrir a virilha… só por precaução.

Nunca na minha vida achei uma mulher gordinha atraente, mas Lilly era um tipo diferente. Ela era cheinha nos lugares certos e tinha um cabelo comprido lindo. O desejo de passar os dedos por ele me acompanhou a noite inteira. Teve uma hora durante o minigolfe que ela amarrou o cabelo em um coque bagunçado para que pudesse ver melhor a jogada, e eu quis implorar para que ela o soltasse novamente.

Seu cabelo estava preso agora e eu queria pedir a ela para, por favor, desamarrá-lo. A visão daquele cabelo comprido caído em seus ombros e aquelas alças de sutiã rosa aparecendo estavam me excitando.

— Encontrou algo bom? — ela perguntou, sentando-se ao meu lado no sofá e apoiando os pés com uma pantufa felpuda na mesa de centro.

Desde quando pantufas felpudas eram sexy? Droga, preciso transar em um futuro muito próximo.

Uma expressão horrorizada surgiu em seu rosto quando ela percebeu o que eu estava assistindo. Aparentemente, ela só gostava de sangue e tripas falsos.

— Ai, meu Deus! O que você está vendo? Eca, troque, troque agora! — E cobriu os olhos.

Brinquei com as mãos dela e ri.

— Ah, qual é, Lilly! Achei que você gostasse de sangue e tripas? — Continuei a puxar suas mãos.

Ela caiu para trás no sofá para se afastar de mim, e eu a segui enquanto ela arrancava o controle remoto das minhas mãos. Fiz cócegas nela para recuperá-lo. Assim que consegui, me inclinei para trás e o mantive fora do seu alcance. Ela, sem querer, esmagou os seios contra mim ao tentar recuperá-lo. Gostei quase tanto quanto gostei de implicar com ela. Eu ria como se tivesse doze anos de idade de novo, quando a vida era simples. Uma risada sincera, como no passado, e foi bom.

Durante toda a brincadeira e as cócegas, consegui prendê-la no sofá. Segurei seus pulsos para manter os braços acima da cabeça e, no momento em que ela percebeu que estava presa, ficou parada debaixo de mim. Sua respiração estava ofegante e profunda, e ela sorria de um jeito inocente para mim. Era incrível senti-la — toda macia e acolhedora... meiga. Não sabia se era por causa da briga de brincadeira ou pelo fato de que eu estava deitado em cima dela, mas minha respiração acelerou.

Estávamos tão perto que eu podia sentir seu coração batendo contra o meu peito. Eu me movi e encostei a testa contra a dela para cheirá-la. Baunilha e cerejas — o aroma de dar água na boca combinava com sua meiguice. Aposto que ela tinha um gosto tão doce quanto o cheiro. Dessa distância, sua pele parecia ainda mais macia do que imaginei, e senti a súbita necessidade de tocá-la. Soltei um de seus pulsos e acariciei sua bochecha com covinhas com o polegar.

No início pensei que beijá-la não seria um problema. Nunca estive tão errado. Eu queria beijá-la... muito. Essa constatação me causou um miniataque de pânico, mas, em vez de sucumbir e me apavorar, me

Na Medida Certa

concentrei em meu polegar na sua pele incrível, e me acalmei. Minha reação a ela estava me assustando pra caramba, e não fazia o menor sentido. Eu não estava tecnicamente atraído por ela, mas estava. Estava atraído por ela, não por seus seios ou sua bunda — mesmo que fossem realmente deliciosos —, mas por ela. Isso nunca tinha acontecido comigo antes, e eu não tinha certeza se gostava. Na verdade, eu odiava.

Ela fazia eu me sentir diferente. Não queria ser o Devin idiota, queria ser meigo. Como aqueles homens submissos que você vê seguindo a mulher por aí e comprando absorventes e tal. Quase ri do absurdo da minha situação. Não queria fingir ser um cara legal para Lilly… eu queria ser um cara legal de verdade. Por nenhuma outra razão, ela merecia toda a meiguice que eu fosse capaz oferecer.

Debati internamente comigo mesmo sobre beijá-la, mas, de alguma forma, com ela eu estava ganhando e perdendo ao mesmo tempo. Lufadas de ar quente atingiram minha boca conforme ela inspirava e expirava. Olhei para os lábios dela e o debate interior aumentou. Só de pensar em tocar aqueles lábios rechonchudos com os meus gerou uma reação imediata. Antes que eu pudesse me conter, passei os lábios pelos dela. Ela respirou fundo e prendeu o ar.

Não era cientista de foguetes, mas conhecia mulheres, e essa garota queria que eu a beijasse, provavelmente mais do que qualquer outra garota que beijei. Ela me queria, e em vez de ficar irritado com isso, eu gostei. A reação dela a mim me deu o maior tesão, pois era um afago para o meu ego.

O que é que essa mulher louca, despreocupada tinha? Ela não era como as mulheres de sempre com quem eu transava. Para começo de conversa, ela não era loira, não tinha olhos azuis, não era alta nem magra. Esta mulher, esta única mulher, estava lentamente quebrando todas as minhas regras e, em vez de baixar a cueca, eu queria baixar alguns muros do Devin para ela — queria deixá-la entrar.

Respirei fundo e fui em frente com o beijo. Eu estava tão perto que pude sentir o calor de seus lábios nos meus quando ela pediu para parar.

— Espere — sussurrou em meus lábios.

Sussurros nunca tinham feito minha pele ferver antes. Essa mulher estava me deixando louco. Devia ser porque ela era proibida. Esse foi o único motivo que consegui elaborar. Ela estava fora dos limites e, para um homem como eu, que não tinha limites com mulheres, era frustrante. E pensar que eu tinha rido quando o assunto do beijo surgiu com a mãe dela. Que idiota eu fui.

Esperei, me equilibrando por cima dela e pronto para sentir sua boca na minha. Com os olhos ainda fechados, ela falou no sussurro mais sedutor que já senti na pele. Seus lábios roçavam os meus a cada palavra, fazendo os músculos da minha virilha formigarem.

— Sei que provavelmente estou arruinando o que poderia ser o momento mais perfeito da minha vida, mas, por favor… — ela parou e abriu os olhos.

Mergulhei em seus olhos castanhos profundos e quase me afoguei. Prendi a respiração enquanto a esperava terminar a frase.

— Não faça isso se não significar nada pra você — ela terminou.

Não tinha certeza se sabia o que ela estava me pedindo. Não tinha certeza do que significava para mim. Só sabia que queria beijá-la. Não ia *significar* nada. Um beijo é um beijo. Não era culpa minha se as mulheres transformavam essas coisas insignificantes em grandes questões dramáticas, mas o fato era que Lilly não era beijada com frequência, se é que era beijada, e isso ia significar algo para ela.

Ela provavelmente se lembraria desse momento pelo resto da vida; por outro lado, em três meses, quando tudo estivesse pago e meu carro tivesse uma pintura nova, eu nunca mais pensaria nela. Que tipo de homem eu seria se a beijasse sabendo disso tudo? Mas desde quando eu dou a mínima para coisas como consequências? Especialmente as consequências para uma mulher que, em breve, eu nunca teria que ver novamente.

Esse foi o pensamento final antes de me entregar, fechar os olhos e pressionar os lábios nos dela.

Sua boca era tão suave e doce quanto parecia. Ela soltou um gemido que arrepiou meus braços. Aproximei o corpo do dela e deslizei os braços atrás de seus ombros para puxá-la para mais perto de mim. O beijo ficou mais intenso quando nossos corpos se aproximaram. Abri a boca e passei a língua ao longo de seus lábios, forçando-a a abrir a boca. Ela abriu sem resistir, e eu deslizei a língua para dentro.

A doçura que engoliu minha boca foi simplesmente incrível. Nenhuma mulher deveria ter um gosto tão delicioso. Eu queria mais, então tirei uma das mãos de seus ombros e a deslizei pela parte de trás do seu pescoço, enfiando os dedos em seus cabelos e puxando seu rosto para mais perto do meu. Inclinei a cabeça para o lado e, antes que percebesse, estávamos dando um beijo incontrolável de deixar as pernas bambas.

Eu não conseguia pensar em nada além do fato de que a queria. Começou como um beijo inocente, mas agora eu tinha que tê-la. Interrompi

Na Medida Certa

59

o beijo, e nós dois buscamos o ar tão necessário respirando fundo. Abri as pernas dela com o joelho e encaixei meu corpo entre elas, me reposicionando por cima dela.

Sabia que o que estava fazendo violava as regras, mas todas as coisas boas geralmente violavam. Eu a beijei novamente, depois me afastei de seus lábios e dei beijos suaves na lateral do seu pescoço. Baunilha e cereja preencheram meus sentidos.

— Você cheira tão bem, e seu gosto é ainda melhor. Caramba, linda, você é tão gostosa — sussurrei no pescoço dela.

Conversa sedutora não era do meu feitio, mas as palavras pareciam sair por conta própria. Ela me transformou em um romântico tagarela.

Suas reações inocentes e seu toque delicado eram demais. Meu pau estava tão duro que começava a doer, e aquele traço de dor trouxe um pouco de bom senso de volta para mim. Eu tive que parar. Se não parasse, arruinaria minha chance de ganhar o dinheiro antes mesmo de começar.

Pressionei o quadril contra ela mais uma vez, apenas para senti-la por cima da roupa antes de me afastar. Pelo menos achei que me afastaria, mas quando estava prestes a fazê-lo, ela deslizou as mãos pelas minhas costas, agarrou minha bunda e juntou ainda mais meu quadril ao dela. Ela soltou um som curto que me fez latejar inteiro.

Odiava roupas, mas as amava, porque, se não fosse por nossas roupas, eu estaria transando com esta mulher. Eu não podia, sob nenhuma circunstância, permitir que chegasse a esse ponto. Pela primeira vez na minha vida, rezei para que uma mulher me parasse. Precisava que ela dissesse não, porque, honestamente, eu não era mais capaz disso.

Felizmente, antes que eu pudesse começar a tirar qualquer peça de roupa, Shannon, a amiga dela, entrou pela porta. Sentei depressa, puxando Lilly comigo, nenhum de nós conseguindo recuperar o fôlego. Shannon, minha salvadora, não poderia ter voltado para casa em melhor hora.

— Puta merda! Desculpa! — ela gritou, cobrindo os olhos. — Vou direto para o meu quarto, juro. — Andou atabalhoada pelo apartamento com os olhos cobertos e derrubou uma planta no chão.

Aproveitei a oportunidade para escapar.

— Não, Shannon, eu estava mesmo quase indo embora.

Olhei para Lilly com meu melhor olhar de desculpa antes de sair do sofá. Nunca mais deixaria as coisas irem tão longe com ela. Inclinei-me, dei-lhe um beijo rápido e impessoal na boca e fui em direção à porta.

Era o mínimo que eu podia fazer, considerando que, há menos de um minuto, estávamos praticamente se comendo.

Eu tinha que fugir — ela era demais para mim neste momento. Se aquele olhar perdido e sonhador não fosse suficiente para me deixar com tesão, aqueles lábios deliciosos esperando que eu os beijasse definitivamente faziam isso.

Olhei para ela antes de abrir a porta. Não tive como não ver o olhar confuso em seu rosto.

— Te ligo amanhã, ok? — eu disse.

Nem esperei pela resposta dela. Vazei.

Nove

MÚSICA TEMA DE UM PROGRAMA DE TV

Lilly

Sou uma vadia. Não uma vadia qualquer, mas uma vadia suja, nojenta, do tipo que perde a cabeça no primeiro encontro. Era uma constatação chocante para mim, considerando que, tecnicamente, esta noite dei meu primeiro beijo e quase perdi a virgindade. Eu estava completamente disposta a dar o que ele quisesse. Na verdade, estava praticamente implorando para ele fazer o que quisesse comigo. Pelo amor de Deus, só o conhecia há uma semana! Quem fazia uma coisa dessas? Aparentemente, eu!

A parte triste era que gostei de ser uma vadia, o que me fazia estar em outro nível de vadia... uma vadia vadiazinha. Culpa dos hormônios.

Entretanto, tive a melhor noite da minha vida. Devin era tudo o que eu sonhava. Esperava, de verdade, que ele me chamasse para sair de novo. Isto se eu não o tivesse assustado com a liberdade toda que dei. Nem acredito no modo como me comportei com ele. Uma vergonha, para dizer o mínimo!

Shannon dizia que era absolutamente normal. Eu dizia que era uma cadela no cio à solta... uma cadela no cio que estava morrendo de fome depois que ele saiu. Não sei por que tive receio de comer na frente dele no nosso encontro. O homem podia olhar para mim e ver que era óbvio que eu comia tudo o que via pela frente. É... foi idiotice. Devia ter me empanturrado. Não queria fazer propaganda enganosa nem nada parecido.

Agora, era hora de jogar o jogo da espera. Ou ele iria me ligar, ou não — eu com certeza é que não ligaria para ele. Já estava parecendo um demônio sexual incontrolável. Acho que acrescentar "vadia desesperada" a essa reputação não era uma boa ideia.

Enfim, a bola estava no campo dele, e cada pedacinho de mim, incluindo as partes femininas mais íntimas, rezavam para que ele jogasse.

Passei o dia seguinte do encontro repassando a noite toda na cabeça. Eu deveria ter feito tal coisa diferente, não deveria ter dito aquilo, será que ele quis dizer isso quando disse aquilo. Ai, meu Deus, um inferno, na melhor das hipóteses.

Shannon ria de mim porque eu estava presa na terra dos sonhos de Devin o dia inteiro. Até me rendi e fui fazer compras — eu... a babaca que detesta fazer compras. Mas eu queria estar preparada. Queria estar sedutora no caso de ter a chance de encontrar o Sr. Sexy Pra Caramba novamente.

Shannon escolheu uma blusa vermelha sexy que mal cobria meus seios e uma calça preta que, eu tinha que admitir, fazia parecer que eu vestia dois números a menos. Qualquer coisa que fizesse sua bunda diminuir era uma coisa boa quando se veste 48.

Escolhi uma sandália linda de amarrar preta com um salto de cinco centímetros. E passamos o resto do dia fazendo as unhas e o cabelo. Minha mãe morreria se soubesse.

Quando voltamos para casa, tínhamos zilhões de sacolas e caixas, novos cortes de cabelo e sorrisos enormes no rosto. Fizemos uma faxina rápida no apartamento, preparamos um jantar rapidinho e nada saudável, seguido de alguma coisa besuntada de chocolate, e então passamos o resto da noite em frente à TV.

Passei o tempo todo verificando o celular para ter certeza de que tinha sinal e que a bateria estava carregada. Estava tudo certo com o celular e, ainda assim, nenhuma ligação.

Naquela noite eu mal dormi.

No dia seguinte, domingo, abri a loja para a Sra. Franklin e passei o dia grudada no balcão da frente com o celular do lado. Estava ficando muito patética e, no final do dia, decidi desistir de achar que ele poderia ligar. Foi uma noite divertida e era só isso. Decidi tirá-lo da cabeça e me esquecer dele e dos seus olhos verdes de arrepiar, seus beijos suaves ou...

— Ok, você tá fazendo isso de novo, Lilly! — disse em voz alta para a loja vazia.

Valerie, sobrinha da Sra. Franklin que vinha duas vezes por semana para analisar a contabilidade, veio dos fundos da loja.

— Você disse alguma coisa, querida?— perguntou confusa.

— Só estou falando comigo mesma — respondi, tirando a franja dos olhos.

— Entendi... quer ir almoçar?

Não conseguia nem fingir que tinha apetite.

— Não, estou de boa. Podemos marcar pra semana que vem?

Na Medida Certa

Passei o resto do dia vendendo joias, quando, e se, aparecia algum cliente. Se não fosse eu comprar aleatoriamente joias caras de vez em quando, acho que a loja já teria fechado meses atrás.

Valia a pena para mim e tenho certeza de que as instituições de caridade para crianças que recebiam anéis e colares de diamantes caros anonimamente estavam contentes também. Sempre mandava para instituições de caridade para crianças. Talvez tenha algo a ver com o fato de que não posso ter filhos.

Lembrava-me de como fiquei triste quando o médico me disse que eu nunca poderia engravidar. *Aparentemente*, se você levar repetidos chutes na parte inferior da barriga de um grupo de adolescentes irritados, isso provocava sangramento interno e afetava sua capacidade de reprodução. As lembranças daquele dia há seis anos ainda doíam.

Pensei que tinha feito algumas amigas novas quando, na realidade, elas me chamaram para sua reuniãozinha na floresta para me contar que não gostavam muito de mim. Nunca tinha ouvido tantos xingamentos horríveis na vida e, depois de um tempo, eu nem sentia mais os chutes. Deveria ter imaginado que tinha algo estranho.

— Vou processar essas vadiazinhas e tirar tudo o que elas têm! — Minha mãe ficou furiosa quando descobriu o que tinha acontecido.

— Mãe, elas são um bando de adolescentes... não têm nada neste momento da vida. Deixa pra lá.

E foi exatamente o que fiz. Eu não ia deixar, de jeito nenhum, aquelas meninas saberem o que tinham tirado de mim. Em vez disso, mudei de escola e nunca mais vi nenhuma delas. Sim, escolhi a saída covarde, mas, se eu tivesse dito alguma coisa, teria sido odiada por todo o corpo discente nos últimos três anos do ensino médio por me livrar de metade das líderes de torcida.

Era uma memória que mantinha escondida no fundo da mente, mas sempre seria lembrada daquele dia toda vez que um bebê fofinho sorrisse para mim. Ficava triste só de pensar em como me sentiria solitária quando ficasse mais velha. Sonhava em ter uma família grande com uma penca de crianças para amar e que me amariam também.

As meninas e Randy diziam que adotar era sempre uma opção. Mas, sinceramente, quem em sã consciência daria um filho a uma mulher solteira? Não importava que, secretamente, eu fosse milionária, uma criança deveria ter uma família, uma mãe e um pai. Pelo menos era assim em famílias normais. Mas, pensando bem, cresci em uma família relativamente "normal" e olha a merda que deu.

Na noite seguinte, nos encontramos no McCrady's, o pub irlandês perto da minha casa. Eles estavam tendo karaokê, e tentei muito me divertir, mas só conseguia pensar em como fui idiota em pensar que tinha alguma chance com um cara tão lindo como o Devin.

No fundo, desejei que não tivesse ido ao encontro. Pelo menos agora, não estaria sentada me perguntando se disse ou fiz algo de errado. Ou, pior ainda, não estaria sentada listando todos os meus defeitos e amaldiçoando minha bunda gorda.

Mesmo com meu humor de merda, não pude deixar de rir histericamente quando Randy subiu no palco e cantou *Like a Virgin*. Não foi engraçado porque, bem... ele era um cara cantando Madonna melhor do que Madonna canta Madonna, mas porque Randy estava tão longe de ser virgem que era simplesmente ridículo. Naquela noite, consegui dormir um pouco, graças às poucas cervejas que bebi enquanto estava com as meninas.

Logo chegou terça-feira e eu já tinha praticamente esquecido de Devin. Estava planejando passar meu dia maravilhoso trabalhando na loja. Já estava com todo esse dia de "reorganizar a loja" planejado. O espaço precisava de uma minirreforma e, além disso, era hora de começar a lançar os produtos da estação.

Como hoje era a folga de Shannon, eu teria a loja toda só para mim. Mesmo que não fosse permitido, mudei a estação de rádio para algo que não era chato e cantei baixinho para mim mesma enquanto decorava.

Eu estava de pé em um banquinho atrás do balcão colocando as decorações de outono quando o sininho na porta tilintou. Virei-me para ver quem era antes de descer e perdi o equilíbrio quando vi Devin me encarando.

Na Medida Certa

Dez

DR. DEVIN

Devin

Fazia quatro dias desde a última vez que falei com Lilly.

Eu me sentia mal por isso? Sim.

Foi a decisão certa? Com certeza.

Ela é uma garota bacana, e não merecia ser manipulada. Precisávamos desesperadamente daquele dinheiro, mas eu não tinha coragem de fazer o que a Sra. Megera Ricaça estava me pedindo, não com Lilly. Preocupar-se com os sentimentos de outra pessoa não era muito do meu feitio, mas fazer isso com ela era o equivalente a chutar um gatinho. Odeio gatos, mas não sou assim tão filho da mãe.

Terminei uma troca de óleo e depois fiz a contabilidade da oficina. A situação estava feia… muito feia. Não demoraria muito para estarmos empacotando tudo e morando na rua.

Senti a crueldade no ambiente antes de olhar para cima e ver a própria megera-demônio parada no meio da oficina. Pela expressão dela, dava para pensar que estávamos sobre uma pilha de animais mortos e vermes. Afastei-me da mesa de metal quebrada e caminhei até ela.

— O que posso fazer por você? — perguntei.

Não queria parecer muito familiarizado com ela no caso do meu pai aparecer lá fora.

— Ah, você já se saiu muito bem. Só estou aqui para te dar sua primeira parcela. Um acordo é um acordo, certo? — Estendeu um cheque, e de longe pude ver a longa fila de zeros.

Afastei os pensamentos ruins da cabeça e mentalmente tirei o diabinho do meu ombro direito.

— Não quero. Não vou fazer isso.

Vi uma raiva descontrolada cintilar em seu olhar antes que ela rapidamente colocasse um sorriso falso nos lábios finos que não alcançou seus olhos.

— O que você quer dizer com "não vou fazer isso"?

— Ela é uma mulher bacana e não me sinto bem em relação a isso, ok? — Eu me virei para sair antes que o cheque pudesse me atrair. Era como se fosse uma força estranha me puxando pelas costas.

— Falei com o Sr. Schaefer outro dia, você se lembra dele, né? Ele foi o homem que te prendeu. Ele concordou em ajudá-lo, desde que eu dê a minha palavra. Acho que é verdade o que dizem... o dinheiro fala mais alto.

— Olha, senhora, eu disse que não vou fazer isso.

— Você está perto demais de perder tudo para de repente criar escrúpulos, não acha? — ela rosnou. — Não seja idiota. Aceite o acordo que estou te oferecendo. Você seria o homem mais egoísta na face da Terra se não aceitasse, por permitir que sua pobre irmãzinha e seu pai morem na rua quando você poderia ter evitado isso. Confie em mim, conheço minha filha. Ela aprovaria, se soubesse como você está próximo de viver naquela coisa que você chama de carro.

Suas palavras atacaram minhas ondas cerebrais e começaram a se infiltrar. Por mais que odiasse admitir, ela tinha razão. Eu *tinha* que fazer isso, pela minha família acima de qualquer coisa. Talvez ela também tivesse razão sobre Lilly. Ela entenderia depois que superasse a mágoa, certo?

— Vamos acabar logo com isso antes que seu pai suje ainda mais meu BMW. Pelo menos suponho que seja seu pai lá fora afogando as mágoas naquela lata de cerveja lá na frente.

Olhei para fora, e ela estava certa, meu pai estava lá fora passando os dedos sujos pela lateral do carro caríssimo dela. Ele definitivamente estava bêbado. Acho que estava desistindo, como eu, só que agora eu me recusava a desistir. Não tinha outro jeito. Estendi a mão na direção dela.

— Me dá o maldito cheque — pedi, ríspido.

— Bom menino. — Sorriu, se virou e foi embora.

— Que vadia — murmurei, em voz alta, para mim mesmo.

Duas horas depois, eu estava do lado de fora da joalheria Franklin novamente. Tirei a tensão dos ombros e verifiquei minha roupa. Que tipo de desculpa eu ia dar por não ter ligado por quatro dias? Estendi a mão e abri a porta. Acho que teria que improvisar.

Eu a vi de pé em um banquinho atrás do balcão. Estava pendurando folhas e flores amarelas e laranjas de outono falsas. Ela se virou para a porta assim que entrei, e vi quando perdeu o equilíbrio e caiu. Ela desapareceu atrás do balcão ao cair no chão. Corri para o lá e pulei por sobre ele.

Na Medida Certa

O sangue vermelho brilhante na perna dela e no chão contrastava com o carpete cinza.

— Você está bem?

Foi uma pergunta estúpida, já que a calça e a perna dela estavam rasgadas; era óbvio que ela não estava bem.

Ela parecia estar segurando as lágrimas enquanto estendia a mão e rolava muito lentamente o que restava da perna da calça para cima.

— Ai! — Ela empurrou a mão para trás. — Acho que acertei a borda do balcão de vidro ali — falou, num sussurro. — Aparentemente, é bem afiada.

Corri para o banheiro dos funcionários nos fundos da loja e peguei o máximo de toalhas de papel que pude.

— Aqui, deixa eu te ajudar. — Estendi a mão para tentar limpar o sangue.

Ela rapidamente se afastou, como se tivesse sido queimada. Isso me indicou que estava muito puta comigo, e eu não a culpava. Eu também estaria se fosse ela.

— Pode deixar, obrigada. — Suas palavras saíram entrecortadas, e ela não olhou para mim em nenhum momento.

Eu a observei limpar o sangue da perna e do chão ao seu redor. Ela não me deixaria ajudar, não importava quantas vezes eu insistisse, mas, quando quase caiu tentando se levantar, estendi a mão e a segurei, apesar da sua reclamação. Assim que a acomodamos em uma cadeira confortável, ela me deixou tirar os papeis e olhar para o corte enorme na lateral da perna que ainda escorria sangue.

— Temos que te levar para um hospital. Odeio te dizer isso, linda, mas você vai precisar de pontos.

Ela ainda parecia prestes a chorar, mas não saiu nenhuma lágrima.

— É só um arranhão — ela disse. — Vai ficar tudo bem. Só vou ter que colocar um monte de Band-Aids.

A expressão em seu rosto olhando para o sangramento me disse que ela também sabia que precisaria de pontos. Reconheci o momento exato em que aceitou que teria que ir para o hospital. Ela balançou a cabeça e tentou se levantar da cadeira.

— Preciso fechar tudo primeiro.

Ela se levantou para fechar a loja e soltou um uivo alto com a dor na perna.

— Deixa isso comigo. Só me diga o que fazer — ofereci.

Ela me deu a orientação de como trancar a porta da frente e puxei a placa de "fechado". Enquanto fazia isso, ela ligou para a dona da loja para dizer que precisava sair e explicou o porquê. Ouvi a senhora do outro lado da linha enlouquecendo de preocupação.

Eu, finalmente, a convenci a me deixar levá-la ao hospital, e logo estávamos a caminho. Não trocamos uma palavra no carro. A mulher tagarela e alegre do nosso encontro não estava presente e, com ela se contorcendo de dor a cada dois minutos, achei que não era o melhor momento para mentir sobre o motivo pelo qual desapareci da face da Terra. Teria que ser algo bom — algo que tocasse seu coração. Quando chegamos ao hospital, eles a levaram. Ela não disse nada quando a segui.

— Ok, Sra. Sheffield, vou precisar que tire a calça para que eu possa ver melhor isso. — O médico da emergência parecia mais novo do que nós.

Ela deu uma olhada na minha direção, ainda sem me encarar, e respirou fundo, hesitante. Em vez de tirar a calça na minha frente como o médico pediu, rasgou a peça do joelho para baixo.

Observei o médico limpar a ferida e ficar realmente surpreso com o quão grande era. Deixaria uma cicatriz e tanto, isso era certo.

— Sim, definitivamente vamos ter que costurar você. Vamos te dar anestesia primeiro — avisou, pegando uma agulha.

— Não me dê anestesia… só os pontos, doutor — sussurrou, virando a perna.

O médico parece surpreso por um instante.

— Tem certeza, querida? Vai doer.

— Tenho certeza.

— Ok, bem, você talvez queira segurar a mão do seu namorado.

Um rosa suave cobriu suas bochechas, e dei um sorriso malicioso.

— Ele não é meu namorado.

Ela se virou na minha direção de novo; novamente seus olhos não chegaram ao meu rosto. Eu queria fazê-la olhar para mim.

Observei-a se encolhendo e agarrando as laterais da cama do hospital. Com os dentes cerrados, ela soltava pequenos silvos toda vez que a agulha entrava em sua pele. Estava sentindo uma dor horrível, mas não chorou nem uma vez — seus olhos nem sequer lacrimejaram.

Perdi a conta de quantos pontos ela recebeu. Eu estava muito ocupado tentando ficar parado no lugar. Parte de mim queria segurar a mão dela e estar lá perto, mas o pequeno aviso anti-Devin que ela estava usando manteve minha bunda na cadeira. Tive a sensação de que seria mordido se chegasse perto de uma Lilly ferida.

Na Medida Certa

Eles lhe deram muletas e analgésicos, e então a ajudei a ir até o carro. O trajeto de volta para seu apartamento pareceu levar uma eternidade. Eu tinha que quebrar o silêncio logo, isso era loucura. Nunca tive problemas em falar com uma mulher. Fora consertar carros, falar manso com mulheres sempre foi fácil para mim.

Desliguei o rádio.

— Lilly, desculpe por não ter ligado. Sei que você tá puta comigo e... — comecei.

— Não estou brava, eu entendo.

Isso me deteve. Como ela poderia entender? A mãe dela contou?

— Você entende?

— Com certeza — ela balbuciou.

— Você está bem? — perguntei.

Ela passou os dedos pelo cabelo fazendo a franja deslizar sobre os olhos. Balancei a cabeça e, por fim, deixei-a cair contra o encosto. Observei uma mecha de seu cabelo escuro cair em sua bochecha e depois pelo pescoço. De repente, senti como se estivesse levando de carro para casa uma garota bêbada depois de uma festa.

— Suas drogas são rápidas — ela murmurou uma fala de *Romeu e Julieta* antes de rir histericamente. — Eu provavelmente deveria ter mencionado que tenho baixíssima tolerância para analgésicos, hein? — E soltou outra gargalhada.

Não tinha a menor chance de ela me levar a sério agora. Ela estava fora de si — com os olhos vidrados e tudo!

Assim que chegamos ao apartamento dela, tive que praticamente tirá-la do carro. Ela riu o caminho todo até a porta tentando manobrar uma muleta e meu braço ao mesmo tempo. Eu me peguei rindo também. A questão é que ela era uma drogada fofinha.

Se eu fosse qualquer outro cara, poderia tirar o máximo proveito desta situação. Poderia transar como um louco com ela, e ela não ia nem desconfiar do que aconteceu pela manhã. Se eu fosse qualquer outro cara, provavelmente seria o que eu faria. Em vez disso, peguei a chave dela, abri a porta e a ajudei a ir até o sofá, onde ela desabou em gargalhadas, me puxando para baixo consigo.

Senti seus braços passando em volta da minha cintura, e todo o meu corpo reagiu. A sensação desceu direto pelo meu abdômen e pelas coxas. Meu jeans ficou apertado na virilha tão depressa que surtei. O mais rápido que pude, recuei e tentei me levantar para fechar a porta.

— Não vá embora — ela balbuciou com os olhos fechados. — Não quero ficar sozinha… estou tão cansada de ficar sozinha.

Ela olhou para mim com o olhar triste e sem foco, e sua cabeça caiu no meu ombro. Ela apagou em um segundo.

Deitei-a de costas e coloquei suas pernas no sofá, tomando cuidado para não encostar no corte. Levantei, fechei a porta e então refleti se deveria ou não deixá-la sozinha, ou se era melhor esperar sua amiga chegar em casa. Decidi esperar e me sentei no sofá para assistir TV pelo que pareceram horas.

Suas últimas palavras antes de desmaiar ficaram na minha cabeça. Ela estava cansada de ficar sozinha. Talvez quando tudo isso acabar, eu encontre um cara legal, que de valor à ela. Considerando tudo, ela era realmente ótima. Boa demais para um merda largado como eu. Minha própria mãe não me quis, por que aquele doce pedaço de mulher deitado no sofá iria me querer? Eu não era bom o suficiente, mas havia algum cara por aí que era, e eu o encontraria se pudesse. Era o mínimo, considerando o que estava fazendo com ela.

Vigiei e observei-a dormir tranquilamente no sofá. Ela parecia angelical… toda inocente, e eu era o diabo. Era o demônio terrível que estava pronto para atacar. De repente, senti um pouco de enjoo.

— Eu preciso fazer isso — afirmei, para ninguém, mudando de canal e endurecendo meu coração.

Por fim, eu me senti ficando cansado, e em pouco tempo estava dormindo também. Não sei por quanto tempo dormi, mas acordei com alguém dizendo "ai" repetidas vezes. Olhei para cima e vi Lilly mancando em direção à cozinha. Levantei para ajudá-la.

— Mas que merda você está fazendo? — perguntei.

— Estou com sede. — Ela estava respirando com dificuldade.

— Por que não me acordou? Eu pego para você. Aqui, sente antes que os pontos se abram. — Eu a ajudei a voltar para o sofá e fui explorar a cozinha bem decorada.

Encontrei uma Coca-Cola na geladeira e levei para ela.

— Quer mais alguma coisa? Está com fome? Posso fazer alguma coisa para você.

— Não, mas obrigada. — Ela envolveu a lata de coca nas palmas das mãos nervosamente. — Você pode ir. Não precisa ficar sentado aqui tomando conta de mim. Eu agradeço mesmo, mas posso ligar para minha

Na Medida Certa

mãe vir até que Shannon chegue em casa. — Encolheu-se de dor ao colocar a perna de volta no sofá.

— Eu não me importo, gosto de ficar aqui com você. — Só disse isso para ela não se sentir cansada de mim, mas assim que as palavras saíram, percebi que realmente sentia aquilo. — Além disso, que tipo de cavalheiro eu seria se deixasse você aqui sozinha? Fique sentada aí e deixe o Dr. Devin cuidar de você.

Ela finalmente deu uma risadinha, mas parou de repente ao segurar a perna dolorida.

— Quer que eu pegue outro comprimido para dor? Já passou um tempo... você pode tomar outro, se quiser.

— Não, estou bem. Não costumo tomar analgésicos e ainda estou me sentindo meio grogue do que já tomei. Mas obrigada.

— Você é doida. Se está com dor, tem que tomar. Ainda não acredito que deixou o médico dar os pontos sem tomar anestesia. Você é o sonho dos tatuadores. A maioria das mulheres teria chorado.

— Eu não choro — garantiu, com delicadeza.

— Como assim você não chora? Tipo, nunca? Você nunca chora?

Essa era a coisa mais louca que eu já tinha ouvido — mulheres choram, é isso que fazem. É, tipo, programado no DNA delas serem choronas e emocionadas. Acho que nunca conheci uma mulher que não choramingasse e chorasse por uma coisa ou outra. Até minha irmãzinha Jenny, que era durona, chorava de vez em quando por algum motivo.

— Nunca — ela soou ríspida.

— Nem quando você era criança?

— A última vez que chorei eu tinha quinze anos. Faz anos que derramei uma lágrima e não pretendo começar de novo tão cedo. — Deu-me um sorriso tenso.

Não toquei mais no assunto. Algo muito traumático deve ter acontecido com ela. Essa simples confissão mudou algo. Por um breve momento, vi uma Lilly machucada. Era algo que sabia reconhecer quando via. Mas, tão rápido quanto apareceu, sua máscara de garota risonha foi firmemente colocada de volta.

Ela estava escondendo algo... um lado sombrio que somente outra pessoa machucada conseguia ver. De repente, senti um indício de macho protetor surgir em mim. Esforcei-me muito para não rosnar e esfregar as patas no chão. Era uma situação enlouquecedora. Aqui estava eu...

o causador de sofrimento, e ainda assim queria espancar qualquer um que sequer considerasse fazer essa mulher sofrer.

Fiquei chocado ao perceber como me sentia protetor em relação a ela. Era uma sensação estranha, considerando que a única mulher na minha vida com quem já me senti assim foi minha irmã. Ela era a única mulher no meu mundo para quem eu dava a mínima.

Assistimos algumas séries, e então ela me pediu para ajudá-la a ir para a cama. O quarto dela era exatamente como eu imaginava. Muito Lilly... essa era a única maneira que eu podia explicar. Em primeiro lugar, não tinha nada rosa, pelo que agradeci em silêncio. Seu quarto era de uma cor neutra com palmeiras por todos os lados. Era como estar preso em uma ilha abandonada. Havia uma enorme cama *king size* que pareciam nuvens fofas e, ao lado da cama, havia uma mesa de cabeceira coberta de livros.

Ela mancou para o banheiro e ficou lá por um tempo antes de sair com o cabelo amarrado alto na cabeça e uma calça de pijama cheia de cerejas. Era apropriado, já que ela naturalmente cheirava a baunilha e cerejas. Eu não deveria saber disso... não deveria me importar em saber disso. Dei-me um soco mental nas bolas.

Ajudei-a a deitar, dei-lhe o controle remoto da TV e me preparei para sair. Seu quarto enorme de repente ficou muito pequeno.

— Eu te ligo amanhã... tudo bem? — indaguei, saindo do quarto. — Vou garantir que a porta esteja trancada, e se precisar de alguma coisa antes que Shannon volte, me ligue.

— Devin — ela sussurrou.

— Sim — parei e me virei para encará-la.

— Eu realmente odeio ter que pedir isso, mas você poderia ficar até eu dormir? Não quero parecer uma bebezona, mas não quero ficar sozinha agora.

O quarto começou a encolher de novo. Balancei a cabeça afirmativamente e voltei para a cama. Minhas palavras estavam literalmente presas na garganta. A última vez que fiquei assim, sozinho com a Lilly, quase transamos. Jurei que nunca mais chegaria a esse ponto de novo. No entanto, aqui estava eu, subindo na cama com ela.

Sentei encostado na cabeceira. Ela se aconchegou debaixo das cobertas com os olhos fechados enquanto eu passava os canais tentando encontrar algo para assistir.

Não me lembro de ter adormecido. Só sei que fazia muitos anos que não dormia tão bem. Não sei se foi o colchão macio e caro, ou o fato de

Na Medida Certa

que ela se aconchegou em mim a noite toda. Tudo o que sei é que, quando acordei na manhã seguinte, senti um corpo quente pressionado ao meu em todos os lugares perfeitos.

Meio adormecido, puxei aquele corpo para mais perto de mim e pressionei minha ereção naquele calor suave. Ouvi um gemidinho que, na minha cabeça, era um sinal verde brilhante, então continuei me pressionando nela.

Tirei algumas mechas de cabelo grosso e cheiroso do caminho e comecei a beijar a parte de trás de seu pescoço. Eu a senti se virar em meus braços, e logo seus lábios estavam nos meus e eu estava agarrando uma bunda e puxando-a para mais perto.

Eu a beijei com fervor e com vontade, e seus suspiros suaves me deixaram ainda mais duro. Coloquei a mão dentro de sua blusa e a senti tensa contra mim. Ela não disse nada, então continuei. Com os olhos ainda fechados, eu a coloquei de costas e me encaixei entre suas pernas. Eu não precisava ver... conheço o caminho por um corpo feminino. Eu me encostei em sua coxa e a sensação foi tão incrível que pensei que ia gozar ali mesmo, mas devo ter encostado nos pontos em sua perna, porque ela soltou um grito pavoroso que me tirou do meu torpor sonolento e excitado.

Dei um pulo e balancei a cabeça tentando me recompor. Ela puxou as cobertas e começou a verificar as ataduras para se certificar se eu não tinha, acidentalmente, arrebentado os pontos.

— Desculpa — pedi, passando as mãos pelo cabelo e puxando as pontas.

— Tá tudo bem.

Seu cabelo estava todo bagunçado e seus olhos estavam pesados de sono. Seus lábios estavam úmidos e vermelhos dos meus beijos, e ela mordiscava nervosamente o lábio inferior. A alça de sua regata estava caída para o lado, revelando uma parte da lateral do seu seio. Ela estava tão tentadora. Eu só conseguia pensar em subir em cima dela e me enterrar forte e profundamente nela.

Movimentei os quadris e me ajustei para aliviar um pouco a pressão do jeans no meu pau duro. Essa merda não estava ficando mais fácil. Estava ficando mais duro... literalmente. Se ficasse mais duro ia estourar um botão da minha calça.

Esse mero pensamento me deixou irritado. Isso era uma bobagem completa e total. Este não era eu, e que uma maldição caia sobre mim se eu deixar alguma mulher me transformar num fracote em relação a sexo.

Eu não deixaria isso acontecer. Jogaria esse jogo, pegaria meu dinheiro e cairia fora.

— O que você tem? — eu me ouvi perguntar.

— Como assim? — ela perguntou, nervosa.

— Não consigo manter as mãos longe de você. — Ri sarcasticamente para mim mesmo, enquanto passava as mãos pelo cabelo de novo. — É por isso que tentei ficar longe, mas você tem alguma coisa. Desculpa. De agora em diante, prometo que não vou mais te tocar.

Eu não conseguia nem olhar para ela enquanto falava. Tinha vergonha de estar me sentindo assim. Estava puto por ter que me desculpar por mim. Eu sou homem e gostava de sexo… fim de papo. Não deveria ter que pedir desculpas por isso. É quem eu sou.

Sempre me orgulhei do fato de que nunca perdi o controle com mulher nenhuma e, no entanto, aqui estava eu, perdendo o autocontrole o tempo todo com essa mulher. Essa por quem eu ficava dizendo a mim mesmo que não me sentia fisicamente atraído. Era uma piada cruel de Deus.

Quando ela finalmente falou, tive que me forçar a ir embora.

— Gosto quando você me toca — sussurrou.

Ela estava olhando com um olhar inocente para mim, e vi um rubor rosa cobrindo sua pele. Foi difícil para ela dizer essas palavras.

— Tenho que ir. Te ligo mais tarde.

Então, fiz o que eu era bom em fazer: deixei uma mulher na cama me implorando com os olhos para que eu ficasse. Nem sequer esperei por uma resposta. Tinha que sair daquele quarto antes de pular naquela cama e ferrar os miolos dela.

Passei por Shannon a caminho da porta e, por um instante, achei que seus olhos iriam saltar da cabeça. Fechei a porta atrás de mim, mas não antes de pegar o sorriso malicioso que a mulher lançou em minha direção.

Na Medida Certa

Onze

HORA DA FESTA

Lilly

E a gorducha caiu. Diante do Deus da luxúria, ainda por cima, o que deixou a situação dez vezes melhor. Nunca fui de fazer nada malfeito. Eu não poderia só ter caído. Ah, não, não eu. Tive que cair e rasgar a panturrilha, e bem na frente de Devin. Não de Shannon, não sozinha, para ter que arrastar minha bunda gorda pelo chão da joalheria até o telefone. Ah, não... Devin *tinha* que estar lá. Depois de dias esperando que me ligasse, ele apareceu na loja para me ver fazer papel de boba. Não bastava me arrebentar bem na frente dele. Também passei o resto do dia na emergência. Ele ficou comigo o tempo todo, provavelmente porque achou que precisava ou que era a coisa certa a fazer.

Então, como a babaca estúpida que sou, aceitei o remédio para dor que o médico me deu porque — dã — estava doendo muito. Essa foi outra das minhas grandes e brilhantes ideias! Impossível saber o que eu disse ou fiz enquanto estava drogada.

Então coloquei uma cereja enorme em cima do bolo quando praticamente implorei para ele passar a noite comigo. Implorei... como uma cadelinha... olhar de cachorro pidão e tudo. Ainda estava sob uma pequena influência de medicação para dor naquele momento, mas isso não é desculpa.

E você acha que eu parei por aí? Ah, não, não a Lilly! Comecei a assediá-lo na manhã seguinte sem perceber que ele ainda estava dormindo quando me beijava e correspondia aos meus avanços.

Isso é bom porque me permite saber que sou uma completa e total imbecil! E também é bom porque, se ele voltar depois de todas as vezes que eu praticamente me joguei em cima dele, vai significar que era para ser mesmo.

O que havia de errado comigo? Meus hormônios estavam nas alturas. Talvez eu devesse ficar longe dele? Ele disse uma coisa antes de sair que me deixou muito surpresa. Ele disse que estava tendo dificuldade em manter as mãos longe de mim. De mim! Que loucura! Ninguém nunca me disse algo assim antes.

Claro que ele estava correndo para a porta quando disse isso. Correndo para salvar sua vida… tenho certeza de que estava com medo de ser comido vivo.

Depois que ele saiu, passei o dia inteiro na cama. Minha perna doía tanto que eu mal conseguia aguentar. A Sra. Franklin enviou o maior buquê de flores que já vi na vida e depois ligou um milhão de vezes para ver como eu estava. Shannon comentou algo sobre ela estar com medo de que eu a processasse. Se elas soubessem…

Se Shannon tivesse tempo de verificar seu talão de cheques, veria que eu nunca descontei nenhum dos cheques que ela deu para pagar as contas. Eu diria que ela tem uma grana e tanto em sua conta. Eu não aguardava ansiosa pelo momento em que ela finalmente percebesse que estava vivendo comigo sem gastar nada. Ela não era de jeito nenhum uma aproveitadora, e já podia imaginar a ira que destilaria em mim por causa disso. Só o fato de que nunca mencionei que era podre de rica seria o suficiente para deixá-la puta.

Tive que explicar inúmeras vezes o que aconteceu no dia anterior quando Shannon e eu brincamos de jogo das perguntas sobre Devin. Depois do almoço, ele me ligou para ver como eu estava, e ganhei o dia.

— Não saia dessa cama, mocinha! — brincou.

Não consegui parar de sorrir pelo resto do dia. Finalmente, quase na hora do jantar, me arrastei para fora da cama e tomei banho, e isso me ajudou a me sentir melhor. Saí mancando do banheiro para o quarto, tentando com todas as forças manter a toalha enrolada em mim. Ainda estava com muita dor, e Devin estava certo, essa coisa definitivamente deixaria uma cicatriz e tanto.

Mais tarde naquela noite, ele ligou de novo e perguntou se eu topava um jantar no fim de semana. Como se eu fosse dizer não.

— Tem um restaurante muito bom que quero te levar. É o mínimo que posso fazer, já que tenho te pisoteado como uma fera selvagem — brincou.

Se ele soubesse o quanto eu queria que soltasse suas feras em mim. Ele achou que fiquei ofendida com seus toques e beijos, enquanto, na verdade, tive que trocar de calcinha três vezes durante o dia só de pensar nisso. No mínimo, ele estava acelerando meu metabolismo, porque toda vez que se aproximava de mim ou qualquer hora que eu pensava nele, meu batimento cardíaco aumentava. Metabolismo acelerado é igual a perda de peso. Obrigada, Devin Michaels!

Na Medida Certa

Tirei o resto da semana, incluindo o sábado e o domingo, de folga do trabalho. Passei a maior parte dos dias em casa. Logo, meus pontos não estavam doendo tanto quanto antes, e eu conseguia andar sem ter que me apoiar em alguma coisa. Minha mãe passou por aqui e se assustou com os pontos e com a cicatriz que ficaria. Claro que ela ficou falando que eu precisava largar meu emprego e blá, blá, blá. Não me lembrava do resto. Não prestei atenção, como de costume.

À noite, sentei na cama e conversei com Devin pelo telefone. Não estava aguentando o tanto que ele estava sendo fofo. Ficamos no telefone todas as noites até que eu não conseguisse mais ficar de olhos abertos.

Logo, era sexta-feira, e eu estava me vestindo para sair para jantar. Coloquei uma blusa roxa-escura de gola V e uma saia preta que Shannon disse que eu *tinha* que usar. Não sou muito de usar saia, mas qualquer coisa roçando na perna ardia e coçava.

No entanto, consegui usar uma bota de cano alto que não ficava justa na perna. Ela tinha o comprimento certo para cobrir o curativo. Um pouco depois, me maquiei e arrumei o cabelo, e estava mordiscando o interior da boca esperando Devin tocar a campainha. Quando a campainha finalmente tocou, não era quem eu esperava.

— Muito bem, Lilly, você está toda arrumada. — Minha mãe sorriu. — Tem um encontro quente hoje à noite?

Ela deu a volta em mim e jogou a bolsa caríssima no sofá.

— Mãe, está precisando de alguma coisa? Na verdade, tenho sim um encontro quente, e ele vai chegar a qualquer minuto, então você pode ser rápida? — Estalei os dedos para dar ênfase.

— Ah, então agora preciso de um motivo para querer ver minha adorável filha? — Ela deu um sorriso malicioso.

— Mãe, você nunca vem aqui tarde assim. Te conheço. Você teria simplesmente ligado. O que quer?

O toque da campainha impediu sua resposta. Corri para o quarto para pegar a bolsa e corri de volta. Queria sair por aquela porta o mais rápido possível. A última coisa que eu queria era que minha mãe e Devin se encontrassem. *Não* queria que eles se conhecessem. Não podia deixar isso acontecer agora — não se quisesse vê-lo de novo.

Quando saí do quarto, dei de cara com Devin. Ele estava com uma expressão muito estranha no rosto e, por um instante, pensei que ele ia cancelar o encontro e dizer que nunca mais queria ver o meu rosto novamente.

— Você não vai nos apresentar, Lilly? Não seja mal-educada, não te criei assim. — Ela sorriu de um jeito doce para Devin, mas eu sabia o que estava por trás daquela expressão.

Revirei os olhos e exalei pesadamente.

— Mãe, este é o Devin. Devin, esta é minha mãe: controladora, mandona, e acha que é dona do meu prédio. — Dei um sorriso sarcástico e doce para ela.

Pude sentir o nervosismo de Devin irradiando em minha direção. Coitado.

— Devin, você me parece familiar. Já nos encontramos antes? — minha mãe falou, com a voz suave.

O corpo dele inteiro ficou tenso e, por um momento, havia algo de... estranho... no ar.

— Não, senhora, acho que não, mas é um prazer conhecê-la. Lilly, você está pronta? Odeio ser rude, Sra. Sheffield, mas temos reserva para o jantar para daqui a trinta minutos.

— Imagina, Devin. Divirtam-se, crianças.

A maneira como ela disse o nome dele fez meu estômago revirar.

Ela pegou a bolsa e foi até a porta.

— Ligo amanhã, Lilly.

E então ela foi embora. Virei-me para Devin com um olhar de desculpa.

— Me perdoe.

— Pelo quê? — perguntou.

— Não planejei você conhecer minha mãe ou algo do tipo, ela simplesmente apareceu e eu estava tentando expulsá-la quando você...

Ele estendeu a mão e pegou a minha, impedindo que todas as palavras saíssem da minha boca.

— Não se preocupe, não foi tão ruim assim. Pare de se desculpar comigo o tempo todo. — Ele sorriu. — Vamos, estou morrendo de fome.

No restaurante, passei os primeiros minutos olhando o menu e tentando encontrar um prato não tão caro. Também queria que fosse pequeno. Queria que o prato dissesse: "ei, *até* que essa garota não come muito *mesmo*".

Mais tarde, depois que saímos do restaurante, paramos em um posto de combustível rapidinho, e fiquei no carro enquanto Devin colocava a gasolina. Ele se desculpou como um louco por não ter abastecido antes do encontro. Eu ri dele. Como se eu me importasse se o carro estava abastecido ou não. Estava andando por aí com ele, e era isso o que importava para mim neste momento. Não importava se estávamos em um bom restaurante ou em um posto de combustível caindo aos pedaços.

Na Medida Certa

Fui atrás de um pacote de chiclete e estava voltando para o carro quando notei que ele estava conversando com outro cara.

— Lilly, este é meu amigo Matt. Matt, esta é Lilly. — Ele parecia nervoso quando enfiou as mãos nos bolsos e desviou o olhar de mim.

— Prazer em conhecê-lo — eu disse.

A pergunta de um milhão de dólares: caras gostosos andavam em grupo? Era tipo uma sociedade secreta que ninguém conhecia? Porque Matt era gostoso! Ele tinha a mesma altura do Devin, cabelos pretos e olhos azuis da cor do mar. Eu queria enfiar o dedo mindinho em sua covinha quando ele sorriu para mim. Seus olhos se moveram descaradamente de cima a baixo pelo meu corpo e, de repente, me senti nua. Tive que me controlar para não cobrir os seios com as mãos. Um calor tomou conta do meu rosto e comecei a ficar corada.

Será que ele estava se perguntando o que Devin estava fazendo andando pela cidade com uma mulher como eu?

— *Muito* prazer em te conhecer, Lilly.

Ele exagerou nos "Ls" do meu nome, o que fez com que mostrasse a língua para mim antes de chupar o lábio inferior e passar os dentes por ele.

E então eu vi... um olhar que reconheci instantaneamente. Era o mesmo olhar que Devin me deu naquele primeiro dia no café, o mesmo olhar que Devin me dá o tempo todo. Matt estava me analisando. Estava sorrindo e falando comigo de um jeito todo sedutor.

O que diabos estava acontecendo à minha volta? Eu estava, de uma hora para outra, exalando algum hormônio feminino que nunca tive antes? E esse hormônio feminino secreto atraía bestas sexuais? Eu parecia estar cercada por elas ultimamente. Não estava reclamando, mas que coisa?

Olhei para Devin e quase gargalhei quando vi uma careta se formando em seu rosto.

— Então, Lilly, o que está fazendo com um inútil como Devin? Você poderia estar com um homem de verdade como eu. — Ele piscou e fez um gesto afirmativo com a cabeça.

Movimentos típicos de playboy... acho. Pelo menos é o que fazem na TV.

Eu ri de nervoso e coloquei uma mecha de cabelo atrás da orelha.

— Já deu, Matt! — Ouvi Devin dizer. — O que você vai aprontar hoje à noite?

— Estou indo em uma festa nas docas. Vocês deviam vir. Vai ser divertido.

— Parece divertido. — Sorri docemente para Devin. — Quer ir?

Devin não pareceu muito feliz, mas concordou.

Em uma hora, estávamos em uma casa estranha com um bando de pessoas bêbadas rindo. Foi muito emocionante. Tecnicamente, era minha primeira festa na casa de alguém.

Matt me entregou um drinque de frutas e deixou Devin e eu sozinhos. Observei-o atravessar a sala e socializar com mulheres aleatórias.

— Ele é um canalha, sabe? — Devin falou e deu um gole em seu refrigerante.

Achei muito legal ele não beber para poder dirigir.

— O quê? — perguntei.

— Matt. Ele é um amigo bacana, não me entenda mal, mas é um mulherengo. Flerta com todo mundo. Só queria que você soubesse antes de fugir com ele pelo resto da noite. — Ele deu de ombros e desviou o olhar como se não se importasse.

— Beleza. — Eu ri e empurrei seu peito firme de brincadeira.

Conheci tantas pessoas diferentes. Alguns eram amigos de Devin, outros eram amigos de um amigo, como eu. Eu me senti muito bem-vinda e à vontade. Era bem diferente do ensino médio, isso era fato.

Em pouco tempo, fiquei meio tonta. Não sabia direito quantos drinques bebi, mas senti que minha bexiga com certeza explodiria em questão de minutos se eu não encontrasse o banheiro mais próximo.

A música ficou abafada assim que entrei no banheiro. Tentei reaplicar a maquiagem para ficar um pouco mais apresentável. Ri de mim mesma quando percebi que, na verdade, tinha a aparência de bêbada. Meus olhos estavam vidrados, e as bochechas, coradas. Até notei que eu estava me inclinando um pouco mais do que o normal no balcão do banheiro.

— Chega de bebida para você, Lilly — eu disse para mim mesma, dando uma risadinha.

Saí do banheiro e estava andando por um corredor longo e vazio que levava à festa quando encontrei Devin. Bêbada do jeito que eu estava, me entreguei e me encostei à parede.

— Ok, você venceu. Pra mim chega. — Ri quando me ouvi falando enrolado. A risada foi seguida de um soluço.

Ele riu.

— Quer que eu te leve pra casa? — Um sorriso adorável se espalhou por seu rosto.

Na Medida Certa

— Sim, por favor. — Encostei a bochecha na parede fria e fechei os olhos.

O corredor parecia estar se movendo sob meus pés, e eu sabia que tinha definitivamente exagerado na bebida. Um gemido suave escapou dos meus lábios quando encostei a outra bochecha na parede fria do corredor.

De repente, senti dedos no meu cabelo. Eu me virei na direção das mãos e curti a sensação. Ele passou os dedos pelos fios e colocou mechas atrás da minha orelha. Logo, senti seus lábios macios nos meus. Seu beijo foi tão suave e gostoso. Eu o deixei pegar meus lábios. Eu me ouvi fazendo barulhinhos, mas era como se o álcool tivesse lavado os filtros do meu cérebro e eu estivesse livre para dizer o que quisesse.

— Isso é uma delícia — murmurei.

— Você é uma delícia — ele sussurrou no meu ouvido.

Minha tensão sexual explodiu e me virei e o beijei. Usei as mãos para empurrá-lo contra a parede e ataquei sua boca como uma mulher faminta. Eu me sentia capaz de qualquer coisa. Não tinha o menor medo de ser rejeitada. Beijei-o com mais força e mais rápido e prendi-o na parede com meu corpo. Ele mergulhou as mãos no meu cabelo e virou minha cabeça para me beijar ainda mais.

Coragem em forma de líquido… Tomei drinque após drinque daquela merda a noite toda e agora eu podia fazer o que quisesse. Estendi a mão na frente dele e agarrei seu membro duro por fora do jeans. Ele estava excitado, e os gemidos que fazia quando eu o tocava me deixavam ainda mais corajosa.

Não tinha ideia do que diabos estava fazendo, só sabia que queria tocá-lo em todos os lugares. Comecei a mover a mão para cima e para baixo e senti seu corpo ficar tenso quando ele soltou um grunhido. Cheguei mais perto dele e continuei a beijá-lo como a mulher carente que era.

Afastei-me de seus lábios e mordi sua orelha antes de ir para o pescoço. Arranquei mais gemidos dele. Sua respiração ficou pesada e rápida e continuei a passar a mão por sua calça repetidas vezes. Ele sussurrou meu nome, e isso me motivou ainda mais.

— Lilly, pare — ele falou com a voz esganiçada contra minha boca.

Continuei tocando-o e beijando-o.

— Por favor, Lilly, isso não tá certo. Você tem que parar.

Sua voz era suave e convidativa. Ele não soava como um homem que queria que eu parasse. Soava como se estivesse me implorando para continuar.

Pelo som lamurioso em sua voz, eu soube que ele definitivamente não queria parar.

Não parei. Em vez disso, coloquei a mão dentro do jeans dele e o agarrei.

— Isso — sussurrou na minha boca. — Porra, isso, me toque, baby.

Movi a mão para cima e para baixo o melhor que pude, já que o cinto dele estava cortando meu braço. Eu o senti tão quente ao tocá-lo e, ao mesmo tempo em que estava duro como uma rocha, ainda era suave ao toque.

Antes que eu percebesse o que estava acontecendo, ele me empurrou contra a parede oposta do corredor. Senti suas mãos quentes na lateral das minhas coxas, e ele puxou minha saia para cima de um jeito brusco. Ouvi o tilintar de seu cinto e o som do zíper. Ele ergueu minha perna em volta do seu quadril e puxou minha calcinha para o lado. Olhou para mim, e seu olhar era primitivo… com uma necessidade ameaçadora.

Agarrei seus ombros e me preparei para a pontada de dor que supostamente se sente na primeira vez.

Senti uma dureza quente na parte interna da coxa e sua respiração na minha orelha quando ele se inclinou para frente. Agarrou minha bunda com uma das mãos e levantou mais minha perna com a outra e se pressionou contra mim. Então, tão rápido quanto começou, tudo parou.

Ele soltou minha perna e se afastou. Eu a abaixei lentamente até tocar o chão enquanto ele puxava minha saia para me cobrir de novo. Então, me olhou no rosto e a paixão selvagem não estava mais lá. Em vez do homem selvagem que ele era apenas alguns segundos antes, parecia um garotinho ingênuo e assustado que acabara de acordar de um pesadelo horrível.

— Me desculpa, Lilly. Não sei o que aconteceu comigo. — E balançou a cabeça.

— Tudo bem. Não quero que você pare. — Respirei fundo.

— Não — ele respondeu, com rispidez. — Isso não pode acontecer.

Ele desviou o olhar de mim e arrumou a roupa. Ouvi de novo o tilintar do cinto e do zíper, me fazendo me lembrar do que quase tinha acabado de acontecer.

— Fiz alguma coisa errada? — perguntei.

Ainda sentia como se meus joelhos não fossem me suportar.

— Não posso deixar isso acontecer. Não podemos transar.

Levei um tempo para absorver suas palavras. Continua acontecendo: eu me jogando em cima dele, ele me querendo e, de repente, me afastando para longe. Minhas bolas estavam ficando doloridas e eu nem tinha bolas!

Na Medida Certa

Sentia como se cada parte feminina minha estivesse prestes a explodir se alguma coisa, qualquer coisa, não fosse liberada logo.

Que homem em sã consciência rejeita uma mulher pronta e disposta? Tipo, sério!

Então, um pensamento passou pela minha cabeça.

— Ah, meu Deus, Devin. Você tem alguma coisa? Tipo uma DST ou algo assim?

— Quê? Não! Por que você está me perguntando isso?

— Só supus que, já que você continua dizendo que não podemos transar, deve ter um motivo muito importante.

— Não, não é isso. Eu posso transar. — Deu um soco no peito. — Só que não com você.

A maneira como ele disse isso me fez me lembrar de todos os garotos do ensino médio que falavam de mim. Ele parecia estar com nojo de mim. Senti como se tivesse levado um soco na cara. Todo esse tempo eu estava me jogando em cima dele, e ele tinha nojo. Essa deveria ter sido a primeira coisa que eu devia ter pensado. Dã, Lilly! Homens querem corpos padrão, não fora do padrão!

Ah, ele era uma criatura sexual que queria sexo — só que não comigo. Eu. A mulher *plus size*. Eu. Lilly. Ele não me queria.

Eu o afastei e comecei a andar pelo corredor. Senti lágrimas fazendo meus olhos arderem, mas não ia chorar, por nada nesse mundo. Não chorava há anos, sem chance de permitir que ele me fizesse chorar. Eu me xinguei por deixar que meus olhos lacrimassem esse pouco.

Eu o ouvi gritar meu nome, mas continuei andando. Passei pela multidão na sala e ouvi seu amigo, Matt, chamar meu nome enquanto eu me dirigia para a porta de saída. Senti o ar que resfriou minha pele quente e envergonhada.

— Ei, garota sexy — Matt falou, enrolado. — O cara de bunda deixou você largada? Quer dar uma volta comigo? Quer dizer... quer ir embora comigo? — Ele disse isso de propósito, com um sorriso malicioso.

— Sim, por favor, me leve para casa.

Eu não estava nem aí que ele fosse um pervertido bêbado. Não estava nem aí que ele estivesse bêbado. Era estupidez, mas eu precisava me afastar da festa e de Devin o mais rápido possível.

Realmente não me lembro do trajeto. Estava completamente de coração partido e bêbada. Quando cheguei em casa, Shannon estava no sofá com Erin e Gabby.

— Você está bêbada? — Shannon pulou do sofá e me seguiu até o quarto. — Lil, o que foi? Aquele canalha fez algo que te magoou?

— Não, está tudo bem — falei, antes de bater a porta na cara dela.

Eu não estava tentando ser má e sabia que ela me perdoaria amanhã, mas só queria ir para o meu quarto, lavar o rosto e dormir. Eu nunca, nunca mais queria ver Devin de novo!

Trinta minutos depois, já de pijama e acomodada na cama, ouvi uma batida na porta. Sabia que era Shannon e as garotas querendo bisbilhotar.

— Agora não, meninas! — gritei. — Só quero dormir. Podemos falar sobre o que está me incomodando amanhã. Boa noite!

Virei as costas para a porta e estava me ajeitando para ficar confortável quando a ouvi se abrir.

— Shannon, não quero conversar. Não preciso de uma conversa motivacional de "mulheres gordas empoderadas". Só quero ficar infeliz. Por favor, me deixa ficar remoendo na minha tristeza hoje, ok? Por favor. — Enfiei a cabeça no travesseiro.

— Não diga essas coisas sobre você — Devin disse, com um tom crítico.

Sentei na velocidade de um relâmpago e o vi parado ao lado da cama.

— Saia — esbravejei e virei as costas para ele.

— Me desculpa. — Eu o ouvi respirar fundo.

O álcool estava lentamente deixando meu corpo, e o pouco de entorpecimento que senti antes estava começando a se esvair. Eu estava começando a sentir a dor desta noite — e meu passado estava batendo em mim. Sem mencionar que minha maldita perna estava começando a doer novamente.

Não aguentaria aceitar outro pedido de desculpas. Não hoje. Nem nunca. Por mim, ele podia pegar aquele pedido de desculpas e enfiá-lo no rabo sexy dele. Peguei o travesseiro e joguei em sua direção.

— Saia! Me deixe sozinha. Você não me quer, então tudo bem! Eu entendi, beleza? Pare de me torturar. Nunca fiz nada de mal para você. Por que insiste em mexer com a minha cabeça? Cansei dessa porcaria, então me deixa em paz, caralho!

Nunca falava palavrão, a não ser quando estava realmente emotiva. Tenho certeza de que esse momento se qualificava como excessivamente emotivo e dramático.

Ele não falou mais nada.

Virei de costas para ele de novo e logo ouvi o clique suave da porta quando ele saiu. Caí em um sono profundo e embriagado.

Na Medida Certa

Doze

UM CORAÇÃO ENDURECIDO

Devin

Faz três dias desde que tive notícias de Lilly e que a vi pela última vez. Ela não está atendendo nenhuma das minhas ligações, e a única vez que passei em seu apartamento, Shannon disse que ela não estava — mas seu carro sim. Estava sendo ignorado. Conhecia bem este jogo, porque já o joguei muitas vezes na vida, exceto que, desta vez, estava do outro lado e aquilo era um inferno.

Nenhuma mulher me ignorou antes, e isso estava me deixando louco. Sabia que era o mínimo que eu merecia e, de uma maneira estranha, estava meio que me colocando no meu lugar. Estava tomando do meu próprio veneno, e vinha da fonte mais inacreditável possível. Se eu tivesse dito a qualquer um dos meus amigos que uma mulher como Lilly estava ignorando meus telefonemas, eles me mandariam à merda.

Era um lugar horrível para se estar... este outro lado. Nem podia dizer que era por causa do dinheiro. Estaria mentindo se dissesse que pensei no dinheiro alguma vez desde a noite da festa. Sabia que ainda precisávamos dele e tudo mais, mas passei os dias pensando nela e as noites com o celular por perto esperando, caso ela sentisse saudade de falar comigo tanto quanto eu sentia de falar com ela. Até comecei a fazer algo que nunca fiz antes, que era me preocupar com outro cara.

Só conseguia pensar no fato de que meu amigo mulherengo, Matt, a levou para casa e teve pelo menos vinte minutos a sós com ela. Matt não teria problema nenhum em jogá-la contra uma parede e fodê-la mesmo ela estando inconsciente. Eu, por outro lado, tive que, de repente, colocar a mão na consciência.

Eu o mataria se descobrisse que ele sequer encostou um dedo nela.

O que estava acontecendo comigo?

Mais tarde naquele dia, Jenny e eu fomos fazer compras no mercado. Bem, Jenny fez compras, eu empurrei o carrinho.

— O que está acontecendo com você, Devin? Anda no mundo da lua nos últimos dias. Não está usando drogas, né? Vou te dar umas porradas, se for isso — Jenny soltou.

— Cuidado com a boca, por favor. Você é muito nova para andar por aí xingando como um marinheiro, e não, não estou usando drogas. Só com muita coisa na cabeça, só isso. — Esbarrei em uma mesinha de demonstração e quase derrubei tudo.

— Papai disse que você está com o coração partido. Está? — indagou, com um sorriso enorme. — Sabe que acho que posso gostar dessa nova menina com quem você está falando.

— Não estou com o coração partido — rebati, e tentei mudar de assunto depressa. — Quer espaguete na quarta à noite?

Comecei a escolher os diferentes tipos de molhos de espaguete, como se fosse minha única e verdadeira missão, e ouvi Jenny xingar mais uma vez.

— Merda — ela sussurrou.

— Jenny, já disse pra parar com isso! — Congelei quando fiquei de cara com Renee. — Merda.

— Oi, Devin. — Ela sorriu para mim de uma maneira presunçosa cruzando os braços e inclinando a cabeça. — Que surpresa! Então você *está* de volta à cidade? O engraçado é que descobri que você nem saiu! Que merda é essa, Devin? Um monte de gente me ligou o dia inteiro dizendo que você estava em uma festa ontem à noite com uma gorda, e agora você tem a coragem de olhar para mim como se não me conhecesse? Por que você não me ligou ou atendeu as minhas ligações? Não acredito! Estou por um fio para terminar com você.

Ótimo… era exatamente o que eu precisava. Agora ela queria bancar a namorada louca comigo. O que as mulheres têm que querem marcar território? Renee estava perfeitamente bem sendo uma amiga colorida até achar que outra pessoa estava tomando seu lugar. Ela estava agindo exatamente como imaginei, e eu estava prestes a dizer para ela ir direto para o inferno, mas Jenny falou antes de mim.

Vi aquela faísca furiosa surgir nos olhos da minha irmã e sabia que seria ruim no minuto em que a vi levantar a mão com o olhar indignado no rosto.

— Ok, primeiro de tudo, jamais grite com meu irmão assim porque eu vou escalar sua bunda magricela como uma árvore! Em segundo lugar, ninguém gosta de você, então a melhor coisa que você pode…

Na Medida Certa

Eu a interrompi agarrando seu braço.

— Jenny, deixa que eu cuido disso — eu disse e me virei para Renee. Quase ri da expressão de choque em seu rosto.

— Você vai deixar que ela fale comigo assim? — Renee perguntou com raiva.

— Renee, o que quer que a gente tinha, acabou. A única razão pela qual deixei ir tão longe foi porque você era uma foda fácil — declarei, calmamente. Eu me virei para Jenny. — Vamos, vamos pagar isso e sair daqui.

— Espera aí. Você não está falando sério — Renee gritou. — *Você* está terminando *comigo*? — Ela bateu no peito com suas unhas longas. — Ah. Meu. Deus. Que épico! *Você*, um mecânico sujo de oficina, e *eu*, linda e gostosa! É tão engraçado que eu nem consigo...

Suas próximas palavras nunca saíram de sua boca e, pela primeira vez, não puni Jenny por agir como um menino. Renee nunca soube o que a atingiu. Ensinei Jenny a dar um soco e, pelo amor de Deus, ela deu um bem no meio da cara da Renee.

Ela cobriu o nariz ensanguentado com as unhas recém-feitas. Sangue vermelho cintilante cobriu as pontas brancas de suas unhas longas.

— Você quebrou meu nariz, sua *machinho*! — seus gritos saíram abafados.

Tive que puxar Jenny, pois ela estava pronta para outro golpe. Ela queria se soltar, então eu a levantei e a carreguei. Ela lutou e xingou o tempo todo.

Escapamos enquanto os funcionários da loja foram ajudar Renee. Depois de uma hora de compras, deixamos o carrinho cheio no corredor.

Mais tarde naquela noite, tomei um banho e relaxei na cama. Minha vida estava indo ladeira abaixo. Estávamos prestes a perder tudo, eu tinha acabado de terminar com minha quase-namorada/ficante, e agora a única mulher que eu realmente gostava de ter por perto não queria nada comigo. Ladeira abaixo.

Houve uma leve batida na porta que interrompeu meus pensamentos.

— Oi! — exclamei.

Jenny entrou e me entregou um chiclete.

— Você está bem? — perguntou, abrindo o chiclete com os dentes e começando a mastigar.

— Sim, vou sobreviver.

— Então... essa nova mulher que você não me deixa conhecer, é porque ela está acima do peso?

— O quê? — Comecei a entrar em pânico.

Alarmes dispararam. Como Jenny sabia do tamanho da Lilly? Jenny sabia o que eu vinha fazendo?

— Renee disse que você estava em uma festa com uma gorda, e eu meio que imaginei que talvez seja por isso que você não me deixa conhecê-la. Devin, você sabe que eu e o pai não nos importamos com essas coisas. Acho que é ótimo.

Senti uma súbita descarga de alívio. A última coisa que eu queria era que minha irmã e meu pai soubessem o completo e total idiota que eu *realmente* era.

— É, ela está um pouco acima do peso, mas não é por isso que não deixei você conhecê-la. Só não chegamos neste ponto, ainda. Tecnicamente, não estamos em mais lugar nenhum porque ela não fala comigo.

— Mande algo legal pra ela. Não sou a garota mais feminina do mundo, mas sei que eu gostaria que um cara me mandasse algo legal, especialmente se ele tivesse feito algo que me chateou. Quando Josh faz alguma coisa, ele me manda doces. — Ela segurou seu chiclete. — Ele quebrou meu Gameboy sem querer na escola hoje. — Deu de ombros.

— Josh gosta de você, Jen. — Balancei a cabeça e ri de seus olhos arregalados. — Vou pensar em mandar algo legal pra ela. Vá para a cama, você tem aula amanhã. Te vejo de manhã, ok?

Observei minha irmãzinha, que agora parecia tão crescida, sair do meu quarto. Pulei para fora da cama e imediatamente fui até a cômoda pegar a caixinha de joia que comprei da joalheria Franklin no dia em que conheci Lilly.

Abri e olhei para o pequeno medalhão. Era mesmo perfeito para ela. Sorri sozinho.

Uma semana depois, ainda não havia comunicação entre mim e Lilly. Claro, eu tinha desistido de ligar para ela. Sabia que a melhor coisa a fazer era simplesmente esquecê-la. Aquela coisa toda de sair com alguém por dinheiro foi uma péssima ideia, para começo de conversa, sem mencionar que meio que o tiro saiu pela culatra, considerando que eu estava começando a gostar de Lilly de verdade.

Recebi uma visita já esperada da mãe dela. Não estava cumprindo a minha parte do acordo, e agora, eu não me importava mais. Já estava começando a pensar em novas opções. Talvez depois de perdermos a casa, poderíamos alugar um lugar por um tempo ou talvez nos mudar para a Geórgia e ficar com alguém da família até que meu pai e eu déssemos a volta por cima. Eu até já tinha começado a procurar um emprego que pagasse melhor e desse para ajudar na oficina ao mesmo tempo, caso um milagre acontecesse.

Na Medida Certa

— Um acordo é um acordo, Devin. Minha filha está infeliz. O que você fez e como você vai consertar isso? — Ela tirou um fiapo de seu casaco perfeito.

— *Eu* não fiz nada. Ela me odeia. Ela deveria me odiar depois do que tentei fazer. O acordo está cancelado, e não me importo se perdermos tudo. Não posso fazer isso.

Ela respirou fundo, frustrada, e beliscou a ponte do nariz como se eu estivesse lhe causando dor de cabeça.

— Olha, o aniversário dela é neste fim de semana. Vai ter uma festa grande na minha casa... Não acredito que estou prestes a fazer isso, mas, por favor, venha à festa.

— Eu *não posso* fazer isso. É errado e ela é uma pessoa muito legal mesmo, eu simplesmente não...

— Vinte mil — ela disse, agora esfregando a têmpora.

— O quê? — Quase me engasguei com minha própria saliva.

— Eu vou te dar, pessoalmente, um cheque de vinte mil dólares se você fizer isso, fora o dinheiro que já te dei.

— Você é louca, porra! — Passei as mãos pelo cabelo, frustrado. — Me deixa pensar sobre isso.

Errado. Errado. Errado. Por quê? Por quê? Por quê?

Ela pegou um cartão e me entregou. Olhei para baixo e tinha o nome e endereço dela.

— Me ligue quando descobrir se quer ser homem e cuidar da sua família ou não.

E aí, ela foi embora.

Tomei a decisão mais tarde naquela noite. Depois de um dia duro de trabalho na oficina, corri para a casa e vi meu pai sentado à mesa da cozinha. Dava para dizer, pelo seu corpo curvado, que ele estava bêbado como um gambá, mas as lágrimas em seu rosto foram o que realmente acabaram comigo.

— Que tipo de homem eu sou, Devin? — ele falou enrolado. — Não consigo nem cuidar da minha própria família. Vamos perder tudo, tudo, e a culpa é minha. Não sou um homem, sou um bêbado. Ela fez isso comigo, sua mãe. Ela fez isso comigo. Eu era um homem bom, Devin, eu era, e ela fez isso comigo. — Ele encostou a testa na mesa e chorou até desmaiar.

Jenny me ajudou a arrastar seu corpo mole para o sofá.

Fazia anos desde a última vez que vi meu pai chorar, porque minha mãe nos abandonou. Naquele momento, a parede ao redor do meu coração endureceu imediatamente. Vê-lo daquele jeito me deu uma nova perspectiva e me lembrou do que as mulheres eram capazes. Eu não podia permitir que o ataque inocente de Lilly aos meus sentidos assumisse o controle. Ela era uma mulher... elas te magoam e te largam. Elas só eram boas para uma coisa, e eu não faria essa coisa com Lilly. Não era um novato. Era Devin Michaels, o playboy do sul, e já era hora de começar a agir como tal. Não sabia por que duvidei de mim mesmo para começo de conversa. Sabia o que precisava ser feito e era hora de virar homem e fazer isso logo, antes que minha família perdesse tudo.

Tirei o cartão do bolso, peguei o celular e mal deu tempo de entrar no quarto antes de discar o número. Esperei. Tocou duas vezes antes de ela atender.

— Vou fazer — eu disse e desliguei.

Treze

DESEJOS DE ANIVERSÁRIO

Lilly

Enfiei outra colher cheia de *cookies and cream* na minha boca grande. Sorvete me fazia feliz, eu não estava feliz, daí o sorvete. Era mesmo possível ficar tão a fim de alguém em tão pouco tempo? Não parava de pensar nele. Isso me tornava uma louca? Tipo, deveria falar com alguém da instituição de saúde mental local? Eu me sentia como se estivesse perdendo a cabeça.

Não me sentia assim tão deprimida desde a época em que eu era um saco de pancadas adolescente miserável. Acho que perceber que eu queria algo que Devin não queria trouxe de volta muitas memórias antigas — memórias e emoções que pensei ter enterrado anos atrás.

— Largue o sorvete, Lilly. Um cliente está chegando e ele é sexy com S maiúsculo — Shannon disse, tentando dar uma olhada melhor no novo cliente.

O sininho da porta tocou. Deixei minha força vital de *cookies and cream* de lado, limpei a boca e me dirigi para a frente da loja. Parei de repente quando me encontrei com um par de olhos azuis deslumbrantes.

— Ei, gatinha, que surpresa você aqui. — Matt sorriu, meio torto.

Só posso imaginar a expressão no meu rosto naquele momento. Arrumei a blusa e fui até o balcão.

— Ei, Matt. Bom te ver de novo. O que posso fazer por você?

— Ah, que adorável... você se lembrou do meu nome. Achei que não se lembraria de nada com o tanto que bebeu naquela noite — ele brincou.

Shannon pigarreou.

— Vejo que você já se encarregou disso, estarei lá atrás se precisar de mim — ela disse indo para os fundos da loja.

— Você está ótima hoje, Lilly. Fez algo de diferente no cabelo? — Ele inclinou a cabeça e deu aquele sorriso de arrasar corações.

Ele era bom, mas Devin era melhor.

Eu podia sentir meu rosto começando a esquentar enquanto pigarreava nervosamente.

— Hum… você está procurando algo? — Tentei mudar de assunto, voltando para o seu propósito na joalheria.

— Não, vim aqui procurar você.

Senti um frio intenso na barriga e, por um instante, não consegui pensar em uma resposta. Ele sabia o que estava fazendo comigo, dava para dizer por sua expressão satisfeita. Passou os olhos pelo meu corpo e sorriu, sugou o lábio inferior e arrastou a língua pelo lábio superior.

Foi sem vergonha e meio brega. Era diferente do modo sedutor e meigo de Devin. Matt estava se esforçando demais… Devin não precisava nem tentar se esforçar.

— Bem, aqui estou eu; agora, o que posso fazer por você? — repeti.

— Você pode sair comigo sábado à noite. — Ele ergueu a sobrancelha perfeitamente delineada.

— Oi?

Nem ferrando que isso estava acontecendo. Apenas algumas semanas atrás, fui abordada por Devin, que era provavelmente o homem mais sexy que já vi, e hoje, o segundo homem mais sexy que já vi estava parado na minha frente me pedindo para sair com ele. Acho que não entendi direito.

— Quero te levar pra sair, a não ser que, é claro, você e Devin ainda estejam…

— Não! Devin e eu não estamos nada — neguei, depressa.

Ótimo. Agora era provavelmente óbvio que eu estava me apaixonando completamente por Devin. O que eu podia dizer? Era mestre em me manter calma, tranquila e serena. Só que não.

— Na verdade, tenho um compromisso no sábado à noite. Sinto muito, talvez outra hora — falei, da melhor maneira possível.

Claro que ele parecia mais saboroso do que aquele litro de sorvete que com certeza estava derretendo na parte de trás da loja. Claro que a maneira como ele me olhava fazia eu querer me jogar em cima dele e implorar por coisas que não fazia absolutamente a menor ideia do que eram, mas minhas partes femininas estavam doloridas graças a Devin, não a Matt, e de jeito nenhum, pelo nome de Ben e Jerry, eu seguiria por esse caminho novamente.

Não sei por que, mas, por alguma razão louca e desconhecida, homens gostosos estavam se jogando na minha frente. Obrigada, mas não. Preferia me poupar do drama. Poderia não saber o que Devin queria, mas entendia exatamente que tipo de brincadeira Matt, o mulherengo musculoso, estava propondo, e acho que vou passar a vez.

Na Medida Certa

Pelo menos, esse era o meu plano. Aparentemente, Shannon tinha outros.

— Lil, por que você não convida seu novo amigo para sua festa de aniversário no sábado à noite? — Ela não estava prestando a menor atenção em nós quando começou a guardar coisas atrás do balcão.

Por essa razão, não viu quando dei a ela o nosso olhar secreto de "cala a boca". Sabe, aquele olhar esbugalhado que todo mundo dá aos amigos pouco espertos que falam sem pensar.

— *Amo* festas de aniversário — Matt disse.

Como é possível fazer uma frase como essa soar como um convite sexual? Onde se aprende essa habilidade?

— Você… você ama? — gaguejei.

— Ah, sim. Então, vai me convidar? Pode ter certeza de que vou te dar algo *muito* bom de aniversário — sussurrou.

Nem preciso dizer que agora eu tinha um encontro na minha festa de aniversário no sábado à noite. Muito obrigada, Shannon, sua bocuda!

Mesmo que eu rezasse para que o tempo passasse devagar, o sábado se aproximou rapidamente e, num piscar de olhos, eu estava me vestindo para a grande e desnecessária festa de aniversário. Sinceramente, preferia ficar com as meninas vendo filmes a noite toda. Estava sem a menor vontade de passar a noite do meu aniversário em um lugar cheio de pessoas que só me consideravam amiga porque *pensavam* que minha mãe era rica.

A campainha tocou, e então ouvi vozes abafadas.

— Lilly! Matt está aqui! — ela gritou no nosso apartamento pequeno.

Terminei de me vestir e calcei os sapatos. Olhei no espelho mais uma vez. Peguei a bolsa e fui para a sala. Os olhos de Matt se iluminaram quando ele me viu e, por um breve momento, aproveitei o elogio que seus olhos me deram.

— Uau, você está gostosa — deixou escapar. Eu sorri e corei.

Fomos até o carro dele, que abriu a porta para mim e fechou assim que sentei. O interior cheirava como carro novinho em folha. Caramba, aquilo *era* novinho em folha. Não sei que carro era, mas qual a diferença? Senti falta do Camaro velho enferrujado e do cheiro de óleo de motor. Devin.

Quando paramos na frente da casa da minha mãe, fiquei com os nervos à flor da pele. Não que me importasse de ser o centro das atenções em uma sala cheia de amigos, mas mesmo que meus amigos estivessem lá, ainda seria uma sala cheia de conhecidos chiques da minha mãe. Que alegria!

Matt pegou minha mão ao subirmos os degraus de mármore até a porta da frente. Queria soltá-la, mas achei que seria grosseiro da minha parte. Suas mãos eram frias e firmes. As de Devin eram firmes, mas quentes — outra diferença entre os dois. Antes de chegar à porta, já sabia que compararia os dois a noite toda. Não sabia o que era, mas tinha alguma coisa estranha com Matt.

Logo, já tinha se passado uma hora de festa. Sobrevivi a esse tempo todo sem nenhum dano de longo prazo, e além disso, já tinha descido algumas taças de champanhe pela garganta, então estava um pouco mais relaxada. Até deixei Matt me puxar para o meio da sala enorme decorada em rosa e preto. Estava tocando uma música lenta, e me permiti relaxar enquanto Matt me conduzia.

Eu o senti me puxar um pouco para mais perto de si e, por um instante, pensei em me afastar. Mas, em vez disso, encostei a cabeça em seu ombro. Péssima ideia!

— Seu cheiro é gostoso — ele sussurrou no meu ouvido.

— Obrigada — eu disse.

— Baunilha e cerejas, esse é seu cheiro — murmurou, passando a boca pela minha orelha.

Observei meu braço se arrepiando. Não pude evitar. Odiava minha reação a ele, mas Devin tinha deixado meu corpo preparado para o sexo, e eu não parava de pensar nisso agora.

Por favor, acabe logo com essa noite.

Fechei os olhos um pouco e imaginei que era com Devin que eu estava dançando. Estou bem ciente do fato de que Matt é gostoso, mas não é quente. Não quero dizer fisicamente quente, mas quente internamente. Isso não faz o menor sentido. Fiquei com os olhos fechados por apenas mais alguns segundos e aproveitei estar pensando em Devin.

Depois de um tempo, levantei a cabeça e olhei ao redor da sala. Os olhos verdes que me encaravam me pegaram desprevenida. O homem dos meus pensamentos estava do outro lado da sala, e estava perfeito. O jeans largo que usava, a camisa preta de botões que vestia e o sorriso que também deveria estar expondo seria perfeito. O único problema era que ele não estava sorrindo. O problema era que ele parecia estar puto.

Na Medida Certa

Catorze

O PENETRA

Devin

Cheguei atrasado para a festa. Mas achei que era melhor chegar tarde do que nunca. Além disso, levei pelo menos duas horas para me convencer a seguir em frente com a ideia. Com o coração endurecido e uma missão, entrei no covil secreto da megera-demônio. Havia tantas pessoas lá que tive que serpentear pela multidão para conseguir chegar à sala principal.

Olhei em volta para as pessoas bem vestidas e depois para o meu jeans. Bem, fazer o quê. Peguei um copo de alguma coisa de um homem que estava passando com uma bandeja e fui andando devagar pela sala. Não demorou muito para ver Lilly do outro lado. Ela estava tão bonita, e tive a súbita vontade de estar perto dela. Meu coração endurecido lentamente amoleceu ao vê-la. *Lilly... minha Lilly.*

Sorri com a sensação calorosa que se espalhou por mim.

Ela estava dançando com um cara, e eu não queria me aproximar até que estivesse sozinha. De repente, percebi quem era aquele cara, e meu sorriso desapareceu num segundo. Observei Matt com as mãos nos quadris dela. Ele estava se inclinando e sussurrando algo. Não faço ideia do que estava dizendo, mas Lilly parecia estar gostando.

Ela deve ter sentido meus olhos sobre ela porque encarou diretamente nos meus. Eu queria ir até lá e arrancá-la dos braços dele. Queria pegá-lo pelo pescoço e sufocá-lo até a morte, porém, mais do que tudo, queria ser a pessoa com quem ela estava dançando. Vê-la lá, ele com as mãos nela, me deixou literalmente sem ar.

Eu, impacientemente, esperei até que eles terminassem de dançar e fui até onde estavam. Matt se virou e sorriu para mim; eu agarrei seu braço e o puxei para mais perto.

— Que merda é essa, Matt? — falei, num sussurro.

— Dev! Beleza, mano? Não sabia que você estaria aqui. Festa boa, hein? — Deu um sorriso malicioso, que me sinalizou que ele estava fazendo isso de propósito.

Olhei para Lilly, confuso. Ela me olhou também e ficamos nos encarando antes de ela abaixar a cabeça. Voltei a atenção para Matt. Eu podia sentir minhas têmporas pulsando e o calor no rosto.

— Posso falar com você um minuto? — perguntei, puxando o braço de Matt novamente.

Ele arrancou o braço de mim e me lançou um olhar estranho. Virou-se para Lilly e pegou a mão dela. Observei-o levar a mão dela aos lábios e beijar seus dedos. Queria arrebentar a cara dele. O sorriso sedutor que ele lançou para ela fez meu estômago revirar. Eu sabia exatamente o que ele estava fazendo, e não tinha a menor chance de deixar isso acontecer.

— Já volto, querida — sussurrou para Lilly.

Um leve e gracioso rubor cobriu o rosto dela, e minha raiva aumentou. Eu praticamente o arrastei para o outro lado da sala e para longe de Lilly.

— É melhor você começar a falar — rosnei.

Ele puxou o braço do meu aperto firme.

— Qual é a porra do seu problema, Devin?

— Por que você está aqui com Lilly? Ou melhor, por que você está aqui?

— Eu fui convidado. Ela está comigo.

— Nem fodendo! Fica longe dela. Estou falando sério, Matt. Fique bem longe dela! — gritei, um pouco alto demais.

Alguns dos convidados se viraram e olharam para nós. Felizmente, a música de merda que estava tocando ajudou a abafar um pouco o que estávamos dizendo. Matt se inclinou para que ninguém pudesse ouvir.

— Olha, cara, você ferrou com tudo. Esquece. Apenas fique olhando e observe o trabalho do mestre.

Por mais que eu quisesse espancá-lo, sabia que não podia, não ali, não na festa de aniversário de Lilly, na frente de seus amigos e familiares. Eu não daria esse gostinho para aqueles babacas esnobes olharem para mim com mais desprezo do que já olhavam.

— Você precisa ir. Precisa sair agora — avisei, com o máximo de calma que pude.

— Ah, qual é, Devin. Não aja como se não estivesse tentando ir para cama com ela. Eu te conheço, cara. Somos farinha do mesmo saco. Justo você? Nem tente me enganar. Sei como se joga esse jogo. — Ele riu.

Eu estava por um fio. Precisei de todo o autocontrole que tinha para não quebrar a cara dele. Respirei fundo e voltei a atenção para onde Lilly estava.

Ela olhou para mim com aqueles olhos castanhos inocentes, e eu sabia que, seja como for, garantiria que Matt ficasse longe dela. Também sabia que definitivamente não brigaria na sua festa de aniversário. Não estragaria a noite dela nem a envergonharia. As próximas palavras dele acabaram com esses planos.

— Você sabe… gordas têm autoestima baixa — ele sussurrou, com malícia. — Lilly é uma mulher bonita; se eu jogar direito, consigo esta noite. — Inclinou-se e riu de sua piada.

Foda-se!

Não lembro o que aconteceu depois, acho que apaguei com toda a raiva que se abateu sobre mim. Tudo o que sabia era que, quando finalmente voltei a mim, estava em cima de um Matt sangrando e quatro homens desconhecidos me puxavam para longe dele. Tentei desesperadamente me soltar para que pudesse matá-lo. Outro homem veio e ajudou-os a me manter afastado.

Eu podia ouvi-los me dizendo para me acalmar. Uma mulher me disse para ir embora. Havia som de sussurros por toda a sala. Eu só conseguia pensar em matar Matt com minhas próprias mãos.

— Eu vou matar você! — Ouvi-me esbravejar.

Apareceram mulheres com toalhas de todos os lados para ajudar a controlar o sangue que escorria do nariz de Matt.

— Você quebrou meu maldito nariz! — Eu o ouvi falar.

Tentei novamente me soltar dos homens que me seguravam. Minha raiva simplesmente não passava. Normalmente sou calmo e despreocupado, mas, por alguma razão, as palavras de Matt me fizeram explodir.

— Vou quebrar mais do que o seu nariz quando chegar perto de você de novo, seu filho da puta!

De repente, Lilly apareceu na minha frente com o olhar decepcionado, e eu imediatamente parei. Sua amiga Shannon estava ao lado dela me encarando como se eu fosse algum tipo de monstro.

— Devin, qual o seu problema? — Lilly sussurrou, impaciente. — Pare, por favor.

O olhar dela implorando para eu parar me trouxe de volta à realidade. Ela estava morrendo de vergonha. Seu rosto estava vermelho e ela olhava ao redor da sala com cautela para as pessoas que assistiam a cena que se desenrolava na frente delas.

— Por favor, saia… por favor, apenas saia — pediu, com gentileza.

Ela olhou para mim, e a doçura que vi ali me acalmou ainda mais. Atordoado, balancei a cabeça e senti os braços que me seguravam me soltarem. Antes de sair, me inclinei na sua direção para que só ela pudesse me ouvir.

— Saia quando puder e me encontre lá fora. Vou esperar a noite toda se for preciso. Estou sentindo muito a sua falta. — Passei os dedos pela bochecha dela.

Não sei por que fiz isso. Eu precisava de algo para me manter calmo, e seu rosto parecia ser a única coisa em que eu conseguia focar sem surtar novamente. Sentir sua pele macia nos meus dedos ásperos manteve minha cabeça no lugar.

Dei a ela um olhar suplicante, me virei e fui embora.

Somente quando estava lá fora encostado no meu carro que percebi que realmente sentia o que disse para ela. Sinto falta dela mesmo. Vê-la abraçada com Matt me fez saber disso. Também me fez saber o quanto eu gostava dela. Não queria que fosse magoada por mim ou qualquer outro idiota por aqui.

Ver Matt com aquelas mãos sujas nela me deixou doente, e ouvi-lo falar sobre fazer coisas com ela me deixou irado, mais furioso do que jamais estive. Não sentia isso desde aquele dia no banco quando o canalha do gerente menosprezou minha família.

Ninguém falava mal ou magoava as pessoas de quem gosto. Quando faziam isso, eu ficava com muita raiva, e era assim. Talvez eu estivesse mais fodido do que pensava.

Depois de ficar sentado do lado de fora por uns trinta minutos, observei de longe Matt sair da casa, entrar no carro e ir embora. Juntei todas as forças para me controlar e não ir lá e bater nele de novo. Pareceu uma eternidade, mas logo ouvi a porta da frente se abrir novamente e observei Lilly sair e olhar ao redor. Ela me viu e caminhou em minha direção num passo furioso.

Ela estava tão bonita, toda arrumada e com o cabelo encaracolado. Quando chegou perto o suficiente, senti o cheiro de baunilha e cerejas e sorri para mim mesmo.

— Você acha isso engraçado? — perguntou, indignada.

Ela cutucou meu peito com o dedo e isso me excitou. Gostei que ela não estivesse com medo de mim. Ela me cutucou de novo, e peguei sua mão pequena na minha.

Na Medida Certa

— Você acha engraçado? — Seu olhar furioso brilhava.

— Não.

— Então, por que está sorrindo? Eu poderia tirar esse sorriso do seu rosto, sabia? — ela bufou e depois soprou a franja do rosto corado.

A ideia de ela estar com raiva o suficiente para me bater estava, por algum motivo, me deixando duro. Ela era uma leoa, uma pequena leoa, mas ainda assim feroz.

— Seu cheiro está tão bom.

Observei seus olhos flamejantes se acalmarem.

— Não mude de assunto — ela disse e desviou o olhar.

— O que você estava fazendo com Matt? Você sabe do que ele é capaz, Lil. Ele está atrás de uma única coisa.

— Eu não sei — ela suspirou e passou os dedos pelo cabelo. — Simplesmente aconteceu. Eu não o convidei, foi a Shannon. E por que você se importa, Devin?

Boa pergunta. Repassei isso pela cabeça várias vezes. Só havia uma resposta possível, e era a verdade. Minha boca ficou seca. Tentei engolir e quase me engasguei com nada.

— Eu gosto de você, Lilly. — Tive a sensação de que essas palavras curtas gastaram todo o meu oxigênio enquanto eu as falava. De repente, senti que não conseguia respirar, como se dizer coisas que envolvessem sentimentos me causasse a morte. — Não quero ver você se magoar, e se continuar brincando com homens como Matt, é isso que vai acontecer.

Ela relaxou um pouco os ombros.

— Você quer dizer homens como você?

— Sim, definitivamente fique longe de homens como eu. — Dei uma risadinha de leve.

Se ao menos ela soubesse como essa afirmação era séria. Fique longe de mim. Eu queria gritar para ela todas as coisas que eram descaradamente óbvias para mim. Eu era ruim para ela. Iria magoá-la em um futuro próximo e sabia disso desde que topei essa parada, mas não tinha escolha. Não tinha mais nada que eu pudesse fazer.

Ela sorriu para mim, e foi um sorriso muito doce e de partir o coração. Por um segundo, não consegui fazer nada além de sorrir para ela também.

— Senti sua falta também — sussurrou. — E desculpa por aquela noite na festa. Acho que posso ter bebido demais. Digo, entendo se você não me vê assim, e me desculpa por me jogar em cima de você desse jeito.

Fico tão envergonhada. — Seu rosto queimava de humilhação. Observei-a tentando, sem jeito, pensar em outra coisa para dizer. — Então... amigos?

Ela estendeu a mão para eu apertar.

Eu quase gargalhei. Ela estava tão longe da verdade que nem era engraçado. Primeiro de tudo, o fato de que *ela* estava se desculpando, quando quem deveria estar fazendo isso era eu, me deixou atordoado. Em segundo lugar, ela obviamente não tinha ideia do que eu pensava mesmo sobre ela. Eu a achava sexy do jeitinho dela, doce e, como pessoa, ela era incrível. Sim, ela está acima do peso, e sim, um mês atrás eu realmente não gostava disso, mas agora ela é bonita para mim, por dentro e por fora.

Agarrei sua mão e lentamente a puxei para mim.

— Sou eu quem deveria estar me desculpando — disse, abraçando-a.

— Por que você deveria se desculpar? — ela sussurrou daquele jeito inocente e sedutor que não consigo explicar.

Eu podia senti-la tremendo, nervosa, encostada em mim, e isso me deixou ainda mais duro. Embora eu soubesse que não devia, tinha que fazê-lo. Eu não aguentava mais! Ela estava muito perto e seu cheiro era tão bom. Era tão gostoso tê-la em meus braços, e senti tanta falta dela, tipo, muita falta mesmo.

— Só me desculpa. Me faça um favor e diga que você me perdoa.

Eu sabia o que estava pedindo. Estava pedindo a ela para me perdoar pelo que estava por vir. Só precisava ouvi-la dizer isso.

— Eu te perdoo. — Ela sorriu para mim.

Eu me inclinei e a beijei, sem me importar com mais nada. Não havia oficina e empréstimo imobiliário que precisasse ser pago. Não tinha nenhuma mãe desonesta e rica babaca no meu pescoço. Havia apenas eu e minha doce Lilly; e ali, naquele momento, era tudo o que eu precisava.

Quando parei de beijá-la, olhei para ela. Seus olhos ainda estavam fechados.

— Feliz aniversário, linda. Desculpa por ter meio que arruinado sua festa — pedi, dando beijos suaves em suas bochechas e nariz.

Era um novo fundo do poço para o playboy Devin, e eu gostava disso.

— Você não estragou a festa, você a tornou perfeita. — Senti seus braços ficarem mais apertados em volta do meu pescoço.

Eu a beijei novamente e, por um momento, decidi tirar tudo da cabeça, menos ela.

Na Medida Certa

101

Quinze

ESSES SÃO OS MICHAELS

Lilly

— Você vai ficar assim a semana toda ou vai sair dessa logo? — Shannon perguntou, sorrindo.

Continuei a olhar pela janela da loja e sonhar acordada com Devin. Duas semanas tinham se passado desde a minha festa de aniversário e as coisas não poderiam estar mais perfeitas. Passávamos horas no telefone todos os dias e, quando não estávamos no telefone ou no trabalho, estávamos juntos.

Algumas noites ele vinha ao meu apartamento e víamos filmes abraçadinhos no sofá. Às vezes, saíamos para jantar, outras noites ficávamos em casa e fazíamos uma bagunça na cozinha preparando coisas que não tínhamos a menor ideia de como fazer. Nunca sorri tanto na vida. Nunca tinha rido tanto na vida. Nunca fui tão... feliz.

Eu o incluí na noite de jogos, e ele se enturmou. Meus amigos o adoravam. Randy babava por ele e depois me disse que achava Devin um pedaço de mau caminho.

Depois que todos foram embora, e Shannon, de modo suspeito, ficou cansada demais e não podia ficar acordada nem por mais um minuto, Devin e eu limpamos a bagunça. Ele estava tão fofo colocando louça na máquina com um pano de prato pendurado no ombro.

— Que boa empregada você é — brinquei.

Ele sorriu para mim todo sexy. Fui inundada por um sentimento louco de *quero ir para a cama com você*. Nas últimas semanas, foram muitos sorrisos e piadas. Toneladas de cócegas e carinhos e, embora ambos fingíssemos que não havia nada, havia muita tensão. De qualquer modo, eu não queria parecer que estava me jogando em cima dele, e, embora ele nunca tenha dito nada, era visível que estava se esforçando muito para manter distância.

Não fazia o menor sentido para mim. Éramos adultos, e só de olhar para ele podia dizer que era experiente. Nunca perguntei com quantas mulheres ele já tinha ficado, mas era óbvio, pelas coisas que fazia, que o homem conhecia o corpo de uma mulher, sem precisar de mapa. Ele tinha seu próprio senso interno de direção, e eu adoraria deixá-lo seguir seu caminho através do meu vale.

Quando tudo estava limpo, eu o levei até a porta.

— Me mande uma mensagem quando estiver em casa para me avisar que chegou em segurança — pedi.

— Ok — ele respondeu, bocejando.

— Se você estiver muito cansado, pode ficar aqui. Posso pegar um cobertor, e você pode dormir no sofá, se quiser.

— Não precisa, tenho que ir para casa. Tenho um dia cheio amanhã na oficina e quero começar cedo. Boa noite. Bons sonhos, linda — sussurrou, dando o tradicional beijo na minha bochecha.

Seus lábios aqueceram meu rosto e senti sua respiração na minha orelha. O homem estava me deixando louca. Sem pensar, estendi a mão e a coloquei em sua bochecha. Passei o polegar em seus lábios — seu bigode ralo fez cócegas na ponta do meu dedo. Ele fixou os olhos nos meus e o tempo parou.

Tirei a mão depressa.

— Boa noite — eu disse.

Depois que ele saiu, fechei a porta, me certifiquei de que tudo estava desligado, e me preparei para dormir. Trinta minutos depois, eu estava aconchegada na cama quando recebi uma mensagem. Peguei o telefone e li.

> Estou em casa, mas gostaria de estar com você.

De fato, tive bons sonhos naquela noite.

Exatamente uma semana depois, Devin me levou para sua casa pela primeira vez. Estávamos passeando quando ele percebeu que tinha esquecido a carteira. Não ficou muito feliz por ter que voltar até em casa, mas, de qualquer maneira, tivemos que fazer o trajeto de trinta minutos de Charleston até Walterboro.

Era uma casinha linda de interior. A enorme varanda ocupava grande parte do quintal da frente. Tinha um acesso pequeno que ia em direção ao que parecia ser uma garagem convertida, e jardins cobertos de vegetação com estátuas quebradas. Claro que precisava de um pouco de manutenção, mas era aconchegante. Era o que uma casa deveria ser. Do jeito que imaginei que seria.

Atrás, seguindo por um caminho comprido de cascalho ao lado da casa, havia uma oficina enorme. Alguns carros quebrados esperavam para entrar e havia pneus velhos espalhados. Pude sentir o cheiro de óleo de motor e de borracha do quintal da frente, e isso instantaneamente me lembrou de Devin. Foi estranho ver onde ele trabalhava e morava, mas, mesmo assim, me fez sentir mais próxima dele. Eu gostei.

Não tinha ninguém em casa, então não fiquei tão nervosa quando ele me perguntou se eu queria entrar um pouco. Sua casa era acolhedora. Eu o segui até seu quarto e fiquei na porta enquanto ele procurava a carteira.

Tive que sorrir. O quarto era tão... Devin. Havia uma cama grande bem no meio com roupa de cama verde, fotos de carros na parede e um calendário de mulheres que não pude deixar de notar. Eu queria odiar a gatinha magrinha que me encarava do calendário, mas ela era bonita demais para ser odiada.

Devin percebeu o que eu estava olhando e, por um segundo, pensei tê-lo visto corar.

— Ah, pronto, está aqui — disse, segurando a carteira.

Ele se virou e me encarou, e não importava o quanto eu me esforçasse, não conseguia tirar o sorriso pateta do rosto.

— Qual é a graça? — ele perguntou.

— Nada, é só que seu quarto é tão... você. É exatamente como imaginei na minha mente.

— Você imaginou meu quarto em sua mente? — perguntou, com um sorriso malicioso.

Ele ergueu a sobrancelha, me questionando de seu jeito muito sexy que me deixa louca.

Senti o rosto esquentar. Devin se aproximou e ficou na minha frente.

— Imaginou? — repetiu a pergunta, e sua voz estava mais baixa, mais grave.

Ele estendeu a mão e enfiou meu cabelo atrás da orelha, e depois deixou a ponta do dedo escorregar pela lateral do meu pescoço.

— Eu-eu não — gaguejei.

Não conseguia pensar em nada para dizer. Mais uma vez fiquei sem palavras. Muito bom! Eu poderia muito bem dizer que o imaginei nu em sua cama à noite.

Ele segurou a parte de trás do meu pescoço e se aproximou um pouco mais.

— Imaginou, né? — Aproximou-se, como um predador à espreita. Eu nunca me senti tão pequena, sua estrutura grande me dominava.

— Me diga — sussurrou no canto da minha boca. Seus lábios fizeram cócegas em mim antes que eu sentisse sua língua quente correr ao longo dos meus lábios.

— Sim — deixei escapar.

Meus olhos se fecharam, e eu soube que já era. Cara, ele era bom nessas coisas. Eu era muito amadora quando se tratava de sexo.

— Quando você imagina meu quarto, eu tô na minha cama? — Senti sua outra mão subir pelo lado do meu corpo.

— Às vezes — falei, com uma voz esganiçada.

— Bem, às vezes, quando você me imagina na minha cama, eu estou sozinho ou você está comigo?

— Estou com você — minha voz soava estranha.

Mordisquei de leve meu lábio inferior.

— Estou nu?

Novamente, ele passou a língua na minha boca e eu soltei o lábio inferior. Suavemente, sugou o local no lábio onde meus dentes estavam cravados segundos antes.

Não tive oportunidade de dar a reposta. Em vez disso, eu cedi e o puxei para mais perto de mim. Pressionei meus lábios nos dele e o beijei. Ele correspondeu imediatamente. Puxou-me para dentro do quarto e fechou a porta atrás de nós. Senti minhas costas contra a porta quando ele, devagar, me fez dar alguns passos para trás.

Sua língua entrou na minha boca, e eu gemi em voz alta. Encontrei sua língua com a minha, e ele me surpreendeu ao chupar a ponta e pressionar seu corpo com mais força contra o meu.

Eu estava me desmanchando. Meu corpo inteiro formigava, e eu precisava que algo, qualquer coisa, acontecesse naquela hora.

Do nada, um barulho estrondoso vindo de fora me assustou. Afastei-me.

— O que é isso? — perguntei.

Ele inalou e depois exalou profundamente, e encostou a testa na minha.

— É meu pai na oficina. O barulho alto é de um caminhão velho em que estivemos trabalhando na última semana. Meu palpite é que... foi consertado.

Não conheci o pai dele naquela noite. Em vez disso, fomos embora depressa e passamos o resto da noite fora.

Na Medida Certa

Depois daquela noite, fui com mais frequência à casa dele. Toda vez que íamos lá, não tinha ninguém em casa. Ele me levou à oficina nos fundos e me mostrou alguns dos carros em que estava trabalhando.

Mesmo assim, não conseguia entender o que fazíamos. Éramos amigos que namoravam ou éramos um casal que agia como amigos? Nem preciso dizer que eu estava completamente confusa. Havia momentos em que Devin agia como se mal pudesse manter as mãos longe de mim, e outros em que me tratava como um de seus amigos.

Não demorou muito para que eu me questionasse como ele nos rotulava exatamente, e, não importava quantas vezes tivesse ouvido de amigos que era uma má ideia perguntar a ele, eu não conseguia me conter. Queria me envolver com Devin... Queria isso mais do que qualquer coisa. Partes secretas de mim queriam espiar da esquina e puxá-lo completamente para o meu mundo, mas eu não podia fazer isso, não até ter certeza de que ele sentia o mesmo que eu.

Decidi sair mais cedo do trabalho. Achei que seria uma boa ideia passar na casa do Devin e conversar com ele. Precisava fazer isso. Estava me apaixonando rapidamente por ele e precisava saber se podia permitir que esses sentimentos florescessem ou se deveria cortá-los pela raiz.

Liguei o rádio e fiquei me preparando psicologicamente. Era isso, eu tinha que fazer isso. Tinha que falar com Devin. Precisava saber exatamente o que estávamos fazendo. Sabia que todas as mulheres queriam as coisas claramente definidas e que isso assustava os caras horrores, mas agora, pela primeira vez na vida, eu entendia exatamente quão importante era essa definição. Éramos apenas amigos ou algo mais?

Tipo, sério, *éramos* adultos. Não deveria ser um problema perguntar ao Devin para onde ele imaginava que estávamos indo, certo? Sua resposta não importava. Eu só precisava saber quanto investir nisso e se, por acaso, ele só quisesse ser meu amigo, então eu seria a melhor amiga que já teve.

Estacionei na oficina, em vez de na casa dele, pois sabia que estaria trabalhando. Ele deve ter ouvido o carro, porque saiu todo suado, cheio de graxa e simplesmente sexy. *Senhor, por favor, tenha piedade de mim.* Rezei em silêncio para ter forças para controlar minhas mãos.

Não desliguei o carro. Em vez disso, saí e fechei a porta. Não queria me sentir muito à vontade, caso ele estivesse muito ocupado para sentar e conversar um pouco.

— Ei, linda. Não sabia que você viria. Eu teria me limpado um pouco. — Tentou limpar um pouco da sujeira e da graxa das roupas.

Se ele soubesse como ficava sexy todo coberto de graxa.

— Você tem um minutinho? Se estiver ocupado, dá pra esperar. Sei que eu devia ter ligado, mas preciso mesmo falar com você sobre algo meio import...

— Ssshhh — ele me interrompeu.

Ele olhava para o nada com um olhar confuso e questionador.

— Algum problema? Devin?

Ele me cortou novamente erguendo o dedo, sinalizando para eu ficar quieta. Caminhou até o capô do meu carro.

— Abra o capô, linda.

— O quê? Você está me ouvindo?

— Estou... quer dizer, mais ou menos, mas vou te ouvir. Primeiro, abra o capô.

Fui para a porta do lado do motorista, abri a porta, me abaixei e abri o capô do carro.

— Feliz? — perguntei, com um sorriso sarcástico.

Ele levantou o capô e começou a fuçar lá dentro.

— O que *você* está fazendo? — Debrucei-me sobre o capô aberto onde ele estava fuçando.

— Você precisa de um ajuste e de uma troca de óleo. Está ouvindo isso? — Ele virou a cabeça e sorriu para mim. Uma mancha de graxa em sua bochecha chamou minha atenção. Quase estendi a mão e a limpei. — Traga o carro para a oficina que eu cuido disso.

— O quê? Não. Devin, vim aqui pra conversar, não para consertar o carro. Não precisa, levo em algum outro lugar depois.

— De jeito nenhum! Em primeiro lugar, posso conversar e trocar os plugues e o óleo ao mesmo tempo. Segundo, que tipo de homem eu seria se não cuidasse do carro da minha garota? Eu *sou* mecânico, sabe. — Ele sorriu com carinho para mim.

A garota dele.

Ele pulou pra dentro do carro e fechou a porta. Observei-o puxar o carro para dentro da oficina e começar a levantá-lo. Não pude fazer ou dizer nada. Eu era a garota dele. O que diabos isso queria dizer, afinal? Shannon era minha garota, mas isso não significava que queria transar com ela. Não me leve a mal, ela era bonita e tudo mais, porém não faz meu tipo.

O comentário dele me deixou ainda mais confusa do que eu já estava. Que inferno essa confusão toda! Que inferno esse jeito sexy e sedutor dele. Ele que vá para o inferno!

Na Medida Certa

Eu o segui até a garagem. Não dava para trazer à tona todo o papo de "afinal de contas, o que nós somos?" agora que ele me chamou de sua garota. Isso podia significar qualquer coisa. Eu poderia ser a amiga gordinha com quem ele transava, ou poderia ser a namorada com quem ele fazia sacanagem de noite e não parava de pensar durante o dia.

Preferia a última opção.

Observei-o trabalhar no meu carro. Ele usava jeans cheios de graxa e, no bolso de trás, tinha um trapo vermelho com ainda mais graxa pendurado. A camisa regata preta que ele usava estava tão molhada de suor que grudava em cada pedacinho de seu corpo. Eu não tinha como não olhar. Seus braços bronzeados se dobravam e se estendiam, e o óleo cintilante em sua pele fazia suas tatuagens ficarem ainda mais nítidas. Um dia eu teria uma visão melhor dessas tatuagens. Um dia passaria a língua pelo contorno dessas belezuras.

Ele estava tão bonito, e eu estava ficando tão quente e incomodada.

Foi para baixo do carro e pegou diversas ferramentas. Era como assistir a um artista trabalhando, e era visível como ele gostava do que fazia.

— Então, sobre o que você queria conversar? — perguntou, de debaixo do carro.

— Hã? Ah, esqueci. Não devia ser nada importante.

Ele se puxou para sair de baixo do veículo; a coisinha da tábua rolante fez um rangido. Eu o vi esticar o corpo perfeito para ficar mais confortável.

— Você está bem, Lil? Está estranha. Está se sentindo bem?

Levei um minuto para tirar os olhos de seu peito e do jeans sujo para olhar para seu rosto.

— Hã? Ah, acho que estou ficando doente. estou sentindo que talvez esteja com febre.

Meu rosto tinha que estar vermelho-vivo. Só conseguia pensar nele, e esses pensamentos não eram muito puros. À noite, sonhava com ele fazendo coisas e dizendo coisas para mim. Durante o dia, ficava imaginando ele me tocando de certas maneiras e me fazendo sentir coisas que nunca senti antes. Não conseguia me concentrar em nada no trabalho. Até Shannon comentou sobre como eu estava fora do eixo ultimamente.

Ele saiu da tábua rolante e veio até mim. Pegou o trapo vermelho do bolso de trás e limpou a graxa das mãos antes de colocar as costas da mão direita suavemente na minha testa. Calafrios percorreram todo o meu corpo, embora eu sentisse muito calor por toda parte.

— Você não está quente, mas parece que um pouco corada. Fique aqui, vou rapidinho ali dentro pegar um refrigerante para você, ok?

— Ok.

Eu o vi correr pelo quintal e entrar pela porta dos fundos, que bateu fazendo um barulho alto. Sentei em uma cadeira dobrável ao lado do carro e esperei ele voltar. Ouvi um carro estacionar e depois vi um menino com um boné de beisebol saindo e indo em direção à oficina. Ele estava quase se aproximando de mim quando notou que eu estava sentada ali.

— Ei, tem alguém aqui para te ajudar? — perguntou, ao tirar o boné e revelar um rabo de cavalo bagunçado de cor castanha.

De repente, percebi que era uma menina, não um menino, e soube imediatamente que era Jenny, a irmã mais nova de Devin.

— Sim, na verdade, estou esperando Devin voltar. Ele foi buscar um refrigerante para mim.

Os olhos dela se iluminaram.

— Você é a nova amiga de Devin? Aquela com quem ele está sempre falando no telefone?

— Hum, acho que sim? Meu nome é Lilly. Você deve ser a Jenny?

Primeiro de tudo, Jenny era a coisinha mais fofa que eu já tinha visto. Sim, ela estava vestida como um menino, e sim, seu cabelo estava uma bagunça todo puxado em um rabo de cavalo baixo, mas, fora isso, era linda. Tinha os lindos olhos verdes de Devin e um bronzeado pelo qual muita mulher pagaria uma fortuna para ter.

Seu sorriso era grande e branco, e a pele de seu rosto era impecável. Ela tinha a pele de uma menina que não contaminava o rosto com maquiagem todos os dias. Era baixa e pequena, absolutamente adorável.

Tive que sorrir ao ver o jeans rasgado e a camiseta preta larga da *AC/DC*, mas era possível dizer que por baixo de tudo isso havia uma jovem linda.

— Isso, sou eu! É um prazer te conhecer. Você é muito mais bonita do que a Renee! — deixou escapar.

— Renee?

— Sim, ela era uma vaca. Ele não te contou sobre a Renee? Ah, bom, eu não o culpo. — E fez um gesto de desdém. — Ninguém gosta dela. Acho que ele nem gostava muito dela. Ela só era um pedaço de carne. Sabe como são essas coisas.

Eu não sabia, na verdade, mas aparentemente essa adolescente sim. Fora a sensação ruim que atacou meu estômago apenas com a menção de

Na Medida Certa

109

Devin com essa garota Renee. Renee também era a garota dele?

Eu estava prestes a perguntar mais sobre ela quando ouvi a batida da porta novamente e soube que ele estava voltando.

Ele se aproximou de mim com um sorriso enorme e uma Coca-Cola na mão. Olhando para eles, dava para dizer que, se não houvesse a diferença de idade, poderiam se passar por gêmeos, exceto pelo fato de que ele era alto, moreno e bonito, e ela era pequena, bronzeada e linda.

Vi seu sorriso desaparecer quando viu a irmãzinha de pé ao meu lado.

— Jenny. Chegou cedo em casa. — De repente, ele pareceu nervoso ao me entregar a Coca.

— Sim, hoje era um dia mais curto. Lembra? Te falei ontem à noite. Disse que te ajudaria na oficina hoje. Qual o problema desse Honda? Este carro é seu, Lilly? — Ela voltou a atenção para mim antes de ir até o veículo e olhar sob o capô.

— É, esse é o meu bebê. Não tem nome, como o carro do seu irmão, mas uma hora vou dar um nome. Estava pensando em algo como Barbara ou Bertha.

Jenny riu comigo. Devin não disse nada. Só voltou para o carro e começou a trabalhar nele novamente.

Os trinta minutos seguintes foram constrangedores. Jenny e eu ficamos sentadas e conversamos o tempo todo. Rimos sobre a escola e algumas coisas de meninas. Para alguém que era tão moleca, ela ainda tinha um quê de menina em algum lugar. Durante toda a conversa e o trabalho no carro, não pude deixar de notar como Devin estava quieto.

Depois que o óleo foi trocado e o ajuste finalizado, Jenny me convidou para jantar no sábado seguinte em sua casa com ela, Devin e o pai. Olhei para ele, em busca de uma resposta, mas, como não olhou para mim, decidi tomar a decisão sozinha.

— Claro, legal. Devo trazer alguma coisa?

— Só você mesma. — Ela sorriu.

Um pouco depois, Jenny entrou e deixou Devin e eu sozinhos.

— Tudo bem? — perguntei.

— Tudo tranquilo. Bem, seu carro está melhor agora. Você vai precisar trocar o óleo de novo daqui uns cinco mil quilômetros. Vou entrar e tomar um banho, estou coberto de graxa. Vejo você no jantar neste fim de semana?

Ele não estava olhando para mim. Alguma coisa estava errada.

— Se você não quer que eu venha, não venho. Eu não estava, tipo, tramando e planejando conhecer sua família ou algo assim. Devia ter ligado antes de vir. Desculpe a intromissão, e entendo se você não quiser fazer toda essa coisa de conhecer a família. Me liga mais tarde.

Tentei fazer parecer como se o fato de ele não querer que eu me aproximasse de sua família não me incomodasse. Além disso, tinha toda essa conversa estúpida de Renee. Como ela se sentiria sabendo que havia outra mulher vindo jantar na casa dele?

Não tinha como ele saber como meu coração estava partido pelo tom da minha voz ou pela expressão no meu rosto. Eu me virei e comecei a entrar no carro quando ele me agarrou pelo pulso e me puxou para si. Logo depois sua boca quente estava se movendo junto à minha.

Minha reação foi imediata. Joguei os braços em volta do seu pescoço. Ele começou a andar até que senti minhas costas contra o carro. Ele se afastou um pouco e mordiscou meu lábio inferior antes de ir para o meu pescoço.

— Você está sempre tão cheirosa — sussurrou, contra o meu pescoço.

Minha resposta foi um gemido profundo. Palavras estavam além da minha capacidade. Puxei-o para mais perto de mim e inclinei a cabeça para o lado para dar mais espaço a ele. A sensação da sua boca era tão incrível. Ele era tão incrível. O carro era o que me deixava de pé. Com toda certeza, minhas pernas não eram mais capazes disso.

O som de alguém pigarreando fez a gente se separar de supetão. Minhas pernas ainda pareciam ser de borracha, mas, de alguma forma, consegui ficar de pé.

— Pai, esta é Lilly. Lilly, este é meu pai — Devin falou, sem fôlego.

O homem mais velho que estava à nossa frente sorriu para mim como se compartilhássemos um grande segredo. Ele estava tão sujo quanto Devin, porém vestia uma camisa de uniforme azul-claro velha com um nome costurado e uma calça azul-marinho suja e velha.

Ele era um Devin mais velho com uma barba desgrenhada e um brilho nos olhos. Irradiava calma e simpatia, e instantaneamente me senti à vontade perto dele.

— Prazer em te conhecer, mocinha. Então é você quem ocupa todo o tempo do meu filho.

Ele apontou para Devin com a vara de pesca que tinha na mão. Na outra, carregava uma caixa de cerveja. Senti meu rosto queimando, e a única coisa que eu realmente queria, era pular para dentro do meu carro e vazar.

— Desculpe — falei, num sussurro.

Na Medida Certa

111

— Ah, que isso, querida, não se desculpe. Não é uma coisa ruim. Estou feliz que ele finalmente conseguiu uma mulher de verdade. Aquela garota, como se chamava mesmo? Ah, é, Renee. Ela era uma coisinha esnobe. Não passava de uma pilha de ossos. Bom ver que conseguiu uma mulher com um pouco de carne — disse a Devin. O rosto do filho ficou com uns sete tons de vermelho. — Vê se não some, viu? E não fique me chamando de Sr. Michaels também. Por aqui, ou é Sogrinho, ou Harold, o Bonitão. — Ele piscou para mim ao sair.

Fiquei lá um instante, tentando descobrir se isso realmente tinha acontecido ou se eu estava tendo um pesadelo horrível. Não era possível que eu tinha acabado de conhecer o pai do meu Devin depois que ele nos pegou dando uns amassos encostados no meu carro.

Bem, essa foi uma ótima primeira impressão. Tenho certeza de que ele achou que era só mais uma das putinhas de Devin. Merda, acho que, tecnicamente, eu era só mais uma das putinhas de Devin. Certamente estava agindo como uma.

— Ah. Meu. Deus. Que constrangedor — eu disse.

Minha voz estava tremendo.

— Lilly, sobre a Renee, desculpe por não ter...

— Não se preocupe com isso. — Eu o interrompi bruscamente. — Você não precisa me contar tudo sobre sua vida, Devin. Não é como se estivéssemos nos casando ou algo do tipo. Você está livre para fazer o que quiser. Não sou sua inspetora. — Tentei agir como se o mistério Renee não estivesse me incomodando.

— Nós não estamos mais juntos... quer dizer, nós meio que nunca estivemos. Não importa... não estamos mais. Não estamos mais *nada*.

Eu sabia o que ele estava tentando me dizer e fiquei feliz que ele disse. Nada mais foi mencionado sobre isso, embora eu quisesse fazer um milhão de perguntas. Fiquei com a boca fechada. Não queria parecer uma psicopata, mas suponho que agora sabia quem ganhou o colar lindo que escolhi na joalheria Franklin quando o conheci.

Quando voltei para o meu apartamento, Shannon estava descansando no sofá. No momento em que passei por ela, minha amiga começou a rir histericamente.

— Qual é a graça? — perguntei.

— Alguém teve um dia bom. — Ela continuou rindo.

Olhei para ela, confusa.

— Na verdade, tive sim, mas como você sabe?

Ela gargalhou mais uma vez antes de apontar para minha calça.

— Tem umas marcas enormes de mãos pretas de graxa por toda a sua bunda, Lil. — Ela riu ainda mais.

— Ok, então, tive um dia ótimo. — Mostrei a língua para ela e fui para o quarto.

Aquele sábado era o dia do jantar com a família de Devin. Cheguei na casa dele cedo e ficamos em seu quarto enquanto o pai dele dava os toques finais no jantar. Peguei uma caixa de fotos que estava em cima da cômoda e comecei a olhá-las.

Havia fotos de Devin e Jenny quando eram apenas crianças, e nós rimos delas. Ele era tão bonitinho. Havia fotos de primos, tias e tios. Havia fotos de Devin no baile de formatura e algumas dele e de seus amigos. De repente, me deparei com uma foto que me fez arfar.

Na minha frente estava uma foto de Renee Roberts, a líder das doze meninas que me chutaram e bateram em mim. Ela era uma patricinha, que não se importava com nada ou ninguém, só consigo mesma. Arruinou minha vida e ainda riu disso.

Rezei em silêncio para que esta não fosse a Renee de Devin. Implorei a Deus para que não fosse. Será que era possível que ele estivesse transando com a garota que, sozinha, planejou o ataque contra mim no ensino médio? Essa era a mesma vadia que me deixou na floresta com um sangramento interno?

Eu ainda podia ouvir as risadas delas. Anos de terapia me ajudaram a superar, mas, de vez em quando, ainda acontecia de eu acordar no meio da noite com o lençol embolado em mim e com um grito de socorro na garganta. Nunca mais quis me sentir tão indefesa. Ver seu rosto trouxe de volta aqueles sentimentos terríveis.

Larguei a foto depressa e fui colocar a tampa na caixa, mas Devin deveria ter visto minha reação à foto dela. Ele a pegou e me deu um olhar meio estranho.

— Você a conhece? — perguntou, segurando a foto.

— Não, quem é? — Fingi não saber quem era.

— Ninguém — ele disse, amassando a foto de Renee e jogando-a na lata de lixo ao lado da cômoda.

Senti um alívio instantâneo ao saber que ele não tinha mais uma relação com uma garota tão cruel, e rezei para nunca mais ter que ver o rosto dela novamente.

Dezesseis

PEÇAS DE QUEBRA-CABEÇA

Devin

Depois de ficar um tempo no meu quarto com Lilly, era hora do jantar e estávamos todos sentados ao redor da mesinha no meio da cozinha.

— Não preciso de um professor de matemática! Qual é, pai, nada a ver! Já passo muito tempo na escola, e agora você quer me arranjar um professor de matemática? Isso é de fu... — ela parou imediatamente.

Meu pai olhou para ela.

— Continue com essa boca imunda e vou contratar uma senhora para te ensinar a ter bons modos — ameaçou, piscando para Lilly.

Claro que minha família passaria esse tempo discutindo na frente de uma convidada para o jantar. Eu os amo, mas não dava para esperar até que estivéssemos sozinhos?

Olhei para Lilly e vi que ela brincava com o espaguete de cabeça baixa. Estava muito bonita, mas dava para perceber que algo a incomodava. Eu tinha que me lembrar de perguntar a ela qual era o problema, depois, quando estivéssemos sozinhos.

Não que tivesse importância, mas, com as roupas que ela usava, percebi que estava emagrecendo um pouco e, silenciosamente, esperava que não ficasse muito magra. Esses pensamentos me fizeram sorrir para mim mesmo.

Definitivamente, garotas altas e magras não me atraíam mais. Lilly não era magra nem alta, mas estava aos poucos se tornando tudo o que eu desejava.

Ela colocou o cabelo atrás da orelha, revelando o pescoço e, nessa hora, eu só conseguia pensar em colocar a boca lá. Não sabia como ou quando aconteceu, mas cada momento que passava perto de Lilly era um inferno para mim. Tinha momentos em que estávamos juntos e eu não conseguia parar de pensar em tê-la ao meu redor. Visualizava seu sorriso logo depois de dar um beijo gostoso e intenso nela. Imaginava a suavidade de sua pele.

Às vezes, eu me imaginava fazendo coisas com a boca e as mãos, coisas que a fariam repetir meu nome inúmeras vezes, coisas que ela provavelmente não fazia nem ideia.

Não seria eu quem mostraria essas coisas para ela. Algum outro homem que a mereça teria esse prazer, mas eu sempre teria pequenos momentos como este. Momentos em que a observava brincando com a comida sem ela saber que meus olhos estavam nela. Sempre teria a memória de seu sorriso e o som de sua risada. Teria que ser o bastante.

Esperava que, quando toda essa merda tivesse terminado, eu pudesse voltar ao meu antigo papel e ser eu mesmo de novo sem dificuldade. Esperava ser capaz de esquecer Lilly, com exceção de algumas memórias escondidas que só eu saberia que existiam.

Ela deveria ter sentido que estava sendo observada, porque olhou para cima. Não disse uma palavra, mas eu podia ver em seus olhos. Ela também estava pensando em mim. Talvez não exatamente as mesmas coisas, mas era algo que a fez corar, pois seu rosto meigo ficou da mesma cor que o molho do espaguete em seu prato.

Ela me queria — era visível toda vez que olhava para mim. Você não conhece o inferno até estar perto de uma mulher intocável que faz seu sangue ferver; uma mulher que você sabe que faria qualquer coisa que você desejasse, se tivesse a permissão para tocá-la. Inferno.

Senti que estava ficando duro e entrei em pânico. Antes de perceber o que estava fazendo, saí da mesa. A cadeira deslizou no chão da cozinha e a mesa balançou. Meu pai e Jenny me encararam como se eu tivesse ficado maluco. Lilly olhou depressa de volta para o prato de comida.

— Já volto — falei com pressa.

Quando cheguei ao banheiro do corredor, olhei para o espelho e comecei a contar até cem de trás para frente. Era sempre algo diferente toda vez que eu ficava perto de Lilly. Hoje, era contar de trás para frente. Ontem, recitei o Juramento de Fidelidade três vezes. Amanhã, não dava para saber o que tiraria da minha cabeça o desejo de transar com ela.

Dez minutos depois, eu estava pronto para me juntar a eles novamente. O resto da noite correu bem. Conversamos e rimos durante o jantar e depois comemos o cheesecake de morango que Lilly fez para a sobremesa. Estava delicioso, é claro. Meu pai estava com o bom humor habitual, e Jenny ficou falando sobre a escola e os amigos.

Durante a conversa, Lilly, de alguma forma, até convenceu Jenny a ir a um baile da escola e, ainda por cima, usar uma saia. Meu pai e eu demos boas gargalhadas com essa última. Jenny corou, e Lilly arregalou os olhos para nós querendo dizer "parem com isso". Ela deu um tapinha na mão de Jenny e sussurrou algo sobre os homens e como éramos ignorantes. Todos nós continuamos rindo. Esta casa não era tão alegre há muito tempo.

Considerando tudo, eu podia dizer uma coisa muito importante: Lilly se encaixava. Minha família a adorou, e ela gostou muito deles. Era visível, pela maneira como sorria para meu pai ou ria com Jenny. Ela se encaixa perfeitamente no meu mundo. Era como uma peça de quebra-cabeça que faltava para nós, e essa foi provavelmente a percepção mais assustadora de todos os tempos.

Depois do jantar, sentamos na sala de estar e assistimos a um filme. Meu pai desmaiou na cadeira vinte minutos depois, e Jenny, que estava deitada de bruços no chão em frente à TV, nem dava conta da nossa existência. Eu não fazia ideia qual era o assunto do filme. Só conseguia pensar em como era bom me aconchegar no sofá com Lilly. Era tão perfeito.

Eram coisas sobre as quais eu não deveria estar pensando. Eram pensamentos que não podiam passar pela minha cabeça em momento nenhum, mas eu não conseguia evitar. Estava me apaixonando por ela e não tinha certeza se isso era uma coisa boa ou muito ruim.

Quando chegou a hora de ir embora, levei Lilly até o carro. Queria pedir que ela ficasse comigo. Eu a queria na minha cama pelo resto da noite, fosse para ficar aconchegados dormindo ou nos curtindo, qualquer coisa seria ótimo para mim. Mas não falei nada sobre ela ficar. Para mim, era apenas mais um pensamento ilegal.

— Adorei sua família — ela disse, vasculhando a bolsa em busca das chaves.

— Eles amaram você. — Eu não conseguia tirar os olhos dela.

Ela deu uma risadinha e puxou as chaves.

Por favor, fique comigo. Por favor, fique.

— Te ligo amanhã — minha voz saiu rouca, como se eu tivesse passado a noite comendo cascalho.

— Ok. Boa noite. — Ela se inclinou e beijou minha bochecha.

O calor de sua boca fez todo o lado direito do meu rosto formigar.

— Boa noite, linda.

Fiquei na varanda a observando ir embora. As luzes traseiras tinham desaparecido completamente quando finalmente entrei.

Na Medida Certa

— Eu gosto dela, Dev — Jenny disse, a caminho do quarto. — Tipo, gosto mesmo. Acha que vale a pena ficar com ela.

— Eu também gosto dela. Mas não sei sobre a parte de ficar com ela. — Sorri.

— Ah, cala a boca! Você não engana ninguém. Eu e meu pai vimos vocês se comendo com os olhos na mesa.

— Jenny!

— O quê? Eu não disse bolas. — Ela riu e fechou a porta do quarto na minha cara.

Naquela noite eu tive um pesadelo muito vívido com Lilly. Começou como qualquer outro sonho que eu tinha com ela. Estávamos nos beijando e nos tocando, sabe, o sonho de sempre que homens têm, mas, desta vez, no meio do sonho, ela começou a desaparecer. Eu ficava pedindo para ela ficar, mas ela apenas sorria e se afastava de mim enquanto ia desaparecendo devagar. Antes de desaparecer completamente, seu rosto se transformou no da minha mãe. E aí ela sumiu.

Acordei suando frio com o nome de Lilly nos lábios. Nem preciso dizer que passei a noite em claro.

Dezessete

QUEBRANDO AS REGRAS

Devin

Estabelecemos uma rotina depois disso. Lilly vinha à minha casa para jantar com frequência e cada vez trazia uma sobremesa diferente para o meu pai. Ocasionalmente, eu passava a noite na casa dela e dormia no sofá. Isso só acontecia quando ficava muito tarde e eu estava muito cansado para a longa viagem de volta para casa, e *apenas* quando Lilly insistia.

Acabei encontrando com a mãe dela algumas vezes, o que foi horrível, mas eu continuava enfiando na cabeça que era a coisa mais importante que eu poderia fazer para as pessoas mais importantes da minha vida. O único problema era que Lilly estava rapidamente se tornando uma dessas pessoas importantes.

Por mais que eu tentasse manter um relacionamento leve, era difícil. Estar com Lilly era natural, e a tensão sexual estava começando a matar a nós dois. Ficamos assim por semanas até que, por fim, perdi o controle.

Passamos a noite assistindo filmes e comendo comida chinesa na casa dela. Foi como qualquer outra noite normal e, por mais que quisesse ficar abraçado no sofá com ela, eu sabia que tinha que ir.

— Ok, linda, tenho que ir — eu disse, me levantando e me espreguiçando.

Ficar acordado até tarde e levantar cedo para trabalhar estava começando a cobrar seu preço. Não importava o quanto eu dormisse, sempre me sentia cansado. Eu dormia, mas era um sono inquieto.

— Fique — ela choramingou, se levantando e colocando os braços em volta da minha cintura.

— Não posso, Lilly. Tenho que acordar cedinho amanhã.

Ela olhou para mim e fez biquinho. Estava tão fofa que não pude deixar de rir.

— Tá bom, tá bom, vou ficar, mas só porque você fez cara de cachorro abandonado. Não tem absolutamente nada a ver com o fato de eu estar completamente viciado em você. — Eu a puxei para mais perto de mim, e ela colocou os braços em volta do meu pescoço.

— Você está viciado em mim?

— Ah, sim, preciso de uma intervenção urgente. — Dei-lhe um selinho enquanto ela ria. — Vou pegar um cobertor e um travesseiro. Shannon não vai se assustar quando chegar em casa e me pegar no sofá de novo?

Fui em direção ao armário de roupa de cama no corredor e peguei um cobertor e um travesseiro. Quando me virei, Lilly estava parada na minha frente.

— Não vai ser um problema porque você não vai dormir no sofá hoje.

Ela puxou o cobertor dos meus braços e o enfiou de volta no armário. Comecei a protestar, e ela cobriu minha boca com a mão.

— Devin, quero adormecer em seus braços. Faz semanas que não tenho uma boa-noite de sono, e estou cansada. Sei que a única maneira de dormir bem é se você estiver deitado ao meu lado, então vamos lá.

Ela enfiou a mão na minha. Não fiz nada para impedi-la, e ela me puxou pelo corredor até o seu quarto. O que eu poderia dizer? Estava pensando exatamente a mesma coisa e, se ela queria dormir em meus braços tanto quanto eu queria, então eu sabia que poderia controlar a situação. Eu poderia ser um cavalheiro por uma última vez antes que tudo isso acabasse.

No fundo, sabia que teria que ser sincero com Lilly em algum momento, de preferência, depois que tivesse o dinheiro em mãos; e também sabia que ela nunca mais falaria comigo.

Eu a segurei perto de mim e encostei a bochecha no topo de sua cabeça. Não demorou muito até eu sentir que estava perdendo a batalha contra o sono. Eu estava quase dormindo quando senti o dedo dela em meus lábios. Abri os olhos, e lá estava ela sorrindo para mim.

— Desculpe, não consigo evitar. — Ela sorriu. — Eu amo a sua boca.

A sensação de sono desapareceu instantaneamente enquanto ela passava o dedo pelo meu lábio inferior. Eu queria chupá-lo e mordiscar a ponta, mas não fiz nada.

— Minha boca te ama — respondi.

Fiquei lá, deitado, enquanto ela traçava meus lábios com o dedo. O toque dela despertava tantas coisas em mim. Olhei em seus olhos, a coisa que eu mais gostava de fazer, e me perguntei como ela entrou no meu mundo. Como ela entrou na minha cabeça?

Ela passou a ponta do dedo pela minha testa, e fechei os olhos enquanto ela tocava suavemente minhas pálpebras. Quando os abri para fitá-la novamente, ela passou os dedos ao redor deles.

— Eu amo seus olhos — sussurrou.

Engoli em seco.

— Meus olhos te amam.

Outras palavras estavam na ponta da minha língua. Eu queria dizer tantas coisas, mas senti como se minha boca estivesse cheia de areia. Tinha que parar de ignorar o que meu coração repetia a cada batida. Tinha que parar de negar. Estava lentamente me apaixonando por ela.

Ela era muito divertida. Eu ficava feliz só de estar perto dela. Eu estava sempre sorrindo, e era uma sensação muito boa. Ela me fez *sentir* de novo, e isso foi, em si, maravilhoso.

— Amo suas bochechas — prosseguiu, descendo o dedo pela minha bochecha.

Falar não era uma opção para mim. Apenas observei e dei a ela uma liberdade que nunca tinha dado a mais ninguém. Ela tinha total controle sobre mim.

— E eu *amo* isso — concluiu, passando o dedo pelo meu cavanhaque e bigode, circulando minha boca.

Beijei suavemente a ponta do dedo dela, que parou nos meus lábios.

Então, fui atingido por um pensamento. Tudo isso acabaria em breve. Eu teria que deixá-la. No que eu estava pensando? Não podia contar a verdade para ela por nada nesse mundo. Era cruel e desnecessário. Faria o que era mais honroso e simplesmente iria embora. Terminaria com ela assim que pudesse e iria embora sem olhar para trás.

Eu era uma pessoa horrível. Fiz tudo por dinheiro, e a água acabou batendo na minha bunda. Estava me apaixonando por ela. O carma estava me fodendo, com chicotes e correntes sem palavra de segurança, e eu não podia fazer nada para impedi-lo.

Lilly merecia uma pessoa boa. Ela merecia alguém que a amasse, porque era a mulher mais maravilhosa do mundo, por dentro e por fora, não um mecânico falido que, por acaso, se apaixonou por ela porque estava sendo pago para namorá-la. Eu sabia o que estava por vir nas próximas semanas e, provavelmente, era uma boa ideia começar a me preparar psicologicamente para me afastar. Seria mais fácil para nós dois se eu fizesse isso.

— O que eu fiz pra merecer você? — ela suspirou.

Exatamente! O que ela fez para me merecer? Ela não me merecia — uma pessoa horrível que se preocupa mais consigo mesmo do que com qualquer outra pessoa. Bem, isso não era inteiramente verdade, eu estava fazendo isso pelo meu pai e pela Jenny. Mais por eles do que por mim, porém, ainda assim, não era desculpa para eu ter deixado essa pobrezinha se apaixonar por mim. Deixá-la doeria pra caramba. Ela merecia algo melhor, ponto final.

Ela se inclinou e me beijou com doçura. Quanto mais fazíamos isso, mais difícil era ir embora. Eu vinha à casa dela ou ela ia à minha, chegávamos perto de transar e, ou eu a levava para casa, ou ia embora. Não era certo, mas eu não conseguia evitar. O tempo que eu tinha com ela era tão precioso para mim, e seu toque era tão bom.

De todas as mulheres com quem estive, quando essa daqui me tocava, me deixava de joelhos. Todas as vezes. Sua pele era tão macia, ela era tão macia. Não era como estar com Renee ou qualquer uma das outras piriguetes. Lilly era carinhosa e gentil em tudo o que fazia. Ela me tocava como se me amasse, e, para um menino cuja mãe o abandonou, um menino que não se sentia digno de qualquer forma de amor, isso era importante. Ter que resistir a isso o tempo todo estava acabando comigo.

Eu a beijei, arrancando gemidos suaves dela. Ela me puxou para mais perto, e achei que pegaria fogo quando ela colocou a mão por baixo da minha camiseta e começou a esfregar meu abdômen para cima e para baixo. Mais e mais para baixo, mais e mais perto da cintura do meu jeans. Presumi que ela era virgem, mas sabia o que estava fazendo, e isso me fez pensar.

— Você me deixa tão louca — murmurou no meu ouvido. — Tudo em você me faz sentir tão…

Ela parou e começou a me beijar novamente. Ok, então desta vez ela estava me levando na conversa também. Definitivamente, seria difícil escapar. Apenas a beijei de volta, no fundo, pedindo a Deus para que eu conseguisse me conter. Eu sempre rezava quando chegávamos a este ponto.

Quando achei que não dava para ficar muito pior para mim, ela agarrou minha mão, colocou-a por dentro de sua blusa e pressionou minha palma no seu mamilo duro. Eu estava tão errado sobre não dar para ficar pior.

— Eu quero você, Devin — sussurrou no meu ouvido.

Sentei depressa e puxei a mão como se houvesse uma cobra aninhada dentro de sua blusa.

Por que ela tinha que dizer essas coisas para mim? Puxei a blusa dela para baixo e depois a minha, deitando novamente ao lado dela.

— Acho que eu deveria ir para casa, Lil. Meu pai tem toneladas de trabalho para mim amanhã e vou precisar chegar cedo — eu disse, com pressa, tropeçando em todas as palavras. — Você vai comigo até a porta? — Tentei agir como se não estivesse abalado.

Puta merda, eu estava abalado; prestes a gozar na calça, o que é uma loucura, porque tudo o que fiz foi tocar seu seio como um menino de quatorze anos.

— Não me deixe, por favor — sussurrou. — Você sempre vai embora quando chegamos nessa parte e eu... acho que não consigo... — Então ela parou.

— O quê? — perguntei.

— Acho que não consigo ficar mais uma noite sozinha nesta cama, principalmente com você na cabeça. Você sempre me deixa assim e não consigo mais, Devin. Está me deixando louca, mentalmente e, *principalmente*, fisicamente. Só preciso saber, tem alguma razão para você continuar parando nesse ponto? Sou eu? — Vi sua garganta se movimentar para cima e para baixo quando ela engoliu em seco. — Sei que não sou magra e prometo ser compreensiva. Só me diga a verdade, você não se sente atraído por mim sexualmente? Eu aguento, sabe. Prefiro a sinceridade.

Fiquei sem acreditar no que estava ouvindo. Ela pensava que eu não a queria. Ela pensava que eu não me sentia atraído por ela. Ela não tinha ideia da lista de coisas sexuais que meu corpo me implorava para fazer com ela.

Como você diz à mulher que assombra seus sonhos todas as noites que você não pode transar com ela? Nunca. Não importava o quanto eu fantasiasse, não importava o quanto eu quisesse arrancar suas roupas e me enterrar dentro dela, eu não podia. Queria conectar meu corpo ao dela de uma forma que apenas as partes mais profundas da minha alma podiam entender. Eu estava agonizando, e era uma merda.

Como diria a ela que a razão pela qual não podia possuí-la era porque era errado? Era errado porque todo o relacionamento começou como uma mentira. Tecnicamente, ainda era uma mentira. Mesmo que nas últimas semanas Lilly tivesse derrubado todos os muros que eu tinha e agora tivesse meu coração todo para si, eu ainda pegaria o dinheiro de sua mãe. Ainda estava mentindo para ela.

Ela nunca entenderia como eu me sentia. Ela nunca faria isso com outra pessoa. O coração dela era bom demais para o meu. Ela era boa demais para mim.

— Acho que acabei de ter minha resposta — ela disse.

— Como assim? — questionei.

— Perguntei se era eu, e você não disse nada — ela suspirou alto. — Vá em frente. Vá embora, não vou ficar chateada, prometo. — Ela virou as costas para mim e se encolheu de lado como se estivesse prestes a dormir.

— Por favor, tranque a porta antes de sair.

Eu estava deixando Lilly infeliz, e odiava isso. Continuava fodendo tanto com as coisas. Talvez tenha sido por isso que minha mãe me deixou. Talvez eu fosse fodido demais para ela me amar, assim como era fodido demais para Lilly.

Fodido ou não, eu me recusei a ceder. Eu me recusei a tirar sua primeira vez desse jeito. Deveria ser um momento especial, e não com um homem que estava sendo pago para estar com ela.

Deixá-la assim foi provavelmente a coisa mais difícil que já tive que fazer, e nunca poderia dizer isso a ela. Por mais que quisesse ser completamente sincero com Lilly, ela nunca poderia saber como tudo começou.

Não porque ela não entenderia, era mais do que isso. Eu sabia que, se ela algum dia descobrisse, isso acabaria com ela. Descobrir que a mãe tramou pelas suas costas, que eu nunca a teria notado se não fosse pelo dinheiro de sua mãe, e sabendo o quanto ela desprezava o dinheiro, acho que ela nunca mais seria a mesma. Nunca quis machucá-la dessa maneira.

Deslizei para mais perto atrás dela, ficando de conchinha e absorvendo todo o seu calor. Eu só queria segurá-la um pouco antes de sair. Toda vez que ia embora, parecia que era a última vez que a veria. No fundo, sabia que era a culpa.

Ela pressionou a bunda em mim e então começou a esfregá-la na minha virilha.

— Você não pode continuar fazendo isso — sussurrei, com a voz rouca em seu ouvido.

Isso deve ter tido algum efeito nela porque, antes que eu pudesse perceber, ela rolou e ficou de frente para mim, colocou a mão na minha calça, me agarrou e começou a bater uma punheta. Como uma mulher apavorada com um cara tarado, agarrei seu braço e tentei puxar sua mão para longe do meu pau.

— Puta merda, Lilly, você tem que parar — praticamente gritei. — Eu preciso ir... ah, merda... eu preciso ir. — Era tão boa a sensação da mão dela.

— Não! — Ela urrou com os dentes cerrados, me rolou de costas e montou em cima de mim. Adorava quando a mulher assumia o comando, e Lilly fazendo isso era sexy pra caralho. — Diga que você não quer isso, Devin. Quero ouvir você dizer que não me quer. Diga, e prometo que nunca mais vou tocar em você.

Ela começou a se mover para frente e para trás como uma profissional. O atrito era demais para mim.

— Não posso... eu não... — As palavras ficaram presas na minha garganta. Nada do que eu queria dizer saía.

— Eu sinto que você me quer — continuou, pressionando o corpo contra meu pau duro. — Só diga que você não quer, e eu vou embora agora mesmo.

Havia algo diferente em sua voz. Havia um som que eu nunca tinha ouvido antes. Eu não sabia direito o que era, mas, definitivamente, era algo diferente. Estendi as duas mãos para tocar seu rosto. A umidade sob meus dedos me indicou exatamente por que ela soava tão diferente.

— Você está chorando? — perguntei. Meu coração parou e todo o sangue saiu do meu cérebro.

— Eu não choro. — Ela passou a mão com firmeza pelo rosto. — Você sabe disso melhor do que ninguém... você me conhece melhor do que ninguém — sussurrou. — Devin, você precisa ir embora. Não quero mais fazer isso. Estou cansada de tentar. Por mais que eu ache que estou me aproximando, você parece continuar se afastando de mim, então, antes que o que eu sinto piore, acho que a gente deveria parar de se ver tanto.

Pânico invadiu meu peito, e não por causa do dinheiro. O pensamento de não estar perto dela de repente me deixou zonzo.

— O quê? Por quê? Desculpe, linda. Eu só... eu quero estar perto de você — eu disse com pressa.

— Só tô tentando me salvar — falou, fungando.

— Exatamente! É o que eu estou tentando fazer também! Você só torna tão difícil para mim...

Ela suspirou de frustração.

— Não, não é isso que quero dizer. Estou tentando me salvar, mas não do jeito que você pensa.

— Não entendi. Estou fazendo algo que está te machucando? — Engoli em seco. Ela nem imagina.

— Não, bem, mais ou menos. — O quarto ficou silencioso. O som de nossas respirações pesadas preencheu o ar. — Eu acho... acho que te amo, Devin.

Tudo parou, meu peito pesou. Eu não conseguia respirar. Por que eu não conseguia respirar? Esta era a parte em que eu deveria me levantar e correr para me salvar, mas não conseguia me mover. Ela disse as palavras que um homem como eu temia. E ela realmente sentia isso, dava para ver.

Na Medida Certa

Renee disse uma vez que me amava durante o sexo, mas, quando Lilly disse essas palavras, me causou uma reação física. Parecia que meu coração estava tentando sair do peito, literalmente, como se estivesse tentando retornar ao seu legítimo dono... Lilly.

— Eu não devia ter dito isso. A última coisa que quero é assustar você. — Ela começou a tentar se desmentir imediatamente.

De jeito nenhum eu a deixaria desmentir. Não quando o que ela disse aliviou todas as experiências dolorosas que eu já tive na vida.

Cobri a boca dela com a minha, beijando-a como nunca tinha feito antes. Ela me amava. Eu. O horrível, mentiroso, malvado, filho da puta que eu era, e ela me amava. Deus sabe que eu não merecia esse amor, mas precisava dele.

Eu a abracei e a virei de costas, posicionando-a embaixo de mim. Afastei a boca da sua e comecei a beijar seu pescoço. Ela soltou um gemido profundo e rouco, e me entreguei completamente.

Ela declarar seus sentimentos provocou algo em mim. Não sabia o quê, mas não consegui me conter. Eu não queria mais lutar contra isso.

A partir de agora, as coisas seriam diferentes. Eu seria torturado e puxado em duas direções diferentes. Tinha minha família, por quem pegaria esse dinheiro; e tinha Lilly, que eu nunca quis magoar. Não importava qual decisão eu tomasse, alguém que eu gostava iria se machucar. Eu estava fodido, não importava o que fizesse.

Suas mãos estavam por toda parte. Ela estava tocando meu rosto, passando as mãos pelo meu peito ou pelas minhas costas. Isso estava me deixando louco, mas eu sabia que tinha que ir devagar. Por mais que quisesse arrancar suas roupas e comê-la, sabia que precisava desacelerar. Lilly nunca tinha dito que era virgem, mas eu meio que presumi que era. O pensamento de ser o primeiro me deixou ainda mais duro.

— Eu te quero tanto. Tem certeza de que quer fazer isso? — questionei.

Eu queria dar a ela outra chance de desistir. Deus sabe que eu já tinha passado do ponto em que conseguiria parar. Ajudei-a a tirar minha camisa antes de começar a beijar meu pescoço e ombros.

— Nunca tive tanta certeza de outra coisa na vida.

Eu me movi para o lado da cama e liguei o abajur. Eu queria ver tudo, cada expressão facial e cada gemido. Queria ver toda a pele dela. Voltei para cima dela e comecei a desabotoar sua blusa. Ela ficou muito tensa, e foi quando notei a expressão de medo em seu rosto.

— Qual é o problema? — questionei.

— Temos que ficar com a luz acesa? Eu realmente não me sinto confortável... não quero que você me veja nua — ela finalmente deixou escapar.

Eu sorri. Ela estava preocupada que eu a visse nua. Ela achava que eu não gostaria do que veria. Bem, era tarde demais. Eu já a tinha sentido contra o meu corpo tantas vezes que podia imaginá-la nua e sabia que amaria cada parte dela.

— Eu quero te ver, linda. Por favor, me deixa te ver. — Eu a beijei suavemente.

— Mas...

— Sem mas — sussurrei. — Você é linda. Eu já deveria ter te dito isso um milhão de vezes, porque é a verdade. Quero te beijar. — Beijei-a nos lábios. — E te lamber. — Lambi os lábios dela. — Todo o seu corpo, e não posso fazer isso a menos que você esteja deitada na minha frente completamente nua.

O pensamento dela deitada na minha frente, nua, como um tipo de sacrifício perfeito que eu não merecia, fez meu pau dilatar mais forte.

— Por favor, deixa eu fazer amor com você, Lilly.

— Tá bom — sussurrou.

Comecei a desabotoar a blusa dela novamente.

Tirei sua roupa com calma, desembrulhando-a como o presente que ela era. Beijei e aproveitei cada parte dela que estava visível. Os barulhos que ela fazia me alvoroçavam por dentro.

Assim que ficou completamente nua, eu me ajoelhei e olhei para ela. Lilly tentou cobrir os seios, mas eu rapidamente afastei suas mãos para o lado para poder admirar cada parte de seu corpo. Cada curva, cada covinha, cada pedaço de sua carne quente e macia me chamava.

— Ah, nossa, linda. Nunca mais esconda seu corpo de mim. Você é tão sexy, macia e quente. — Passei as mãos pelas laterais dela em direção aos seios e, quando cheguei neles, passei os polegares sobre seus mamilos perfeitamente redondos e salientes. — E estes são perfeitos.

Eu me inclinei e substituí os polegares pela boca e pela língua. O som que ela fez, fez com que todo o meu corpo latejasse. Provei-a e chupei-a com calma, como se ela nunca tivesse sido provada antes. Ela mexia no meu cabelo com os dedos e, às vezes, os usava para empurrar minha boca com mais força sobre ela. *Minha*, só conseguia pensar isso. Ela era minha, e eu nunca iria deixá-la ir embora. Ela gemeu baixinho e continuou me dizendo para não parar. Eu não estava parando, apenas começando.

Na Medida Certa

Dezoito

A LIBERTAÇÃO

Lilly

Resisti ao desejo de me cobrir toda vez que ele olhava para o meu corpo. Ainda não conseguia acreditar que estava deitada aqui, nua, enquanto ele olhava e tocava praticamente cada pedacinho de mim. Ninguém nunca tinha feito eu me sentir tão bem comigo mesma. Ninguém nunca tinha feito eu me sentir tão bonita e sexy em toda a minha vida. Eu sabia que, depois desta noite, nunca o deixaria ir embora.

Nunca na vida senti algo tão maravilhoso. Tudo o que Devin estava fazendo comigo fazia eu me sentir bem, e eu estava de um jeito que não conseguia controlar os sons que saíam da minha boca. Queria sentir a pele dele na minha. Queria senti-lo em todos os lugares. Sua pele era mais macia do que eu imaginava, e ele estava tão quente, tipo, eu o sentia quente na minha pele.

— Isso, me toque — ele gemeu contra o meu corpo.

Lentamente, ele começou a mover a mão pela minha barriga em direção à parte de mim que mais gritava por ele. Eu não aguentava mais esperar que ele me tocasse. Estava começando a doer tanto que ficava desconfortável, e eu podia sentir a umidade escorrendo entre as pernas toda vez que me mexia. Finalmente, ele colocou a mão entre nós e passou o dedo pelo meu clitóris. Achei que pularia da cama. A sensação que subiu pelo meu corpo me fez gritar sem qualquer preocupação com o que eu diria.

— Você está tão molhada pra mim — sussurrou contra meus lábios.

Ele passou o dedo para cima e para baixo dentro dos lábios das minhas partes mais vulneráveis, levando minha umidade para todos os lugares e deixando minha respiração ofegante. Por mais que eu tentasse, não conseguia respirar direito. Então, seu dedo se moveu lentamente para dentro de mim, e naquele momento achei que nunca mais sentiria algo tão bom.

Devagar, ele moveu o dedo para dentro e para fora, e fechei os olhos com força e arqueei as costas pedindo mais. Afundei os dentes no lábio inferior e tentei silenciar os sons animalescos que saíam da minha boca. Quando ele deslizou um segundo dedo dentro de mim, achei que morreria de prazer. Ele continuou a mexer os dois dedos de maneiras que causavam ondas de sensações em toda a minha barriga. Senti um formigamento pelo corpo inteiro.

— Você é tão apertada e macia por dentro — murmurou na lateral do meu pescoço.

Ele começou a pressionar o polegar contra o meu ponto quente sensível novamente, ainda movendo os dois dedos para dentro e para fora de mim, e achei que explodiria. Senti um espasmo que nunca tinha sentido antes. Eu me contorcia e ofegava, e nem estava ficando envergonhada com a minha reação. Não estava preocupada com a aparência do meu corpo — a única coisa importante para mim era fazer a dor entre as minhas pernas parar.

— Você já se tocou assim? — perguntou, baixinho.

Não havia constrangimento, apenas a doce dor.

— Já — eu gemi.

— Que sexy. Adoro quando uma mulher se toca. — Seus dedos se moviam mais rápido. — Você já se fez gozar?

Neguei com a cabeça.

— Precisamos fazer algo sobre isso, né? — ele disse sem fôlego.

— Sim, por favor — implorei.

Eu não conseguia nem abrir os olhos. Estava tão perto, dava para sentir. Foi quase. Ele parou tudo e puxou os dedos de mim. Eu me ouvi protestar contra a parada repentina.

Eu queria chorar.

Foi quando ouvi o zíper de seu jeans e, em seguida, o som farfalhante de roupas. Quando senti seu pau duro e quente na minha coxa, finalmente abri os olhos para olhar para ele. Isso estava realmente prestes a acontecer.

— Diga que me quer, Lilly. Diga que me quer dentro de você. — Ele me beijou devagar, se posicionando entre minhas pernas.

Eu podia sentir a ponta de seu membro quente contra mim, dura e pressionando, e queria empurrar meus quadris para ter mais. Eu o queria fundo, forte, e agora!

— Por favor, Devin… — eu me ouvi dizer, e comecei a me pressionar contra ele.

— Diga, linda. Diga que me quer dentro de você… eu preciso ouvir isso.

Na Medida Certa

— Eu quero você, Devin, dentro de mim — choraminguei.

— Eu não tenho camisinha, mas vou tirar, ok?

Eu não tinha ideia do que ele estava falando, mas não me importava.

— Aham — murmurei.

Quando ele entrou lentamente em mim, queimou e friccionou minha dor. Foi tão bom, mas doeu quando me estiquei para acomodar seu tamanho.

Quando estava totalmente dentro, ele, de repente, ficou imóvel.

— Olhe para mim, Lilly. — Ele parecia tenso.

Meus olhos se conectaram com os dele.

— Está tudo bem? — perguntou. — Está doendo?

— Um pouquinho.

— Quer parar?

— Por favor, não pare.

Ele se inclinou e começou a me beijar, lentamente tirando e mergulhando dentro de mim novamente. Isso fazia os nervos do meu estômago vacilarem. Ruídos esquisitos que eu não reconheci saíram da minha boca.

Dentro e fora, repetidas vezes, e era incrível. Eu só ouvia sua respiração no meu ouvido e nossos corpos batendo juntos. Ele parecia deslizar e tocar cada parte que implorava para ser tocada. Ele era tão bom nisso, e parte de mim sabia que ele estava se controlando.

— Você é tão gostosa, tão apertada. Já faz um tempo, e você ainda está incrível, linda — disse, se movendo dentro de mim sem parar.

Seu ritmo mudou e, ainda fundo lá dentro, ele se movia mais rápido. Minha respiração mudou, eu puxava oxigênio aos poucos. A dor e o formigamento lentamente subiam pelos meus quadris e desciam pelas minhas pernas. Havia algo fora do meu alcance. Eu tinha quase certeza de que estava prestes a ter meu primeiro orgasmo.

— Não pare — pedi, desesperada. — Por favor.

Mordi o lábio inferior quando a dor e o formigamento atingiram minha barriga e ali ficaram e efervesceram. Serpentearam pelo meu corpo e lentamente começaram a se dissolver. Senti uma sensação crescente... mais e mais e mais, e mesmo que nunca tivesse sentido a queda antes, sabia que seria maravilhoso.

— Ah, nossa, lindo. Acho que vou... não pare! — Eu sabia que estava sendo barulhenta, mas não queria nem saber se tinha alguém ouvindo.

Agarrei a bunda dele e o puxei com mais força para mim. Estava tão perto que não aguentava mais. Mais e mais um pouco, continuava aumentando e eu não sabia o quanto mais poderia aumentar.

— Porra. Preciso parar agora, Lilly. — Eu o ouvi dizer.

Ele soou sem fôlego e com dor.

Eu não o deixaria parar de jeito nenhum. Estava prestes a sentir a queda. Tudo dentro de mim estava prestes a se derreter em algo milagroso.

Em vez de deixá-lo tirar, segurei-o com mais força e pressionei mais fundo. Era bem ali. Ai, nossa, bem ali.

— Eu tenho que parar — eu o ouvi dizer mais alto.

— Não! Não pare! Eu...

Eu o agarrei e segurei com mais força, fazendo barulhos que nunca tinha me ouvido fazer. Meu corpo ganhou vida própria, e a dor e o formigamento que estavam fervendo em minha barriga se dissolveram lentamente em puro e intenso prazer que saía do meu corpo. Eu me senti apertando ao redor dele repetidas vezes, cada espasmo de prazer rasgando meu corpo. Eu estava morrendo. Pelo menos sentia como se estivesse morrendo, e era tão fantástico.

— Isso, linda. Isso mesmo, deixe sair. — Ele ficou tenso acima de mim.

E então, ele estava se xingando.

Ele acelerou, o que só intensificou minha liberação. Quase não o ouvi falar e fazer seus próprios ruídos quando, finalmente, ele soltou um grunhido alto. Seu corpo sacudiu, e ele se chocou forte e fundo contra mim. Então, tudo parou.

Ele me segurou como se sua vida dependesse disso, e senti todo o seu corpo tremer. Minhas pernas se fechavam sem controle enquanto mais algumas ondas de prazer passavam por mim.

Estávamos respirando como se tivéssemos acabado de correr uma maratona. Ele levantou o rosto do meu pescoço e uma gotinha de suor escorreu de sua testa e caiu no meu peito. O tempo parou quando ele olhou para mim como se fosse a primeira vez que me visse. Ele examinou meu rosto com tanta atenção que comecei a me perguntar se eu tinha me transformado em outra pessoa durante o orgasmo. Eu com certeza me sentia uma nova mulher.

Ele ficou em cima e dentro de mim por mais alguns segundos, até, por fim, se afastar. Senti a perda de imediato, e queria segurá-lo, mas, em vez disso, ele pulou e começou a se vestir. De repente, me senti muito exposta e o constrangimento começou a se instalar. Agarrei meu cobertor para me cobrir.

— O que foi? Eu fiz alguma coisa errada? — perguntei, quando ele pegou os sapatos.

Na Medida Certa

— Eu disse que precisava parar! — ele vociferou, e me assustei.

Ele nunca tinha gritado comigo, e agora, estava bravo. Como podia estar tão bravo depois que algo tão maravilhoso tinha acabado de acontecer? Eu ainda sentia pequenos espasmos de prazer e, no entanto, ele estava de pé na minha frente se vestindo como se houvesse um incêndio e gritando comigo.

— Desculpa, eu... — comecei.

— E se eu tiver te engravidado? — Ele sacudiu a camisa sobre a cabeça. — Eu disse que não tinha camisinha, mas você continuou me forçando a continuar!

— Mas, Devin, eu não posso...

Mas ele me cortou novamente.

— Você acha que quero ficar preso a você assim? — Ele apontou para mim, e vi seu rosto enojado enquanto ele se abaixava para amarrar os sapatos.

Naquele momento, um pedacinho de mim morreu.

Uma dor percorreu meu corpo, suas palavras me cortando tão profundamente que eu tinha certeza de que estava sangrando até a morte.

Nem tive tempo de dizer a ele que era impossível eu engravidar, pois ele pegou as chaves e saiu correndo do quarto. Ouvi a porta se abrindo e então, eu a ouvi se fechar... assim como o meu coração.

Nunca na minha vida me senti tão usada e nojenta. Seu olhar, com o pensamento de estar "preso" a mim, foi trágico. Aqui estava eu, transbordando meus sentimentos para ele e me entregando de todas as maneiras que podia, e ele estava obviamente me afastando o tempo todo. Eu me joguei em cima dele, e homens são homens, eles só conseguem recusar por um tempo, certo?

Ele não me queria, mas eu estava lá, e estava pronta. Que tipo de idiota estúpido recusaria uma mulher molhada e pronta?

Caí em meus travesseiros e chorei como não chorava desde os quinze anos. Chorei como se fosse o primeiro ano de novo e como se estivesse sendo ridicularizada por ser gorda. Chorei como jurei que nunca mais choraria, e fiz uma promessa a mim mesma naquele momento, de que essa seria a última vez mesmo. Chega, estava farta de todo mundo, principalmente de Devin. Nunca deixaria alguém me magoar assim de novo. Nunca!

Dezenove

DESTRUIDOR DE CORAÇÕES DESOLADO

Devin

Fazia três dias desde a última vez que vi ou falei com Lilly, e eu estava infeliz. Estava com saudades dela. Nunca senti saudades de verdade de ninguém antes, bem, com exceção da minha mãe, mas acho que o ódio que eu tinha por ela me ajudou a superar a saudade. Não odeio a Lilly. Eu a amo. Podia dizer isso para mim mesmo agora. Estava apaixonado por ela, e isso era uma merda.

Não sei por que perdi a cabeça com ela daquela maneira, sendo que nem estava com raiva. Estava com raiva de mim mesmo. Estava com raiva de mim mesmo porque, pela primeira vez na vida, perdi o controle com uma mulher. Nunca tinha acontecido comigo antes. Minha única desculpa era que o sexo com Lilly foi incrível. Ela era incrível.

Toda vez que eu fechava os olhos ainda podia vê-la se contorcendo debaixo de mim com os olhos fechados e a boca aberta de prazer. Ainda podia ouvi-la gemendo meu nome e ficando sem ar quando, pela primeira vez, teve um orgasmo, um orgasmo que eu dei a ela com o meu corpo. Só de pensar nisso eu ficava excitado e, por quase dois dias, andei por aí tendo ereções e sonhando acordado com Lilly. Desde os treze anos eu não batia tanta punheta.

Estava no meio de um desses devaneios tentando trocar o óleo de um Honda quatro portas, que me lembrava Lilly, quando, como um idiota, de repente fiquei coberto com todo o óleo velho que estava dentro do carro.

— Droga! — Eu me arrastei de debaixo do carro e vi meu pai rindo de mim.

Ele me entregou um trapo, e comecei a limpar o óleo do rosto e dos braços. Que merda estava acontecendo comigo?

— Você sabe que só precisa deixar o orgulho de lado e ligar para a menina. Tem dois dias que você tá estragando tudo por aí nesta oficina.

Não posso me dar ao luxo de ficar com você por aqui, garoto. — Ele me deu seu sorriso secreto.

— Não sei do que você tá falando. — Comecei a jogar porcas e parafusos para o lado e limpar o óleo.

— Não tem problema admitir que você sente falta dela. Não seja um idiota como eu fui. O que você fez, afinal?

— Por que você automaticamente está supondo que eu fiz alguma coisa? Você não tem fé em mim?

— Ah, qual é, garoto, aquela menina não machuca nem uma mosca. Para falar a verdade, ela está bem perto da perfeição, não está? Droga, eu a escolheria antes de outra pessoa, com certeza. Não seja idiota, Devin. — Voltou para o caminhão em que estava trabalhando e não disse mais nada.

Ele tinha razão. Ele geralmente tinha, mas eu não podia ligar para ela. Eu a amava e tinha que deixar para lá. Era o meu jeito de me proteger. Nunca mais eu seria abandonado como aconteceu quando eu era mais novo. Nunca mais outra mulher me abandonaria da maneira cruel como minha mãe me deixou.

Não tem jeito, mulheres vão embora. Eles te amam e depois vão embora. Não podia deixar isso acontecer. Então, deixaria Lilly sozinha antes que ela me magoasse ainda mais.

— Pai, vou ficar fora por uns dias. Talvez eu vá passar um tempo com Alex em Jacksonville. Preciso de um tempo para pensar. Você dá conta de segurar as pontas aqui enquanto eu estiver fora?

— Segurei as pontas por muitos anos antes de você. Posso estar velho, mas acho que consigo cuidar das coisas por aqui sem você. — Ele bufou e voltou ao trabalho. — Mas você não tem como escapar, nem se correr muito.

Eu o ignorei e entrei para tomar um banho rápido. Logo depois, estava ao telefone com meu primo, Alex, que não via há três anos, e em seguida estava colocando algumas coisas na minha mala preta.

Uma hora mais tarde, depois de dizer a Jenny que voltaria em alguns dias, saí e coloquei o carro na estrada para a Flórida. Poderia parecer uma medida extrema, mas eu precisava de férias. Precisava de tempo para pensar no que diabos estava fazendo.

Dirigi em silêncio até estar na metade do caminho para a Geórgia. Deixei o celular no silencioso e apenas dirigi. Muitas coisas passaram pela minha cabeça. Tantas coisas continuavam me consumindo: perder a oficina, a única casa em que já vivi, e Lilly, a única mulher que conseguiu roubar meu coração. Sem sequer fazer nada, sem sequer perceber, ela partiu meu coração, e nem era culpa sua. A culpa era minha.

Já deixei muitos corações partidos pelo caminho e, sinceramente, nunca pensei duas vezes. Agora, pela primeira vez na vida, estava arrependido das coisas que fiz. Lamentava se já tinha causado algum sofrimento a alguém. A pior parte era que tirei algo de Lilly que nunca mais poderia devolver. Tirei a virgindade dela, e eu não era merecedor. Era um ladrão! Era um homem doente, pervertido e egoísta, que merecia toda a dor que sentia naquele momento.

Não demorei para chegar na casa de Alex. Entrei com a minha mala preta e fomos fazer um lanche em um restaurante pequeno. A pequenina reunião de família, que contava somente comigo e Alex, continuou em um bar na rua de seu apartamento. Bebi tanto que nem sei como voltamos para a casa dele.

Acordei na manhã seguinte com a pior ressaca que já tive na vida. Não conseguia nem sair do sofá. Fiquei lá jogado por cerca de uma hora com uma dor de cabeça tremenda quando comecei a sentir cheiro de bacon.

— Ei, Dev! Está acordado, mano? Estou preparando um café da manhã rapidinho! — Alex gritou em seu apartamento minúsculo de um quarto.

Cada sílaba foi um golpe dentro da minha cabeça, fazendo com que a dor piorasse. Rolei do sofá e me senti enjoado. Isso me fez pensar em como o meu pai conseguia fazer isso todos os dias.

Arrastei-me para a cozinha e desabei em uma cadeira.

— Você poderia não gritar mais, por favor? — Esfreguei a têmpora.

Alex colocou uma cerveja na minha frente e o cheiro dela fez meu estômago revirar.

— Para não ter ressaca tem que continuar a beber, mano, é a única maneira.

Torci o nariz e bebi a cerveja o mais rápido que pude. Então, devorei o bacon gorduroso e os ovos que Alex jogou em um prato quebrado para mim.

— A que devo esta honra? — Alex perguntou, ao se apoiar no balcão da cozinha.

— Precisava de um tempo. — Mordi outro pedaço do bacon que, para a minha surpresa, estava acalmando um pouco meu estômago.

— Um tempo, hein? Para mim pareceu que você estava tirando mais do que um tempo ontem à noite. Conheço minha família, e diria que você estava afogando as mágoas, e bota afogando nisso. Acho que nunca vi ninguém beber tanto na vida.

Na Medida Certa

— Eu não estava afogando nada, só tomando umas com o meu primo favorito. Então, como a tia Peggy está? — indaguei, mudando de assunto depressa.

— Ela está bem, acho, a mesma mãe de sempre. Como estão o tio Herald e a Jenny? Ela continua encrenqueira?

Continuamos a botar o papo em dia. Não mencionei o fato de que estávamos prestes a perder tudo e não contei nada sobre Lilly, embora ela estivesse em meus pensamentos o tempo todo.

Não parava de me perguntar se ela estava bem. Será que a machuquei? Ela me odeia? Foda-se. Esperava que ela me odiasse. Talvez assim fosse mais fácil deixá-la. Este monólogo interno bipolar se estendeu por horas.

Verifiquei meu celular constantemente para ver se tinha alguma chamada perdida. Queria tanto que ela ligasse, mas, ao mesmo tempo, esperava que não. Queria ouvir a voz dela. Queria dizer que estava arrependido e implorar por seu perdão, mas nunca mais poderia falar com ela novamente. Simples assim.

Naquela noite, dormindo no sofá quebrado horrível de Alex, tive outro pesadelo em que Lilly se transformava em minha mãe e me abandonava. Acordei às duas da manhã, mais decidido a cortar todos os laços com Lilly do que estava antes de ir dormir. Não seria fácil. Quando disse que estava viciado nela, era verdade, mas ela era um hábito que eu estava determinado a perder.

Vinte

FLASHBACKS

Lilly

— Lil, o que foi? — Shannon perguntou.

— Nada, só estou cansada. — Rolei para o lado de novo para tentar voltar a dormir.

Depois que Devin literalmente me amou e me deixou, eu chorei, fiquei com raiva, tomei um banho para lavar o nojo, e voltei para a cama, onde estava desde então.

— A Sra. Franklin tá muito preocupada com você, Lil. Você nunca falta ao trabalho e, para ser sincera, se não começar a comer logo, vou ligar para a sua mãe.

— Por favor, não me torture mais ainda ligando pra ela. Vou comer daqui a pouco. Só preciso dormir um pouco mesmo.

Ela disse outra coisa, mas eu simplesmente a ignorei e voltei a dormir. Quando abri os olhos novamente, estava escuro lá fora. Alguém estava tocando a campainha e batendo na porta como um doido. Fiquei esperando Shannon atender, mas, aparentemente, ela não estava.

Enrolei o cobertor em volta de mim e arrastei a bunda até a porta. Abri e fiquei surpresa ao ver Jenny parada lá.

— Que merda! Você está horrível, Lil. Está doente?

— Não. Só cansada. Está tudo bem?

Assim que a vi parada ali, instantaneamente pensei em Devin. De repente, tive um pensamento horrível sobre algo ruim ter acontecido com ele. Mesmo que seu nome parecesse fogo na minha garganta, eu tinha que perguntar.

— Seu pai e Devin estão bem?

— Ah, sim, tá todo mundo bem. Meu pai tá em casa e Dev foi para a Flórida.

Ai, meu Deus! Ele se mudou para a Flórida? Será que nunca mais o verei de novo?

Comecei a entrar em pânico.

— Para sempre? — As palavras saíram esganiçadas.

— Nem ferrando. Ele só foi visitar nosso primo, Alex. Deve voltar daqui uns dois dias.

Fiquei puta da vida comigo mesma por estar tão aliviada.

— Então, e aí?

— Eu tenho um encontro! — ela gritou, como uma adolescente de verdade.

— O quê? Entra, entra! Me conta tudo!

Eu a puxei para dentro do apartamento e, pela primeira vez em dias, me senti normal quando ela começou a contar sobre um cara chamado Justin que a convidou para o baile da escola.

— Sei que é meio em cima da hora, mas você poderia me ajudar a me vestir? Não tenho ideia do que usar. — Ela encolheu os ombros inocentemente.

— Eu adoraria te ajudar! Ligue para o seu pai e veja se tudo bem você dormir aqui, aí amanhã podemos passar o dia todo fazendo compras e te arrumando. Que horas Justin vai passar te pegar?

— Ele vai chegar na minha casa às seis.

Jenny ligou e, claro, seu pai não achou ruim ela dormir na minha casa. Shannon chegou logo depois disso. Pedimos comida chinesa e passamos a noite vendo comédias românticas. Tentei com todas as minhas forças não falar sobre Devin ou, muito menos, pensar nele. Falhei miseravelmente nessa última parte. Fiquei pensando em sua viagem de última hora à Flórida, e se tinha algo a ver comigo. Perguntava-me se ele estava pelo menos pensando em mim.

Fui dormir naquela noite me sentindo um pouco melhor. Por alguma razão, Jenny estar comigo tornava as coisas mais fáceis. Era a segunda melhor coisa depois de ter Devin comigo lá.

Na manhã seguinte, acordamos cedo, tomamos um café da manhã rápido e fomos para o shopping. Essa coisa de fazer compras estava ficando cada vez mais divertida. Fizemos o cabelo e as unhas e, finalmente, quando estávamos prestes a desistir, encontramos um lindo vestido verde-esmeralda na altura do joelho que Jenny concordou em usar.

Quando entramos na casa do Devin, achei que meu sogrinho teria um ataque cardíaco quando viu Jenny. Ela estava linda. O cabelo e a maquiagem estavam perfeitos, e o verde do vestido destacava seus olhos lindamente.

Nós conhecemos Justin, que parecia ser um menino muito legal, e então, como uma irmã mais velha orgulhosa, observei quando ele deu a ela um belo arranjo de flores para colocar em seu vestido e abriu a porta do carro. Eu estava tão orgulhosa e triste ao mesmo tempo. Olhei ao meu redor.

Vi Jenny sair e olhei para o meu sogrinho. Eu não deveria estar lá. Assim que o lindo casal estava completamente fora de vista, disse a ele que voltaria para casa. Não tinha ideia do que ele e Jenny sabiam, mas, como a emoção do momento de Jenny havia acabado, me senti deslocada.

— Você pode ficar, Lilly. Talvez jantar com um homem velho — sugeriu, tomando um gole de sua cerveja.

— Eu adoraria, mas realmente tenho que ir pra casa. Shannon e eu temos planos para hoje à noite e está ficando tarde. — Tentei inventar rápido um motivo para ir embora.

Estar lá, naquela casa cheia de fotos de Devin mais novo, estava me deixando louca. O desejo de ir para o quarto dele, deitar em sua cama e chorar era angustiante demais. Por mais triste que parecesse, até o cheiro da casa velha estava me deprimindo.

— Tudo bem, minha filha. Mas não suma.

— Não vou sumir — falei, mentindo.

Aproximei-me e dei um abraço rápido nele. Sabia que provavelmente nunca mais veria nem ele nem Jenny novamente. A tristeza me invadiu, e antes que começasse a chorar e parecesse uma idiota, me virei depressa para sair.

— Ele está sentindo sua falta — gritou, atrás de mim.

Eu parei.

— O quê?

— Só achei que você deveria saber. Devin sente sua falta.

Chorar estava se tornando uma coisa comum para mim nesses últimos dias. Chorei o caminho todo de volta para casa. Quando cheguei, Shannon enfim me forçou a contar o que estava acontecendo. Ela me abraçou enquanto eu chorava em seu ombro.

Com os olhos inchados e a garganta dolorida, adormeci na cama.

Por volta das onze da noite, meu celular começou a tocar. Meio sonolenta, quase não consegui atender a tempo.

— Alô — respondi, meio dormindo.

— Lilly! Sou eu, Jenny! Você poderia vir me buscar, por favor?

Ela estava em pânico.

Sentei num pulo e esfreguei os olhos embaçados.

Na Medida Certa

— Onde você está? — perguntei, depressa.

Dava para dizer pelo tom de sua voz que tinha algo muito errado.

— Em uma festa. Tem um bando de velhos chapados aqui e um desgraçado agarrou minha teta. Justin está bêbado e não pode dirigir. Por favor, vem me buscar — implorou.

Peguei as instruções do caminho enquanto amarrava os sapatos e jogava as coisas na bolsa.

— Estarei aí em vinte minutos. Não saia daí!

Saí e logo estava em uma casa cheia de pessoas da minha idade. Desci do carro e atravessei a multidão no gramado da frente. A música estava tão alta que eu não conseguia ouvir nem meus pensamentos.

Quando entrei, fui até algumas meninas e perguntei se elas sabiam onde eu poderia encontrar Jenny. Ninguém parecia saber de quem eu estava falando. Vi Justin desmaiado no canto, então, depois de procurar por todo o primeiro andar e respirar muita fumaça, subi as escadas de dois em dois degraus.

Abri todas as portas para procurar Jenny. A música parecia me seguir, e eu ainda não conseguia ouvir nada, mas, do nada, o som de uma garota gritando pareceu atravessar o rap alto que estava tocando.

Corri em direção ao grito e acabei na frente da última porta do corredor comprido. Sem pensar duas vezes, empurrei a porta. Lá, se debatendo na cama, estava Jenny e três homens mais velhos. Ela estava lutando com todas as forças enquanto eles rasgavam seu lindo vestido verde.

Memórias daquele dia na floresta sendo atacada pelas líderes de torcida malvadas passaram pela minha mente. Eu podia ouvir meus gritos em minha mente, podia me ouvir implorando para que elas parassem de me bater quando Jenny gritou novamente, e isso penetrou em minhas memórias e me trouxe de volta ao presente. Eles estavam tentando estuprá-la. Só tive um segundo de choque antes de entrar para o ataque.

— Saiam de perto dela! — gritei.

Peguei um vaso vermelho enorme e o usei para bater na cabeça do primeiro cara que encontrei. Ele se despedaçou quando o cara caiu no chão frio. Os outros dois agressores se viraram para mim, e vi os olhos cheios de terror de Jenny enquanto ela se esforçava para sair da cama. Seu vestido estava rasgado e seu cabelo era uma bagunça de cachos caídos. Rímel preto escorria por seu rosto com as lágrimas que corriam por suas bochechas.

— Que merda é essa? — um dos caras disse.

— Quem você pensa que é? Olha, Eric, é um bebê hipopótamo! — Eles riram.

Mais memórias de ser insultada no ensino médio golpearam minha mente, todos os nomes horríveis, todo o *bullying* e as provocações.

— Deixem ela ir — tentei parecer o mais calma possível.

— Por que você não desce e procura algo para comer? Tenho certeza de que preferia estar enchendo a boca gorda em vez de se preocupar com os assuntos de outras pessoas.

— Ah, foda-se. Eu tenho algo que posso enfiar nessa boca gorda dela. Eles riram de novo.

Com um berro, me joguei para cima do cara mais próximo de mim, mas ele era mais forte do que parecia. Ele me empurrou contra a parede e vi seu punho se erguendo. Em câmera lenta, ele foi parar no meu rosto.

Minha bochecha explodiu e senti o sangue instantaneamente. Estendi a mão e cravei as unhas em qualquer pele que consegui encontrar. Ouvia Jenny brigando com o outro cara ao fundo. Eu precisava chegar até ela. Precisava ajudá-la.

Outro golpe veio e fiquei tonta. Ouvi as líderes de torcida rindo e, ao mesmo tempo, vi Jenny lutando por sua vida do outro lado do quarto enquanto eu caía no chão. A memória estava de alguma forma se misturando à minha realidade.

Ouvi Jenny continuar a gritar e lutar, mas, toda vez que tentava me levantar, levava outro chute nas costelas. Por fim, os chutes não pararam quando meu agressor repetidamente colocava sua bota de bico de aço na minha barriga.

A cada chute, eu ouvia o eco das risadas de garotas adolescentes. Eu as ouvia me chamando de Lilly Gorda. Era uma repetição de quando eu tinha quinze anos, só que em vez de um grupo de garotas, era um homem adulto que me chutava e me socava. Devo dizer que preferia as meninas.

Assim como no passado, meu corpo ficou dormente e eu não sentia mais os chutes. No fundo, sabia que a dormência não era boa coisa.

Ouvi Jenny gritar de novo e tentei com todas as forças me levantar mais uma vez. Em vez do estômago, vi o pé dele vindo em direção ao meu rosto. Tentei estender a mão, mas não conseguia levantar os braços. Senti a bota enorme na lateral da minha cabeça, e então o quarto ficou preto.

Vinte e Um

ÚLTIMAS NOTÍCIAS

Devin

Ouvi meu celular tocando. Dormindo, não sabia se estava realmente tocando ou se eu estava sonhando. Pensei, no meu torpor sonolento, que talvez fosse Lilly me ligando. Então percebi que o celular estava realmente tocando, e fazia um bom tempo.

Num sobressalto, vasculhei o cômodo desconhecido e escuro procurando o telefone. Encontrei-o dentro do sofá em que estava dormindo.

O número não era conhecido. Imaginei que fosse a Renee. Não tinha ideia de como ela tinha conseguido meu número novo, mas só ela teria coragem de me ligar a essa hora da manhã. Conhecendo a peça, provavelmente era algo infantil e estúpido.

— Alô? — gritei ao telefone.

— Devin! É o seu pai. Está acordado? — Ele parecia em pânico. Meu pai nunca entrava em pânico.

— O que aconteceu? — perguntei.

Esfreguei os olhos com força e balancei a cabeça, tentando espantar o sono do meu cérebro.

— Você precisa voltar para a cidade o mais rápido possível... aconteceu uma coisa.

Eu já estava de pé e, no momento em que ele disse isso, senti como se estivesse caindo.

— O que foi? Você está bem? Onde a Jenny está? — disparei, agarrando peças aleatórias de roupa espalhadas pela sala.

Enfiei uma calça jeans e a camiseta que usei mais cedo naquele dia. Joguei coisas na mala e estava pronto para sair antes dele falar novamente.

— Jenny foi ferida. Eles eram vários. Eu devia estar lá. Ela não podia... Eu não sei como, mas a Lilly... ela tentou... — ele gaguejou.

— Devagar, pai. Fique calmo e me diga exatamente o que aconteceu.

O que tem a Jenny e a Lilly? — perguntei, em pânico.

— Ela... Eu não sei se ela vai ficar bem. Se não fosse a Lilly, ela poderia não ter... Precisamos de você em casa, Devin. Jenny estava perguntando por você. Por favor, venha ao Hospital Saint Marion o mais rápido possível, ok? Não quero falar pelo telefone e, por favor, tenha cuidado. Não suporto a ideia de perder nenhum de vocês esta noite. Eu te amo, filho, e te vejo logo.

A linha ficou muda e a tela do celular ficou preta. Meu pai tinha desligado e, o que quer que estivesse acontecendo, era ruim.

Meu pai estava sóbrio e gaguejando ainda por cima. Só isso me assustou pra caralho. Que merda estava acontecendo lá em casa?

Nem sequer parei para dizer a Alex que estava indo embora. Eu não dava a mínima para isso. Só precisava voltar para casa, para Charleston, o mais rápido possível. Tudo o que eu podia fazer era rezar para que elas estivessem bem.

Minha mente transbordava de perguntas enquanto eu jogava a mala no banco de trás do carro. Fiquei ao lado dele por um momento antes de entrar.

O mundo parou de girar? De repente, senti como se meu cérebro estivesse girando e o mundo ao meu redor estivesse parado. Achei que desmaiaria. Balancei a cabeça tentando colocar os pensamentos em ordem. Jenny precisava de mim, e acho que Lilly também. Elas eram as únicas mulheres no meu mundo que não me magoaram ou me fizeram sofrer e eu não estava lá para cuidar delas. Eu precisava estar lá de qualquer maneira.

Cheguei ao hospital em tempo recorde. Levei pouco mais de duas horas para fazer uma viagem de quatro horas.

Saí correndo do carro e disparei para dentro do hospital. Quando cheguei à recepção, não havia ninguém. Eu estava prestes a perder o controle quando notei meu pai caminhando em minha direção. Ele estava tão pálido. Veio até mim, me abraçou e me apertou.

Eu o segui até um quarto onde minha irmã estava deitada na cama. Fiquei em choque por um instante ao me dar conta de que a aparência dela era de quem tinha sido muito espancada. Corri para o lado da cama e agarrei sua mão.

— Jenny, o que aconteceu, querida? Me diga o que houve. Eu vou matar o filho da puta que fez isso, juro!

Sentia a raiva crescendo dentro de mim. Sério. Eu ia matar o sujeito que colocou as mãos na minha irmãzinha.

Na Medida Certa

143

— Eu estou bem, só uns calombos e uns machucados, vou sobreviver — ela disse, com a voz rouca. — Eu lutei com ele, Dev. Dei até uns chutes nas bolas. Ah, desculpe... eu disse bolas de novo. — Ela tentou sorrir.

Contou em detalhes os acontecimentos do dia. Senti uma pontada no estômago quando ela me contou que ela e Lilly tinham passado o dia juntas e que Lilly a ajudou a se arrumar para o baile. Explicou sobre a festa depois do baile, cheia de drogas e pessoas mais velhas, e me contou que ligou para Lilly antes de ser arrastada para o andar de cima para um quarto por três homens estranhos. Senti que estava prestes a explodir de raiva.

— Se não fosse a Lilly, eles teriam me estuprado, Devin. Não tenho como saber. — Lágrimas escorreram de seus olhos inchados. — Então um grupo de pessoas da festa entrou no quarto, eles deveriam ter ouvido meus gritos, e os caras saíram correndo. Felizmente, alguém chamou uma ambulância.

Olhei ao redor do quarto pela primeira vez. Eu queria Lilly lá comigo. Queria abraçá-la e agradecê-la por proteger uma das pessoas mais importantes da minha vida, mas, quando olhei em volta, ela não estava em lugar nenhum. Olhei para o meu pai, que estava em lágrimas.

— Onde ela está, pai? Onde a Lilly está?

— Vem comigo — pediu, com tristeza.

Ele não disse muito mais enquanto eu o seguia até o elevador e depois pelo longo corredor do andar de terapia intensiva. Ele abriu a porta e entrou no quarto. Não consegui passar da porta. Fiquei lá, parado, olhando para dentro. Deitada na cama do outro lado do quarto estava Lilly, coberta de tubos e fios.

Seu rosto estava inchado e irreconhecível. Seu cabelo, coberto de sangue seco. Ela tinha pontos na sobrancelha esquerda e hematomas por toda parte. Quando criei coragem de caminhar até a cama, estendi a mão devagar e peguei sua mão macia. Ela não se mexeu. A máquina barulhenta ao lado da cama estava bipando muito alto, mas tudo parecia abafado.

Ela estava inconsciente e, pela máquina esquisita que soprava ar em seus pulmões, era óbvio que nem respirando sozinha estava. Parecia que meus joelhos não iam aguentar. Apoiei-me na parede ao meu lado para não cair.

Isso não podia estar acontecendo!

— Ela vai ficar bem? — Minha garganta parecia grossa.

— Sinto muito, Devin — meu pai me disse, com lágrimas escorrendo pelas bochechas.

Pela primeira vez desde que minha mãe partiu, chorei no ombro do meu pai.

Cerca de trinta minutos depois que entrei em contato com Shannon, ela chegou no hospital e chorou por Lilly. Ela então ligou para Sra. Sheffield, que ficou histérica. Ouvi Shannon tentando acalmá-la. Logo ela estava colocando o celular de volta na bolsa e voltando para o lado da cama de Lilly.

— A Sra. Sheffield está descontrolada. Está de férias e só vai conseguir chegar daqui a dois dias — ela fungou.

Shannon parecia chateada com o fato de que a mãe de Lilly não estaria lá pelos próximos dois dias. Eu, por outro lado, fiquei um pouco aliviado. Sabia que a mãe dela deveria estar presente, mas também sabia que, assim que visse meu rosto, tudo seria revelado e eu não estava pronto para isso. Queria que Lilly melhorasse e queria abraçá-la pelo menos uma última vez antes que a verdade fosse revelada.

Mais tarde, o médico veio e conversou comigo e com Shannon. Lilly teve um sangramento interno e um inchaço ao redor do cérebro.

— Acho que se conseguirmos diminuir o inchaço ao redor do cérebro dela, me sentirei muito melhor em relação ao seu prognóstico. No momento, é difícil dizer. Ela pode acordar a qualquer momento, ou pode ficar nesse estado de coma por mais algum tempo. Não é possível saber até que o inchaço diminua mais um pouco. Ela está medicada com antibióticos para combater possíveis infecções. Saberei mais assim que o resto dos resultados dos exames chegarem. — Ele parecia tão confuso quanto nós.

Nem preciso dizer que nenhum de nós se sentiu melhor depois de falar com ele.

Passei o resto da noite entre os quartos de Lilly e Jenny.

Comecei a me xingar por dentro. Eu devia ter estado lá. Não deveria ter ido para a Flórida. Eu tinha que ter ficado lá com elas. Jenny teria me ligado, e eu teria matado aqueles idiotas covardes. Que tipo de homem era capaz de bater em uma mulher desse jeito?

Um que merecia morrer, esse tipo de homem.

Estava no quarto de Lilly quando o sol nasceu. Não dormi nem um segundo a noite toda. Meu pai e eu nos revezamos nos quartos das meninas. As enfermeiras entraram e saíram de ambos os quartos a noite toda.

Por volta das sete da manhã, descobrimos que Jenny teria alta mais tarde naquele mesmo dia. Lilly, por outro lado, ainda não estava respondendo. Eu estava lentamente perdendo a noção da realidade, ou por falta de sono ou pelo choque de ver a mulher que eu amava com todo o meu coração em um respirador e em coma.

Na Medida Certa

— Parece que você está precisando disso. — Shannon me entregou um copo de café quente.

— Obrigado. — Peguei o copo e tomei um gole do líquido quente devagar.

Precisava de qualquer coisa que me mantivesse acordado para que eu estivesse lá quando ela acordasse, ou, devo dizer, se ela acordasse.

Shannon se sentou na cadeira de frente para mim.

— Eu simplesmente não consigo acreditar que ela está passando por isso de novo. — Ela começou a chorar.

Suas palavras me pegaram desprevenido, e pensei que talvez estivesse ouvindo coisas.

— De novo? — perguntei, confuso.

— Sim, de novo. Você não ficou por aqui para descobrir, mas, quando Lilly era adolescente, era muito provocada por causa de seu peso e não tinha amigos. Um dia, ela foi abordada por um grupo de meninas do grupo de líderes de torcida, e elas a fizeram pensar que queriam ser amigas dela e pediram que as encontrasse no bosque nos arredores do terreno da escola. Ela foi e, quando chegou lá, as meninas começaram a xingá-la e, em seguida, bater nela até ela ficar inconsciente. A mãe dela me contou mais sobre isso do que a própria Lilly, mas sei que ela ficou um tempo no hospital.

Por que ela nunca me contou isso? Pensei que tinha me contado tudo.

— O que aconteceu com as meninas? — perguntei, com raiva.

Senti que estava apertando o copo de café.

— Nada. Lilly se recusou a prestar queixa ou algo do tipo. Considerando o que tiraram dela, eu teria processado as vadias, mas não a nossa Lilly. Ela apenas mudou de escola e nunca mais falou sobre isso. Essa foi a última vez que ela chorou. Bem, até você aparecer.

Shannon se levantou depressa e começou a fazer outra coisa qualquer. A conversa tinha acabado de tomar um rumo estranho.

Eu, por outro lado, de repente senti meu estômago revirar. Só de saber que eu não era melhor do que as meninas do colégio dela acabou comigo. Eu a fiz chorar. Fui pago para ficar com ela e depois a fiz chorar.

Fui para o lado da cama de Lilly e peguei sua mão macia novamente. Fiz isso repetidas vezes a noite toda. Não sei o porquê, mas acho que talvez fosse porque precisava saber que ela ainda estava quente — que ainda estava viva.

De repente, algo que Shannon disse passou pela minha cabeça mais uma vez.

Considerando o que elas tiraram dela...

— Shannon...

Ela parou o que estava fazendo e se virou para mim.

— Oi?

— Você disse que aquelas meninas tiraram algo dela. O que você quis dizer com isso? — indaguei, confuso.

— Elas bateram tanto nela e chutaram tanto sua barriga que ela teve um sangramento interno e uma tonelada de outros problemas. Lilly não pode ter filhos.

Essas últimas palavras me abalaram. Senti-me zonzo e, de repente, tive que me sentar. Tirei a virgindade dela e depois disse algumas das coisas mais cruéis sobre ela engravidar e eu ficar preso a ela. As últimas palavras que disse para ela passaram pela minha mente.

E se eu tiver te engravidado? Você acha que eu quero ficar preso a você assim?

Analisando agora, lembro-me que ela tentou me dizer algo antes de eu sair correndo do quarto. Será que estava tentando me dizer que era impossível — que nunca poderia ter filhos?

Eu me senti um merda — oficialmente. Durante o pouco tempo em que estive com ela, consegui machucá-la mais do que qualquer uma das pessoas horríveis presentes em sua vida antes de mim, e estava apaixonado por ela.

Eu faria tudo melhorar. Faria tudo desaparecer. Silenciosamente, prometi que, não importava o que acontecesse, eu me retrataria.

Shannon saiu do quarto enquanto eu tinha meu colapso mental. Como pude ser tão cruel?

Levantei-me mais uma vez e caminhei até a cama de Lilly. Ela estava machucada e pálida, mas seus lábios estavam rosados como pétalas de rosa. Sem pensar duas vezes, me inclinei sobre ela.

— Por favor, acorde, linda — sussurrei.

Encostei meus lábios nos dela e senti uma única lágrima escorrer pela minha bochecha.

— Eu te amo, Lilly. Me desculpe.

Na Medida Certa

Vinte e Dois

O BEIJO DO AMOR VERDADEIRO

Lilly

Em algum lugar distante, eu ouvia vozes. Eram seguidas por dores agudas atrás dos meus olhos, que eu não conseguia abrir. Senti um calor na mão e, depois, mais vozes. Não conseguia distingui-las — estavam tão longe.

Tentei respirar fundo, mas não consegui. Não conseguia mexer nada. Lentamente, estava recobrando os sentidos, e os sons ao meu redor estavam se tornando mais definidos. Pude ouvir Shannon falando, e outra pessoa — uma voz masculina.

Era meu pai? Quem era?

Então, de repente, a voz se tornou familiar.

Devin.

Uma tristeza instantaneamente tomou conta de mim, não sei por quê. Estava difícil me concentrar em qualquer coisa. Tentei abrir os olhos de novo, então uma luz forte e brilhante surgiu e rapidamente os fechei. Havia um barulho alto de bipe que estava começando a me irritar, e eu queria que ele parasse.

Mais uma vez, tentei, devagar, abrir os olhos. Doía mexê-los. Consegui abri-los, e lá estava ele — Devin. Estava de pé, inclinado sobre mim, com a cabeça baixa, e parecia estar chorando.

Eu morri?

Fechei os olhos novamente porque doía muito mantê-los abertos. Pude ouvir a voz de Devin mais uma vez. Então senti um calor nos lábios. Senti uma maciez e um calor que eu não queria que acabassem nunca. Tentei mais uma vez mexer a mão, e ela se moveu.

— Eu te amo, Lilly. Me desculpe. — Eu o ouvi fungar.

É, eu estava morta. Estava morta e devo ter feito algo de bom na vida, porque, independente da dor severa que vinha junto com a morte, eu estava no céu.

Abri os olhos novamente. Senti uma dor fuzilante atrás deles quando a luz entrou. Devin estava olhando para mim e, embora ainda tivesse uma lágrima escorrendo pelo rosto, um sorriso enorme surgiu.

— Lilly — sussurrou, enxugando a única lágrima na bochecha.

Tentei falar. Queria mais do que tudo dizer a ele que o amava também, mas tinha alguma coisa presa na minha garganta. Então, as lembranças do que aconteceu me atacaram como uma avalanche. Eu estava em um quarto, e Jenny estava sendo atacada. Tentei gritar para Jenny avisar Devin para que ele viesse ajudá-la, mas novamente havia algo preso na minha garganta. Então percebi que não estava respirando e comecei a entrar em pânico. O que quer que estivesse na minha garganta estava me impedindo de respirar.

O sinal sonoro ao fundo ficou mais rápido. Ficou mais fácil mexer os braços com o terror se instalando. Eu não estava respirando e algo estava me sufocando. Estavam machucando Jenny, e Devin não sabia — ele tinha que impedi-los. Debatia os braços, tentando me levantar e tirar o que estava na minha garganta ao mesmo tempo.

— Calma, linda. Alguém pode me ajudar aqui? — Ouvi Devin gritar.

Então ele segurou meus braços para baixo.

Por que ele estava me segurando?

Eu me ouvi fazer um barulho estranho de asfixia, e então havia enfermeiras e um homem desconhecido bem em cima de mim.

— Lilly, preciso que você fique calma até eu tirar seu tubo de respiração, ok? Vai ser desconfortável.

Senti um puxão na garganta e me engasguei ainda mais quando algo foi puxado dela. E aí consegui respirar pela primeira vez. Meu corpo inteiro doía ao respirar e, em vez de gritar por causa da dor como eu queria, eu me ouvi soltar gemidos estranhos.

— O que está acontecendo? Ela está bem? — Ouvi Devin dizer ao fundo. — Alguém, por favor, me diga o que está acontecendo!

— Vamos te dar algo para a dor, Lilly. — O homem desconhecido estava bem perto do meu rosto.

Tentei dizer a ele que saísse. Queria dizer a ele que saísse do meu caminho. Precisava dizer ao Devin que ajudasse a Jenny, mas, por mais que tentasse, não saía nada. Finalmente, a dor estava começando a passar e comecei a me sentir ainda mais sonolenta. Fechei os olhos por apenas um segundo e, quando os abri novamente, o desconhecido tinha ido embora e Devin estava de pé ao meu lado com o olhar preocupado.

Na Medida Certa

Jenny... Devin... ajude Jenny.

— Ajude... Jenny — consegui sussurrar.

A sensação era como se fogo estivesse saindo da minha garganta. Vi a expressão no rosto de Devin se transformar em uma mistura de tristeza e admiração. Então, quando não aguentei mais, dormi.

Não sei por quanto tempo dormi, mas, quando acordei, Devin estava sentado ao lado da cama com a cabeça caída, dormindo. Minha vista ainda estava embaçada, mesmo assim consegui ver que ele estava tranquilo, porém muito exausto. Parecia que ele não se barbeava há algum tempo. Eu olhava para um homem diferente, física e emocionalmente. Não me mexi, apenas fiquei lá, meio acordada e sentindo uma dor horrível. Não queria correr o risco de acordá-lo. Ficar lá parada, vendo Devin dormir, era novidade para mim.

Lentamente, tirei a mão da dele e passei os dedos por seu cabelo escuro. Ele fez um barulho baixinho e infantil, e meu coração doeu. Depois de tudo o que aconteceu nas últimas semanas, só conseguia pensar em quanto eu o amava. Amava tudo nele, e sua família maravilhosa era a cereja do bolo.

Ele se mexeu novamente enquanto eu passava os dedos suavemente em seu cabelo.

Ele disse que me amava.

Estava sendo difícil para mim juntar as peças, mas lembrava-me especificamente dele dizendo isso. Então outra lembrança veio, e tive que acordá-lo. Balancei um pouco seu ombro.

— Devin, por favor, acorde. — Não queria gritar e fazer as enfermeiras virem.

Ele pulou como se houvesse um incêndio. Piscou várias vezes e observou o ambiente à sua volta. De repente, ele desabou de volta na poltrona e pegou minha mão. Beijou-a e encostou o rosto na minha palma.

— Estou tão feliz que você está bem, linda. Não sei o que eu teria feito. — Ele continuou acariciando minhas mãos com o rosto.

— Devin, cadê a Jenny? Ela está bem?

Ele olhou para mim e, com delicadeza, colocou uma mecha solta de cabelo atrás da minha orelha. Devagar, abriu um sorriso ao passar o dedo na lateral do meu rosto.

— Ela está bem, graças a você. Você salvou a vida dela.

— Mas os homens... eles não fizeram?

Não conseguia dizer a palavra estupro, mas ele sabia o que eu estava perguntando.

— Não, não fizeram. — Ele abaixou a cabeça e respirou fundo. — Eu deveria estar lá, Lilly. Deveria estar lá por você e por ela, mas não estava. A culpa é minha, de tudo. Sinto muito por tudo o que fiz com você. Quero começar do zero. Tem tanta coisa que quero te dizer quando você sair daqui, mas agora, tudo que quero que saiba é que estou apaixonado por você e quero ficar com você, não importa o que aconteça.

Ele se inclinou e deu um beijo na minha testa, no meu nariz e então na minha boca — tudo com muita delicadeza.

— Eu também te amo. — Estendi a mão e a coloquei em sua bochecha.

Alguém pigarreou na porta, e Devin pulou para trás como se fôssemos adolescentes sendo pegos no flagra. Olhei para cima, e vi minha mãe me encarando. Ela parecia preocupada, uma expressão que eu não tinha visto muito em minha mãe ao longo da vida. Ela saiu da porta e veio ao meu lado.

— Você está se sentindo bem? — perguntou, pegando minha mão.

— Estou com dor, mas vou sobreviver.

— Sinto muito por não estar aqui, querida. Você não tem ideia de como eu estava preocupada. Tirei umas miniférias e fui para Nova York ver sua tia Barbra, mas acho que deveria ter verificado a previsão do tempo porque, acredite ou não, fiquei presa em uma nevasca. Não tinha nenhum voo saindo. Me desculpe.

Ela acariciou meu cabelo. Foi estranho e muito maternal, e me pegou de surpresa.

— Está tudo bem, mãe. Sou grandinha. — Sorri.

Então fiquei confusa.

— Há quanto tempo estou aqui? Que dia é hoje? — questionei.

Devin se aproximou.

— Você está aqui há pouco mais de uma semana. Hoje é segunda-feira. Se você ficar bem, logo vai para casa. Pelo menos foi o que o Dr. Ryan disse.

Ele parecia desconfortável perto da minha mãe.

— Quando você chegou, mãe? — perguntei.

— Agora mesmo. — Ela desviou o olhar como se estivesse envergonhada.

Ninguém teve a chance de dizer mais nada. Ouvi um assobio vindo da porta, e logo fui bombardeada por Jenny e por meu sogrinho.

— Olha quem está acordada! — ele disse, ao me abraçar.

E aí veio a Jenny, que achei que não me soltaria nunca mais. Eu ri e puxei o cabelo dela de brincadeira.

— Eu te amo, Lil. Nunca vou poder te agradecer o suficiente — afirmou, com lágrimas nos olhos.

Na Medida Certa

Ela parecia mais velha, como se a experiência a tivesse tornado mais sábia para as coisas da vida.

Não deixei escapar o estranho contato visual entre minha mãe e Devin.

Descobri com Jenny e meu sogrinho, mais tarde naquela noite, que Devin só tinha saído do hospital para ir ao meu apartamento tomar banho. Ele nem quis se arriscar a ir até a casa dele em Walterboro. Como minha casa ficava perto do hospital, implorou a Shannon para deixá-lo tomar banho lá.

Jenny e o pai estavam trazendo roupas para ele e, aparentemente, fazia três dias que ele não comia nada. Pedi à minha mãe que trouxesse comida para todos e praticamente forcei Devin a comer um sanduíche de peru. Jenny e o pai riram.

Nunca senti tanto amor ao meu redor em toda a minha vida. Jenny e o pai já pareciam parte da família, de um jeito natural. Eu já o chamava de sogrinho há um mês ou mais. Para mim, eles *eram* minha família.

Dois dias depois, pude ir para casa. Fiquei impressionada com a forma como Devin estava sendo atencioso comigo. Ele me ajudou a entrar em casa, sentar no sofá, e depois cuidou de mim melhor do que qualquer enfermeira. Perguntava o tempo todo se eu precisava ou queria alguma coisa. Enquanto minha mãe, que geralmente é mandona, ficou de longe observando. Estranho.

Quando me olhei pela primeira vez no espelho, quase chorei. Eu estava horrível. Fiquei sentada lá no quarto e encarei o espelho em choque. Ouvi uma batida suave na porta, e Devin enfiou a cabeça para dentro.

— Só queria ver se você estava bem, linda — afirmou. — O que você está fazendo?

— Por que ninguém me disse que eu estava assim, Devin? Não quero que você me veja assim. Você deveria ir para sua casa. Eu te ligo assim que estiver melhor e ficar normal de novo. — Abaixei a cabeça.

Eu não choraria de jeito nenhum. Sim, eu estava horrível, e sim, coisas ruins tinham acontecido, mas agora eu tinha Devin. Ele era todo meu, só não queria que me visse assim.

Eu o ouvi andar atrás de mim e o senti colocar a mão no meu ombro.

— Olhe para mim — pediu, virando meu rosto para ele. — Você é a mulher mais bonita que eu já vi e estou completamente apaixonado por você. — Ele traçou o hematoma ao redor do meu olho de leve com a ponta do dedo. — Me mata saber que alguém machucou você e Jenny desse jeito. Quando eu descobrir quem foi, planejo espancá-los até a morte.

Ele se inclinou, me deu um beijo suave, e senti meu coração derreter.

— Mas tenho más notícias. Meu pai está atolado de trabalho. Ele não me pediu ajuda, mas sei que preciso dar uma força. Prometo vir toda noite para ver como você está, e vou ficar com o celular no bolso o tempo todo. Me liga se precisar de alguma coisa, ok?

Eu ri.

— Devin, estou bem. Vá ajudar seu pai e venha me ver quando puder.

— Eu te amo. — Ele se inclinou e me deu outro beijo.

— Também te amo.

Eu o observei sair do quarto. Tomei um longo banho quente e depois passei o resto da noite na cama vendo TV. Shannon aparecia de vez em quando para ver se eu estava bem. Depois da quinta vez, ela admitiu que Devin estava ligando para ela quase de hora em hora para ter certeza de como eu estava. Sorri. Fora a surra terrível e a internação, eu nunca tinha sido tão feliz em toda a minha vida.

Vinte e Três

A HONESTIDADE É A MELHOR POLÍTICA

Devin

Fiquei trabalhando a maior parte da noite na oficina tentando recuperar o atraso. Estávamos muito atrasados com tudo, mas não era culpa de ninguém, a culpa era minha. Eu não deveria ter ido para a Flórida. Se estivesse aqui, em vez de fugir como um inútil, Jenny teria me ligado e o desfecho dos acontecimentos teria sido completamente diferente. Minha irmã não teria sido ferida e Lilly não teria sido praticamente espancada até a morte.

Devo muito a ela. Ela quase deu a própria vida pela minha irmãzinha, e eu estava determinado a lhe contar a verdade. Foda-se o dinheiro, foda-se a megera-demônio, foda-se tudo! Queria ser honesto com Lilly e começar de novo. Queria Lilly por completo, pura e simplesmente.

Liguei para Shannon trocentas vezes para ver Lilly estava bem, e ela estava começando a ficar irritada comigo. Estar longe quando Lilly mais precisava de mim não estava certo, mas eu tinha que trabalhar. Meu pai nunca conseguiria fazer tudo sozinho.

Trabalhei a noite toda e acabei dormindo no sofá velho da oficina. Tive uma noite de sono difícil e fui acordado por Jenny, que estava vasculhando a papelada na mesa velha e detonada onde guardávamos todas as contas da oficina, entre outras coisas. Observei de longe ela se virando sozinha. Todas as cartas do banco, da execução hipotecária da nossa propriedade, estavam por cima. Eu a ouvi arquejar.

— Jenny, saia de perto desses papéis — pedi, sonolento. — Isso não é da sua conta.

— Merda nenhuma que não é! Por que vocês não me contaram nada? — Ela levantou um papel do banco. — Eu deveria saber que estamos prestes a perder tudo! Eu com a cabeça em um baile estúpido do caralho e você e papai estressados com contas! — Enxugou lágrimas de raiva com a parte de trás do braço.

Saí do sofá sobressaltado e fui até ela.

— Jenny, você é só uma criança, querida. Não queríamos que você se preocupasse com isso e você não deveria ter que se preocupar com isso. Vou dar um jeito. — Eu a acalmei.

— Mas, Dev, vamos perder tudo! Esta é a nossa casa, não podemos perder a nossa casa! — Ela estava surtando. Nunca tinha visto Jenny perder a cabeça desse jeito.

O pagamento deveria ser feito em uma semana, e eu já tinha decidido que não pegaria o dinheiro da Sra. Sheffield. Mesmo se fossemos perder tudo. Por que eu estava mentindo para a ela? Por que não ser sincero e prepará-la para o pior?

Então Jenny disse algo que me tirou o chão, algo que me fez decidir que talvez uma ideia mais realista seria contar a Lilly depois que a dívida tivesse sido paga. Ela ficaria magoada com a verdade, independente de eu ter aceitado o dinheiro ou não. Eu poderia muito bem proteger minha família e, *depois*, ser sincero com Lilly.

— Vou largar a escola e arranjar um emprego — Jenny declarou, com determinação.

De jeito nenhum eu permitiria que isso acontecesse.

— Só sobre o meu cadáver — eu disse, com raiva. — Não se preocupe, Jenny. Eu já tenho o dinheiro para pagar o banco. Entra em casa e vai se arrumar para a escola.

Continuei a trabalhar nos carros com meu pai durante o resto do dia. Quando terminei, fui para o banho e me senti exausto. Só conseguia pensar em me limpar e encontrar Lilly. Fazia apenas um dia, mas eu estava morrendo de saudade dela. Ela passou a maior parte do dia na cama, e passei a maior parte do dia trabalhando, então mal conversamos.

No caminho até seu apartamento, debati sobre a decisão de aceitar o dinheiro ou não. Nunca na minha vida fiquei tão confuso a respeito do que fazer. Quando cheguei na casa de Lilly, estava determinado a pegar a grana. O que era mais uma semana perto dos quase três meses que eu já tinha mentido para ela?

A Sra. Sheffield estava esperando por mim do lado de fora do prédio de Lilly, e ela tinha outros planos.

Que sorte a minha!

— A que devo a honra? — perguntei, de modo sarcástico.

Ela não perdeu tempo e foi direto ao ponto.

Na Medida Certa

155

— Eu nunca vi Lilly tão feliz. Quero que continue a encontrá-la por mais três meses. E aí você vai ter o seu dinheiro.

— Espera aí. Um acordo é um acordo! Só tenho até o final desta semana para fazer o pagamento, você não pode fazer isso!

— Eu falei com o banco e está tudo resolvido. Então, o que você diz? Quer que seu pagamento seja feito ou não?

— Não posso continuar fazendo isso com ela. Estamos apaixonados. É cruel. Quero cair fora e contar a verdade para ela.

Ela deu uma gargalhada.

— Para começo de conversa, homens não sabem nada sobre o amor, então nem me venha com essa besteira — começou, de um jeito agressivo. — Em segundo lugar, minha filha *nunca* se apaixonaria por um cara como você. Ela está confusa e cega pelo primeiro namorado. Não confunda isso com amor. Devin, devo lembrá-lo de que sou amiga dos donos do banco? Diga *qualquer coisa* à minha filha e farei com que você e seu pai percam tudo e nunca mais trabalhem nesta cidade de novo. Não mexa comigo.

Não consegui dizer nada. Ela me tinha na palma da mão, e fiquei tão chocado com sua agressividade que a única coisa que consegui fazer foi ficar olhando para ela.

— Além disso, você cai fora quando eu disser, entendeu? Sr. Michaels, sempre consigo o que quero, nunca se esqueça disso. Mais três meses, então?

O que eu podia fazer? O que eu podia dizer? Talvez ela tivesse razão sobre Lilly. Talvez Lilly realmente não me amasse. Ela *era* melhor do que eu, isso era fato. Não havia nada que eu pudesse dizer para dar um fim nisso, já tinha dado os primeiros passos e agora tinha que seguir em frente, ou perderia tudo, incluindo Lilly.

— Não vou dizer nada, mas não vou a lugar nenhum depois de três meses. Estou aqui para ficar, *mãe* — eu disse num tom de sarcasmo. Sorri com os dentes, mas o sorriso não chegou aos meus olhos.

— Veremos.

Uma vez que a megera se afastou, e antes de entrar para ver Lilly, liguei para o banco e perguntei sobre o empréstimo do meu pai. O homem me disse que estava tudo resolvido, e eu sabia que tinha que continuar no esquema. Por mais que odiasse, teria que fazer isso por pelo menos mais três meses. Só teria que fingir que não teria o dinheiro e lembrar que o relacionamento agora era real para mim. Lilly era minha.

Naquela noite, apesar de estarmos os dois cansados, ficamos juntos na cama conversando. Fazia mais de uma semana desde que transamos e desde que tivemos uma conversa decente. Acariciei seu cabelo macio enquanto desabafávamos.

— Shannon me contou sobre o que aconteceu com você quando era mais nova. — Passei o dedo de leve sobre o hematoma em sua bochecha. Fiquei feliz em ver que estava começando a desaparecer. — Por que você não me contou nada sobre isso, linda?— questionei.

De repente, ela pareceu ficar incomodada.

— Foi constrangedor… não gosto de contar às pessoas. Me faz parecer frágil. — Ela se mexeu na cama para não olhar mais direto para mim.

— Me desculpe pelo que eu disse… naquela noite. Eu não fazia ideia de que você não podia… você sabe — eu não conseguia dizer.

Meu coração doía de saber que uma mulher tão doce e carinhosa como Lilly nunca fosse experimentar a maternidade. Havia mães, como a minha, que abandonavam os filhos como se fossem merda. Lilly jamais faria isso. Ela teria sido uma mãe extraordinária.

— Eu deveria ter contado sobre a coisa de não ter filhos. Tentei naquela noite. Não sei qual futuro você vê pra gente. — Ela engoliu em seco e era visível que havia lágrimas que estava tentando não derramar. — Mas se filhos são algo que você quer no seu futuro, então não pode contar comigo para isso. — Sua voz estava rouca.

— Quero você no meu futuro. Vamos nos preocupar com o resto mais para frente.

Eu me inclinei e dei-lhe um beijo carinhoso. Ela me beijou com mais força e, com medo de machucá-la, recuei um pouco.

— Desculpe — ela disse.

— Não se desculpe, linda. Só não quero te machucar. Vou te dar muitos beijos carinhosos até que você esteja melhor — sussurrei, beijando delicadamente seu pescoço.

Ela prendeu a respiração.

— Estou me sentindo muito melhor agora — ela suspirou.

Comecei a rir. Ela era adorável.

— Não, senhora, não até que você esteja *completamente* curada — repreendi, brincando.

— Sério, nunca me senti tão bem. — Ela agarrou meu rosto e começou a me beijar.

Baunilha e cereja: Lilly.

Na Medida Certa

Comecei a sentir meu pau ficando duro. Imagens de seu rosto em êxtase na primeira vez que transamos passaram pela minha mente, e aí, além de ficar duro, comecei a latejar.

— Tem certeza? — insisti, entre beijos.

Ela não respondeu. Em vez disso, estendeu a mão e a colocou sobre o meu pau duro dentro da calça. Soltei um gemido enquanto ela mordiscava meu lábio inferior. Eu a beijei com força, e ela enfiou a mão por dentro da minha calça e me envolveu com seus dedos macios.

— É tão duro e quente — ela sussurrou, com admiração.

— É isso o que você faz comigo — gemi em seu pescoço.

Não havia mais nada nos impedindo de transar e, como eu sabia que ficaríamos juntos de qualquer maneira, não me controlei.

Eu a virei de costas e a beijei como nunca tinha feito antes. Só parei para tirar a blusa dela pela cabeça. Então, tudo parou.

Olhei para ela e fiquei completamente abalado. Ela estava toda machucada. Havia um hematoma enorme na lateral do seu corpo que parecia uma marca de sapato. Uma raiva cega me dominou. Eu queria berrar e gritar. Queria encontrar o filho da puta que fez isso com ela e queria sufocá-lo até a morte.

— O que foi? — perguntou e começou a se cobrir.

Estendi a mão e puxei o cobertor de suas mãos.

— Não se atreva. — As palavras pareciam areia na minha boca. — Meu Deus, Lilly.

Passei os dedos suavemente sobre os hematomas enormes por todo o corpo dela. Os pequenos, em seu rosto, não chegavam aos pés desses.

— Não está doendo muito. — Ela tentou sorrir.

Ela me puxou para baixo e me beijou novamente, mas tudo o que eu queria fazer era chorar.

— Não consigo, baby. É cedo demais. Eu me odiaria se te machucasse.

Comecei a me afastar, mas ela agarrou meu braço e me puxou de volta para ela.

— Não se afaste, Devin, por favor. Preciso que você me ame. Só faça com que tudo desapareça. — Ela começou a me beijar devagarzinho de novo.

Não tinha como dizer não para ela.

— Vamos devagar e de leve — afirmei, entre beijos.

Não fizemos nada além de nos beijar e nos esfregar de leve. Com calma, tirei seu sutiã e o joguei no chão. Ela não se cobriu nem uma vez, e sua confiança renovada me excitou. Fui direto para o mamilo e o chupei dentro da boca e o sacudi com a língua.

Sua respiração estava irregular e ela agarrava meu cabelo, pressionando minha boca nela. Fiquei de joelhos e tirei a camisa. Ela me seguiu e começou a beijar e tocar meu peito e pescoço.

— Que gostoso — falei, com a voz rouca.

De alguma forma, perdi completamente o controle da situação, e ela me empurrou e me colocou de costas. Ela me beijou e me lambeu descendo do peito até chegar ao cós da minha calça. Então, de um jeito apressado, começou a puxá-la para baixo. Eu não a impedi. Eu era todo dela. Ela podia fazer o que quisesse comigo.

Eu não tinha nenhum problema em deixá-la fazer o que quisesse comigo. Sem mencionar que, por ter saído do hospital ontem, eu não queria fazer nada que fosse demais para ela. Eu a deixei tomar as rédeas.

Assim que ganhou a batalha com a calça, ela começou a descer. Antes de encostar a boca em mim, eu a vi se contrair e fazer um barulhinho. Eu a fiz parar.

— Você está bem? — Eu me apoiei sobre os cotovelos e perguntei.

— Tudo bem, fica deitado. — Ela me empurrou.

Quando tentou se abaixar, vi que estava com dor.

— Amor, pare, isso tá te machucando.

Eu me sentei e, lentamente, a fiz se deitar. Ela tentou discutir comigo, mas tapei sua boca com a minha e a beijei de leve e sem pressa. Depois de beijá-la até que ficasse quieta, pouco a pouco fui descendo por seu corpo. Beijei cada pedacinho de pele pelo qual passei e chupei as partes mais sensíveis. Beijei de leve cada hematoma que encontrei no caminho, e fiz uma promessa silenciosa a ela, com a boca e as mãos, de curar tudo.

Ela agarrava o cobertor e suspiros breves e suaves saíam de sua boca. Os ruídos inocentes que eu ouvia faziam minha espinha formigar e minha virilha doer. Lilly era autêntica. Tudo o que ela dizia e fazia enquanto eu venerava seu corpo era real e não era ensaiado. Tudo o que eu fazia era tão novo para ela, e suas ações mostravam isso.

Fazê-la se sentir bem fazia eu me sentir ótimo. Quando cheguei à sua calcinha linda, rosa e preta, tirei-a lentamente. Ela entrou em pânico um pouco, e tentou me impedir, mas eu a acalmei e comecei a beijar a parte interna da sua coxa. Suas pernas começaram a tremer um pouco, e sorri para mim mesmo.

Na Medida Certa

O cheiro dela invadiu meus sentidos. O desejo de prová-la era intenso. Eu não queria assustá-la, então fui bem devagar. Soprei de leve seu ponto sensível para prepará-la para o que estava por vir. Ela gemeu, e o som era áspero e rouco.

Passei um braço pelo lado de fora de seu quadril para segurá-la e, em seguida, intencionalmente, corri os dedos para cima e para baixo no interior de seus lábios úmidos. Sua respiração parou. Usei dois dedos para abri-los e então passei a língua nela devagar.

Seus quadris se levantaram. Passei o outro braço em volta de sua cintura e enterrei o rosto entre as pernas dela. Minha boca se encheu com sua doçura e minhas glândulas salivares começaram a transbordar.

Chupei e lambi até sentir seu corpo ficar tenso. Ela estava gemendo e ofegando. Continuei passando a língua sobre seu ponto rosado, quente e macio, cada vez mais rápido.

— Devin, se você não parar, vou gozar na sua boca — ela disse, entre respirações pesadas.

Ah, sim, por favor. Eu não conseguia falar, mas me ouvi rosnar de prazer.

Continuei até que ela finalmente levantou os quadris e teve um orgasmo muito barulhento. Ela gritou meu nome várias vezes, e lambi seus novos fluidos ácidos. Ela era tão doce. Segurei seus quadris o quanto pude para que ela não se mexesse e não parei de lamber até sentir todo o seu corpo tremendo.

Eu não aguentava mais. Agora que tinha provado dela, tinha que senti-la em torno de mim. Não perdi tempo e subi com facilidade em cima dela. Seus olhos estavam vidrados e seu rosto e corpo brilhavam com uma fina camada de suor. Ela me encarou enquanto eu levantava sua perna e entrava nela lentamente.

Desta vez, me encaixei com perfeição. Comecei a empurrar meus quadris devagar. Ela estava tão incrível e quente. Continuei devagar e de leve. Por mais que quisesse enfiar nela sem parar o mais rápido possível, sabia que precisava manter a calma para não machucá-la.

Aparentemente, ela tinha outros planos.

— Mais forte — ela falou, arfando.

Levantei a perna dela mais alto e comecei a empurrar meus quadris com mais força. Mais forte era bom pra caralho. Mas ainda mantive um ritmo lento. A excitação crescente era incrível.

Ela estava começando a se contorcer e gemer. Estava chegando lá de novo.

— Mais rápido, Devin, por favor, não aguento mais. — Ela ergueu a outra perna e passou as duas pela minha cintura.

Não demorou muito até que eu estivesse entrando e saindo — forte e rápido. Sentia o suor escorrer pelo rosto e pelas costas. Ela se inclinou e começou a me beijar, fazendo todo o meu corpo doer enquanto gemia na minha boca. Continuei, mas não conseguia me enterrar fundo o bastante. Enrolei os braços sob os dela e em volta de seus ombros e comecei a me movimentar mais rápido. Meu rosto estava enfiado em seu pescoço e eu podia sentir seu pulso rápido na minha boca.

— Isso! Não pare. Por favor, não pare! — Ela estava ficando mais barulhenta.

O quarto foi tomado pelos gritos de prazer de Lilly, minha respiração pesada e o maravilhoso som de nossos corpos se unindo.

Senti o corpo dela tensionar ao meu redor e logo ela estava gritando meu nome em êxtase. Senti a umidade se acumulando entre nós dois enquanto ela tremia, e foi só o que precisei. Enterrei o rosto mais fundo em seu pescoço quando senti meu orgasmo me levar.

Nunca fui barulhento durante o sexo, geralmente apenas uma respiração pesada e um rosnado ocasional quando gozava. Os ruídos e palavras que saíram da minha boca quando me derramei dentro dela vieram contra a minha vontade.

Foi o melhor orgasmo de toda a minha vida. Fiquei dentro dela até me sentir mole. Eu mal conseguia me sustentar, estava muito fraco, então rolei para o lado para tirar meu peso de cima dela. Como um gatinho, ela se aconchegou ao meu lado e a abracei. Ouvi sua respiração voltar ao normal. Enquanto o sono me dominava, só conseguia pensar em uma coisa: queria isso para sempre.

Vinte e Quatro

MARAVILHAS DO PASSADO

Lilly

Quando acordei, Devin não estava na cama. Estendi a mão para alcançá-lo e não senti nada, só seu travesseiro. Então ouvi a água do chuveiro correndo e deitei de costas, sorrindo para mim mesma e me aconchegando ainda mais na cama.

Estava me sentindo muito melhor. Logo eu poderia voltar ao trabalho e as coisas voltariam ao normal. Saí da cama devagar, vesti uma roupa e fui para a cozinha. Preparei um café da manhã simples, depois sentei e esperei Devin terminar o banho.

Ele estava tão sexy quando entrou na cozinha. O cabelo molhado estava penteado para trás e tinha um cheiro fresco de sabonete e xampu.

— Você não deveria estar fora da cama, amor. — Ele se inclinou e me deu um selinho carinhoso. — Eu ia fazer café da manhã para você depois do banho. Achava que conseguiria te manter presa naquela cama pelos próximos dias — comentou, piscando para mim.

— Estou bem. Vou tomar um banho. Depois disso, você pode me manter na cama pelo tempo que quiser. — Sorri para ele do outro lado da mesinha da cozinha.

— Eu *realmente* tenho que ouvir toda essa breguice? — Shannon reclamou, entrando na cozinha.

Seu cabelo ruivo estava amarrado em um coque no topo da cabeça. Ela esfregou os olhos e bocejou alto.

Passei o dia inteiro na cama. Devin ficou comigo e vimos filmes antigos, abraçados juntinhos. Mais tarde naquela noite, ele saiu e pegou comida para o jantar. Comemos na cama e dividimos. Adormeci em seus braços duas horas depois.

Foi tão bom ficar com ele. Embora o sexo fosse espetacular, não era necessário. Adorávamos ficar juntos, apenas rindo e conversando.

Na manhã seguinte, acordei antes dele e, tipo uma namorada psicopata, fiquei lá deitada olhando Devin dormir. Ainda era tão surreal eu amar um homem tão lindo e ele também me amar.

Apenas alguns meses atrás, lembro-me de estar sentada no Mirabelle's com minha mãe desejando esse tipo de relacionamento, e aqui estava eu, deitada ao lado do homem dos meus sonhos.

Corri os dedos pelos sulcos e curvas de seu peito musculoso. Tracei o contorno de cada tatuagem que consegui ver. Dava para ver a pontinha de duas estrelas iguais em ambos os quadris pelo elástico da cintura de sua calça de pijama. As estrelas foram desenhadas como se estivessem se desintegrando e estavam perfeitamente aninhadas na ondulação de seus músculos abdominais inferiores.

Deixei as tatuagens de estrela e fui até os pelos escuros que cercavam seu umbigo adorável. Observei meus dedos subirem e descerem por seus músculos abdominais. A frase "todas as feridas se tornam sabedoria" estava escrita em letra cursiva diagonalmente na lateral das costelas.

Dei um beijo de leve no símbolo japonês do lado direito do peito dele e prestei atenção especial à faca pontiaguda tatuada sobre o coração. Era perfeitamente detalhada para parecer que ele havia sido esfaqueado no coração. Pequenas gotas de sangue em tinta vermelha pingavam pela lateral da lâmina. Era a única cor em seu corpo, e se destacava.

Cobri a tatuagem com a mão. Não queria imaginar Devin sendo esfaqueado no coração. Não queria que ele se machucasse. Somente um homem que tinha sido profundamente ferido podia ser tão fechado. Inexplicavelmente, eu entendia suas razões, embora não as conhecesse, e me sentia honrada por ele ter me permitido um pequeno vislumbre de seu mundo.

Deitei a cabeça em seu ombro e absorvi os detalhes da tatuagem que cobria toda a parte superior de seu braço. À primeira vista, parecia uma videira emaranhada de folhas pontudas, mas, olhando mais de perto, pude ver que havia palavras torcidas entre as folhas da videira. Medo… dor… tristeza… mágoa… ódio. Cada palavra entrançada apunhalou meu coração.

Estendi a mão e passei os dedos pelo cabelo dele e beijei sua bochecha.

— Fique — sussurrou, dormindo. — Por favor, Lilly. Fique.

Seu sono tranquilo tinha se transformado em um pesadelo. Pude ver o suor começando a se acumular em sua testa. Seu corpo inteiro estava ficando tenso diante dos meus olhos. Eu me aconcheguei mais perto dele e acariciei seu cabelo.

— Você está tendo um pesadelo, meu lindo. Não vou a lugar nenhum. Estou bem aqui — prometi, tentando acalmá-lo.

— Mãe, por favor, não me deixe... Lilly, não! — Ele se sobressaltou, em pânico, os olhos arregalados de medo.

Sentei e o deixei se recompor. Com pânico no olhar, ele me assimilou, até que, por fim, estendeu a mão e me puxou de volta para si.

— Você está bem? — perguntei.

— Estou, tudo bem. Que horas são? — Desviou o olhar e procurou um lugar para fixar os olhos que não fosse em mim.

— Ainda é cedo. Você teve um pesadelo?

— Tive, nada de mais. — Ele deu de ombros e começou a ficar inquieto.

— Com a sua mãe... e comigo? — insisti, hesitante.

Ele me disparou um olhar, e um breve instante de pânico surgiu em seus olhos verdes. Na mesma velocidade, sua personalidade sorridente e descontraída ressurgiu.

— Então, o que vamos fazer hoje, minha linda? — perguntou, com um sorriso malicioso.

Ele ignorou totalmente minha pergunta. Nunca conversamos sobre sua mãe. Sempre tive a sensação de que era um assunto delicado, mas, pelas minhas conversas com Jenny, captei que a mãe os havia deixado quando eram mais novos.

— Devin. — Estendi a mão e a coloquei sobre seu braço. — Quer falar sobre isso?

— Claro, eu não teria perguntado se não quisesse. Quer ter um dia de filme na cama? — Esfregou o nariz no meu.

— Não era disso que eu estava falando, meu lindo — falei. Ele ficou tenso ao meu lado. — Eu quis dizer: você quer falar sobre o pesadelo e sua mãe?

Seu rosto doce e sorridente ficou sombrio.

— Só deixa pra lá, por favor.

Ele saiu da cama e foi para o banheiro. Ouvi o chuveiro ligando e sabia que tinha apertado o botão errado. Eu me senti péssima.

Segui-o até o banheiro e parei na porta. Ele enfiou a mão na água para verificar a temperatura, então percebeu que eu estava parada lá.

— Veio ver o show? — perguntou, começando a desamarrar o cordão da calça lentamente.

— Você vai me dar um show? — flertei de volta.

— Vem cá. — Seu tom foi áspero e autoritário.

Fui até ele e me inclinei para beijar seus lábios macios. O beijo começou suave e doce, mas logo Devin assumiu o controle e nossas línguas estavam lutando por espaço.

Ele foi me fazendo andar para trás até que senti o balcão do banheiro na parte de trás das coxas. Ele parou de me beijar e, num movimento rápido, me virou de frente para o espelho do banheiro. Observei nossa imagem enquanto ele, devagarzinho, beijava meu pescoço e mordia o lóbulo da minha orelha. Seus olhos ficaram o tempo todo fixo nos meus no espelho. Foi muito sexy.

Ele passou as mãos pela parte de baixo da minha blusa, depois a levantou e a tirou. Eu estava de calcinha na frente dele e não conseguia olhar para o meu reflexo nu. Sabia que, quando me visse, ficaria de mau humor.

Desviei o olhar. Só fiquei imaginando como meu corpo pálido e robusto ficaria ao lado de seu corpo rijo e bronzeado.

— Não desvie o olhar — pediu, com a voz rouca no meu ouvido.

Direcionei o olhar para o dele e o mantive lá. Se ficasse olhando nos olhos dele, ficaria tudo bem. Eu só não queria me ver.

Ele passou as mãos pelas laterais do meu corpo e as levou para minha barriga.

— Olhe para as minhas mãos — falou, com a voz grossa.

— Não — sussurrei.

Senti que minha expressão facial esmoreceu. Olhar para as mãos dele significava olhar para a minha barriga.

— Você tem algum problema em se olhar? — Sua respiração soprou em meu ouvido, enquanto ele mordiscava suavemente o lóbulo da minha orelha.

Era uma sensação tão gostosa, e meus olhos estremeceram.

— Abra os olhos e se olhe. — A voz dele saiu rouca.

Abri os olhos e nos observei. Como eu esperava, seu corpo era mais escuro e rijo em comparação ao meu.

— Eu amo olhar para o seu corpo. É tão sexy e suculento. — Ele passou o nariz pelo meu cabelo e me cheirou. — Amo beijar e provar você aqui. — Subiu as duas mãos e segurou meus seios. Então, lentamente passou-as de novo pelo meu corpo até chegar na beirada da minha calcinha. Ele mergulhou um dedo dentro dela e o passou pelo meu ponto de prazer.

— E, principalmente, amo beijar e provar você aqui.

Minhas pernas bambearam e um murmúrio escapou dos meus lábios.

Na Medida Certa

— Já falei que seu gosto é incrível? — Ele colocou a língua para fora e deu uma lambida rápida no meu pescoço.

Moveu o dedo novamente, raspando de leve no meu ponto mais sensível. Meu corpo implorava para que ele colocasse pressão lá e movesse os dedos mais para baixo e mais fundo.

— Aposto que você quer ser tocada aqui — insistiu. — Aposto que quer gozar. Não é mesmo?

— Sim. — Minha voz estava rouca e sedutora. Fiquei surpresa quando me ouvi.

Devagar, ele começou a descer minha calcinha. Quando ela estava nos meus tornozelos, eu a tirei com os pés. Ele passou as mãos pelos meus braços até segurar minhas mãos. Entrelaçou nossos dedos e passou a me beijar na parte de trás do meu pescoço. Então, subitamente, levantou minhas mãos e as colocou contra meu peito. Usando as mãos, massageou suavemente meus seios com minhas próprias mãos.

Minha pele ficou arrepiada com ele pressionando minhas mãos contra meu corpo e lentamente as levando para minha barriga. Elas foram mais para baixo, até que ele estava pressionando meu dedo na minha umidade. Meu corpo estava tenso, e me movi para trás para encostar nele.

Então ele entrou em um ritmo, usando meu dedo para massagear meu clitóris com um movimento circular. Foi incrível e, em pouco tempo, eu estava começando a ofegar e gemer suavemente. Suas mãos deixaram as minhas e o movimento parou.

— Não pare — sussurrou no meu ouvido, subindo as mãos para acariciar o resto do meu corpo.

Hesitante, continuei com seu ritmo em mim mesma. Seus olhos se fixaram nos meus. No começo, houve um pouco de constrangimento, mas quando senti sua dureza nas minhas costas e ouvi sua respiração acelerar, soube que o estava deixando excitado.

Mordi o lábio inferior à medida que a dor na parte inferior da minha barriga aumentava.

— Da próxima vez que você estiver sozinha e se tocar, quero que fantasie sobre esse momento.

O espelho estava começando a embaçar e logo não consegui mais ver nossos reflexos. Ele me virou e me colocou no balcão do banheiro como se meu peso fosse nada. Puxou-me para a borda e levantou-me de novo, empurrando-se para dentro de mim. Envolvi as pernas em torno de sua cintura e os braços em seu pescoço.

Em segundos, eu estava me desmanchando e ele soltou um gemido de aprovação agarrando minha bunda. Estava rápido e forte. O banheiro estava cheio de vapor e respiração pesada. Eu o ouvi gemer meu nome no meu ouvido ao dar um último empurrão dentro de mim.

Somente quando terminei de tomar banho percebi o que ele tinha feito. Ele tinha, com sucesso, tirado da minha cabeça todas as perguntas que eu tinha sobre sua mãe, me seduzindo. Odiava que ele fosse tão habilidoso para usar o sexo contra mim, mas ao mesmo tempo, queria aplaudi-lo.

Depois daquele dia, nunca mais mencionei a mãe dele. No fundo, sabia que Devin tinha mais mágoas do que deixava transparecer, mas quem não tinha? Só queria que ele falasse sobre isso.

Uma semana depois, fomos fazer compras com Shannon.

— Odeio shoppings — Devin resmungou, tomando uma raspadinha de cereja. — É cheio de garotos adolescentes de jeans skinny e garotas de doze anos com muita maquiagem. — Apontou para um menino com um moicano verde. — A calça daquele garoto é mais justa do que a da menina que está com ele.

— Calça jeans skinny tá na moda agora — Shannon comentou, rindo.

Estávamos à procura do presente de aniversário perfeito para a nossa amiga Erin, e Devin tinha ido junto. Era engraçado, ele todo alto e tatuado entre tantas lojas femininas. De vez em quando eu o pegava balançando a cabeça e revirando os olhos. Ele era um homem típico.

— Lil, você sabe que quer um jeans skinny — Shannon brincou.

— Hum, de jeito nenhum. Você nunca vai me ver usando jeans skinny ou qualquer coisa camuflada — respondi, olhando em volta.

— Não estou nem aí para o que você usa. Prefiro você nua. — Devin passou a mão atrás de mim e agarrou minha bunda.

Bati na mão dele e senti meu rosto esquentar. Demonstrações de carinho em público eram novidade para mim, e acho que ele curtiu me fazer corar.

Shannon revirou os olhos.

— Por que camuflagem não? — perguntou. — Acho que algumas das coisas de camuflagem rosa são fofas.

— O objetivo da camuflagem é disfarçar. Uma garota do meu tamanho não disfarça nada.

Shannon e eu rimos, e Devin balançou a cabeça.

Ele odiava quando eu fazia piadas sobre ser gorda, mas era o meu tipo de coisa. Quando era mais nova, aprendi logo a zombar de mim antes dos outros. O insulto era amortecido quando eu fazia as pessoas rirem comigo, em vez de rirem de mim.

— Preciso fazer xixi. Encontro vocês daqui a pouco, ok? — Shannon avisou, saindo da loja.

Devin e eu saímos atrás dela e fomos até a próxima loja, passando por uma Victoria's Secret no caminho.

— Ah, aí sim. Vem! — Ele agarrou minha mão e me puxou em direção à loja.

Sempre fiz questão de *nunca* entrar na Victoria's Secret. Eu sabia qual era o segredo daquela vadia, e tinha tudo a ver com calcinha fio dental sem tecido suficiente para cobrir minha bunda.

Shannon uma vez tentou me convencer a comprar uma, mas a ideia daquele fio entrar e nunca mais sair sempre me horrorizou. Perder aquela linha de tecido fininho era uma possibilidade muito real para uma mulher do meu tamanho. Sem mencionar que nunca tive a menor vontade de ficar parecendo um lutador de sumô.

— *Não* vou entrar lá. — Puxei o braço para trás.

— Por que não? Você ficaria muito gostosa naquela coisa preta ali — sussurrou no meu ouvido, fazendo um movimento afirmativo com a cabeça na direção de um pedacinho de tecido pendurado na vitrine.

— Eu acho que não. — Corei. — Nunca usaria algo assim.

— Nem mesmo se eu pedisse por favorzinho e colocasse uma cereja no topo? — Ele se inclinou e passou os braços pela minha cintura.

— Não, nem assim. — Coloquei os braços em volta do pescoço dele.

Ficamos abraçados enquanto as pessoas passavam por nós sem nos dar atenção.

— E se eu prometer chupar a cereja? — ele sussurrou no meu pescoço e deu um beijo leve atrás da minha orelha.

Não tinha como eu ganhar quando ele falava assim comigo.

— Tá bom. — Olhei para ele por baixo dos meus cílios escuros e vi um sorriso discreto em seu rosto.

— Mal posso esperar para te levar para casa e te ver naquela coisa. — Ele sorriu.

Casa. O jeito que ele disse "casa" fez meu coração acelerar.

Entrelaçou os dedos nos meus e se virou para a Victoria's Secret de novo.

Eu o segui e dei com a cara em suas costas quando ele parou abruptamente.

— Olha! Olá, Devin. Como estão as coisas? — Renee perguntou, com um sorriso desdenhoso.

Eu não precisava ver seu rosto para saber que era ela. Nunca esqueceria sua voz. Acho que esperava nunca mais vê-la, principalmente quando estivesse com Devin. Desde o dia em que descobri que a Renee que arruinou minha vida era a mesma que foi sua namorada, sentia um medinho de encontrá-la quando estivéssemos juntos. Meu maior medo tinha se tornado realidade.

— Tudo bem — respondeu, curto e grosso.

Então, aconteceu. Os olhos dela foram do rosto dele para o meu. Sua expressão mudou de uma irritação divertida para uma fúria total.

— Não me diga que você está com *ela*? — Apontou para mim com nojo no rosto.

— Não é da sua conta — rebateu, sem alterar o tom de voz.

— Ai, meu Deus, a Lilly? Lilly Gorda? — Jogou a cabeça para trás, rindo, e senti o corpo de Devin ficar tenso. — Nós não cuidamos de você naquele dia na floresta? — Ela riu sozinha. — Ai, meu Deus, ainda me lembro da sua cara naquele dia. Foi impagável. Pra caralho. Achei que nunca mais ia te encontrar. Vejo que você ainda tem aquele problema de peso rolando. — Ela fez um movimento com a mão para o meu corpo.

Eu me senti como se estivesse morrendo umas mil vezes. Nunca conseguiria verbalizar o constrangimento que senti. Por que ela tinha que fazer isso agora? Por que na frente de Devin?

— Não acredito que você realmente mudou de escola por causa daquilo. A gente só estava brincando com você. Uma menina do seu tamanho dava conta de aguentar uns socos — continuou. — Mas aí a vadia da sua mãe ligou para a escola por causa da gente. Fui expulsa do time de líderes de torcida por sua causa, sua vaca gorda!

Devin olhou para mim com um olhar questionador. Quase pude ouvi-lo me perguntando por que não contei a ele. Aí vi algo mais em seu olhar... raiva. Seu rosto estava ficando muito vermelho e, por um instante, pensei que fosse gritar comigo e se juntar a Renee para me xingar como se estivéssemos no ensino médio de novo.

Na Medida Certa

Porém, ele voltou a atenção para Renee e deu um passo ameaçador em direção a ela, fazendo-a recuar um pouco.

— Se você falar com ela assim de novo, vai se arrepender pelo resto da vida. Se chegar perto dela de novo, eu, pessoalmente, vou transformar a sua vida num inferno. Nunca coloquei as mãos em uma mulher na minha vida, mas se eu chegar a pensar, por um minuto, que você tá provocando essa mulher — apontou para mim — um único minuto de estresse ou mágoa, vou pessoalmente à sua casa e sufoco você até a morte. Entendeu?

Sua voz era um sussurro sinistro, e observei o rosto de Renee se transfigurar de corado para pálido. Ela o encarou como se ele fosse um maluco, balançou a cabeça e se afastou.

Seu corpo relaxou e sua expressão facial suavizou quando se virou para mim.

— Você está bem, linda? — Sua voz também se suavizou. Eu estava amando isso.

— Tudo bem, um pouco envergonhada, mas bem. — Abaixei-me e peguei a sacola que nem percebi que tinha deixado cair.

— Você não tem nada do que se envergonhar. — Ele se inclinou e beijou a ponta do meu nariz. — Se alguém deveria ficar envergonhada, deveria ser ela, por agir como uma grande vadia. Você, por outro lado, é perfeita.

Ele me beijou e tudo e todos ao nosso redor desapareceram.

Naquela noite, ele ficou na minha casa. Ele era uma besta insaciável e eu adorava isso. Não tirou as mãos de mim a noite toda. A culpa foi do pedacinho de tecido da Victoria's Secret que ele comprou para mim. Fizemos amor até ficarmos exaustos e desmaiarmos.

Vinte e Cinco

PROBLEMAS COM A MAMÃE

Devin

Quando saí para trabalhar, Lilly ainda estava dormindo. Não tinha nada mais bonito do que uma Lilly sexualmente satisfeita dormindo como um anjo. Nunca pensei que chegaria o dia em que seria difícil deixar uma mulher para ir trabalhar, mas ela era uma força magnética. Estar perto dela fazia eu me sentir como se estivesse em equilíbrio, como se não estivesse me separando e me partindo em direções diferentes o tempo todo.

Desde que a conheci, houve apenas alguns poucos momentos em que senti minha loucura habitual, e todos esses momentos tinham a ver com ela ou Jenny sofrendo algum tipo de dor. Fora isso, eu me sentia inteiro novamente. Não vinha sendo assim desde que minha mãe foi embora.

Fiquei cantando junto com o rádio enquanto trabalhava em uma junta de cabeçote queimada de um Chevy velho. Pela primeira vez desde menino, não sentia como se houvesse um peso de vinte quilos sobre os ombros.

— Você canta mal pra caralho — Jenny reclamou, jogando um doce em mim.

Fiquei feliz em ver que ela não foi afetada pela grande e traumática cena de algumas semanas antes. Eu tinha que reconhecer, ela era durona. Tinha muito orgulho dela.

— Mais doces? O que Josh fez agora?

— Bateu em Justin e me envergonhou na escola.

— Justin?

— Meu encontro *naquela* noite. — Ela encolheu os ombros. — Não foi culpa dele. Ele estava apenas sendo um adolescente normal e ficando bêbado.

— Ele não deveria ter deixado você sozinha. Fico feliz que Josh deu uma lição nele. Alguma novidade sobre os caras? Eu adoraria colocar as mãos neles.

Jenny nunca conseguia mentir para mim. Ela tinha um tique nervoso, e fazia anos que tentava arrancar de mim qual era para que pudesse ter certeza de não fazê-lo. Óbvio que eu jamais contaria. Para permitir que ela mentisse na minha cara? De jeito nenhum. Era a coisa mais boba, mas toda vez que ela mentia, suas narinas se abriam um pouco.

Observei-a mexendo os pés e se virando.

— Não, nada — ela disse, enfiando a mão no saquinho de doces para pegar mais um.

— Agora olhe pra mim e diga isso — eu disse.

Ela se virou para mim e suas narinas se abriram antes mesmo de ela começar a falar.

— Pare com essa merda, Jenny. Vou perguntar ao meu pai. Eles descobriram quem eram os caras ou alguma outra coisa?

— Descobriram, mas não quero que você seja preso por assassinato. Esqueça e deixe a polícia cuidar disso. Eu te conto se você prometer não encostar as mãos neles. Nós não temos dinheiro para tirar sua bunda da cadeia.

— Prometo. — Levantei as mãos.

— Promete? — insistiu.

— Prometo que não vou encostar as mãos neles.

Um taco de beisebol no joelho, tecnicamente, não era encostar as mãos neles.

Ela me contou, e o pior foi que eu conhecia os filhos da mãe do colégio. Eles estavam soltos, pois pagaram fiança, então logo, muito em breve, eu os veria novamente. Eric Fitch, Ryan Lang e Chuck Mitchell — eu tinha um taco com os nomes deles gravados.

— Não fale pra Lilly que eu te contei, tá? Ela não queria te contar pelas mesmas razões que eu.

— Não vou falar nada.

E não falaria mesmo.

Fiquei um pouco chateado ao saber que Lilly havia escondido informações de mim, mas acho que podia entender a razão.

Fiquei em casa naquela noite, mas só porque um cara traria um carro supercedo. Lilly voltaria ao trabalho amanhã de qualquer maneira, então ficamos no telefone até os dois estarmos morrendo de sono.

Na manhã seguinte, comecei cedo e passei a maior parte do dia trabalhando. A vida era boa, e eu estava ansioso para voltar para Lilly e estar perto dela.

Ouvi uma porta de carro do lado de fora da oficina, então saí e vi um homem alto e desengonçado parado ao lado de uma Mercedes. Ele era mais velho e um pouco careca, mas estava muito bem-vestido. Olhando para ele, dava para dizer que ele não era de Walterboro.

— Posso te ajudar? — perguntei.

— Estou procurando Harold Michaels. Ele está aqui?

— Não, senhor, mas eu estou. O que posso fazer por você?

— Você é o Devin?

— Sou. — De repente, me senti desconfortável com ele aqui.

Ele estendeu a mão para que eu a apertasse.

— Meu nome é Dan Archer. Prazer em te conhecer.

Apertei sua mão úmida, mas não consegui dizer o mesmo. Não era bom conhecê-lo. No mínimo, ele estava me atrasando e me mantendo longe da minha garota.

— Posso perguntar do que se trata?

— Estou aqui por causa de sua mãe, Laura Michaels.

Eu não ouvia o nome dela ser dito em voz alta há tanto tempo, que foi como um tapa na cara. Ele precisava ir embora.

— Ela não mora mais aqui — eu disse, em um tom seco.

Eu me virei e, de um jeito rude, me afastei. Não sabia quem ele era ou o que diabos queria, mas qualquer coisa que tivesse a ver com ela, eu não queria saber.

— Devin, você precisa me ouvir! — gritou, atrás de mim.

— Não fale comigo como se me conhecesse, e não preciso ouvir nada além da água do chuveiro. Cai fora.

Virei-me novamente.

— Sua mãe e eu estivemos juntos nos últimos sete anos — prosseguiu, em voz alta.

— Bom para você. Embora, eu não estaria muito orgulhoso disso se fosse você. — Estava na metade do quintal quando percebi que ele me seguia. — Cara, se você não sair da minha propriedade, vou ter que te tirar daqui à força! — Caminhei na direção dele.

E faria isso mesmo. Não precisava dessa merda! Meu pai e Jenny também não precisavam. Estávamos seguindo em frente. Minha vida estava começando a fazer sentido, e a última coisa que eu precisava era de qualquer coisa que tivesse a ver com a mulher que me deu à luz.

Ele não se mexeu até eu ficar de cara com ele.

— Devin, apenas escute.

Na Medida Certa

— Um — comecei a contar.

Eu já estava mais do que puto. Estava dando a ele uma chance de se virar e sair.

— Tem coisas que você precisa saber. — Começou a entrar em pânico.

— Dois. — Juro que se ele ainda estivesse ali quando eu chegasse no três, daria um soco na fuça dele.

— Se pudéssemos pelo menos esperar até seu pai chegar, eu realmente tenho algo que acho que todos vocês deveriam saber.

Ah, não! Ele não esfregaria essa porcaria na cara do meu pai. Meu pai não precisava ver o homem com o qual minha "mãe" estava fodendo. Ele nem precisava saber que esse homem existia.

— Acabou o tempo, cara de merda... três. — Agarrei-o pelo colarinho e ergui seu corpo esquelético.

Ele recuou, como se fosse correr, mas eu era muito mais forte. Levei o braço para trás, pronto para sentir o nariz dele contra meu punho.

— Devin, sua mãe faleceu na semana passada! — gritou, em pânico, e pude ver a tristeza em seu olhar.

Tudo paralisou. Meu punho ficou suspenso no ar, e todo o oxigênio deixou meu corpo. Manchas pretas se agitavam na minha vista, e senti a outra mão ir soltando seu colarinho.

— Você está bem, amigo? — Eu o ouvi perguntar.

— Não sou a porra de seu amigo. — Empurrei-o. — Como ela morreu? — grasnei.

— Câncer de pulmão. Só vim porque achei que você e Jenny deveriam saber. Gostaria de ter falado com seu pai sobre isso. Não tenho raiva dele. Sua mãe e eu nos conhecemos um ano depois que ela se mudou para Maryland.

Maryland. Foi para lá que ela fugiu. Foi lá que ela esteve todos esses anos, vivendo sua vida como se Jenny e eu nunca tivéssemos existido e, agora, ela estava morta.

Nunca tive a chance de dizer o tanto que ela me machucou. Nunca pude dizer a ela como me senti, como a odiava por ter me transformado em um filho da mãe sem coração. Eu a odiava por ela ter abandonado Jenny e eu. Eu a odiava, e agora ela se foi. Ela se foi há muitos anos, mas acho que, no fundo, sempre teve uma parte no fundo da minha mente que pensava que a veria novamente um dia.

Fiquei enojado com o fato de que, por mais que odiasse admitir, esperava vê-la novamente. Ela se foi. Minha mãe estava morta.

— Vá embora.

— Devin, acho que eu devia falar com seu pai.

— Eu lido com meu pai, você vai embora.

Não sei o que na minha expressão fez esse cara se virar e sair, mas ele não hesitou.

Observei-o voltando para seu carro de luxo e se afastando. Senti como se meus pés tivessem criado raízes. Não conseguia me mexer, não conseguia respirar e, a pior parte, era que doía muito saber que ela estava morta. Ela não se importava nem um pouco comigo, mas aqui estava eu, lá no fundo, de luto por ela.

Não posso contar ao meu pai e à Jenny de jeito nenhum. Impossível.

De repente, tudo o que senti foi raiva. Como ela ousa morrer sem se despedir de nós? Ela morreu de câncer de pulmão, não foi uma morte súbita. Não morreu em um acidente de carro ou teve a porra de um ataque cardíaco. Ela descobriu que estava morrendo e, ainda assim, não veio se despedir.

Perdi todo o controle de mim mesmo, e fiquei ensandecido pela oficina. Derrubei caixas de ferramentas e quebrei as janelas do carro com uma chave de roda. A pobre Lucy levou a pior.

Depois de destruir a oficina, revirei a geladeira. Enfiei uma das cervejas do meu pai goela abaixo, mas não foi suficiente. Eu ainda podia sentir. Abri o armário de bebidas com violência e peguei a garrafa grande de Crown Royal do meu pai. Nem me preocupei em pegar um copo, verti o líquido ardente para dentro. A ardência na garganta parecia aliviar a dor no peito.

Eu precisava não sentir. Não queria sentir nada.

Desejei ao inferno que Dan Archer tivesse ficado para que eu pudesse enfiar a mão na cara dele. Estava com muita raiva e, agora, muito alcoolizado também, e precisava de algo para aliviar isso tudo antes que eu explodisse.

Foi assim que Jenny me encontrou, bêbado, sentado à mesa da cozinha.

— Devin! — Ela entrou, escancarando a porta dos fundos. — Você está bem? Alguém destruiu a oficina e quebrou uma janela do seu carro. Que porra aconteceu? — Ela estava em pânico.

Seus grandes olhos verdes me atingiram… tão inocentes. Ela era apenas um bebê quando aquela vadia nos deixou, e agora ela teve a coragem de partir novamente.

Eu mataria qualquer um que tentasse machucá-la… qualquer um. Na verdade, eu tinha um encontro com um taco de beisebol e o rosto de um

Na Medida Certa

175

estuprador. Se ele era homem o suficiente para bater em uma mulher desacordada, então era homem o suficiente para levar a surra que estava em seu caminho.

Minha cadeira derrapou no chão quando me levantei. Eric Fitch. Eu sabia onde ele morava. Ele pensou que machucaria minha Jenny e minha Lilly e se safaria. Bem, tinha outra coisa reservada para ele.

— Você está bêbado? Devin, o que está acontecendo? O que foi? — A preocupação em seus olhos alimentou minha raiva.

Dei as costas para ela e fui para a porta dos fundos. A porta foi arrancada de suas dobradiças quando saí desembestado por ela. Então, eu estava perto do carro. Bêbado, me arrastando, mas não importava.

Não encontrei um taco de beisebol, então peguei a chave de roda que usei antes e entrei no carro, com vidro quebrado e tudo.

— Devin! — Ouvi Jenny gritar atrás de mim quando saí guinchando os pneus pela estrada.

O trajeto até a casa dele foi um borrão. Eu tinha bebido demais, e ainda podia sentir. Eu estava com tanta raiva que não enxergava direito.

Bati na traseira de um carro quando finalmente cheguei à garagem de Eric. Bati na porta pra caralho, pelo que pareceu ser horas, até que, afinal, ele atendeu. Fiquei ainda mais puto quando vi seu olhar. Ele se lembrou de mim e sabia por que eu estava lá. Ele sabia que era minha irmãzinha.

Nem abri a boca para falar com ele.

— Olha, cara, me desculpe. — Ele ergueu as mãos como um fracote.

Eu o arrastei pelos degraus da varanda da frente até o meio do quintal e comecei a bater nele sem piedade. Tinha deixado a chave de roda no carro, mas acho que usar os punhos era melhor. Era uma dor gostosa bater na cara dele. Os nós dos meus dedos faziam um estampido a cada soco.

Ele pediu ajuda, e houve um momento em que jurei ouvir alguém gritar para eu parar, mas não conseguia e não queria. Queria vê-lo machucado do jeito que Lilly e Jenny foram machucadas. Queria quebrá-lo do jeito que eu estava quebrado.

Quando ele ficou no chão e não o vi mais se movendo, caí ao lado de seu corpo mole. Havia sangue por toda parte, mas eu não me importava. Aquele desgraçado precisava sangrar.

Quando me levantei, senti-me tonto. Esperava conseguir chegar ao carro, mas o álcool estava em minhas veias e, por mais que eu quisesse que ele me entorpecesse, eu ainda podia sentir.

Senti como se eu estivesse desmoronando, como se houvesse pedaços de mim tentando fugir um do outro em direções opostas, e era dez vezes pior do que antes.

Como me sentiria centrado novamente? Como sentiria algo além de dor e raiva novamente? Precisava me sentir centrado. Precisava estar vivo e me sentir em equilíbrio novamente.

Voltei para o carro e entrei. Eu precisava de Lilly.

Vinte e Seis

CONSOLO

Lilly

Não tive notícias de Devin praticamente o dia todo. Meu primeiro dia de volta ao trabalho foi péssimo, e passei o dia ansiosa para vê-lo. Ele deveria ter vindo, mas não apareceu. Liguei e mandei mensagem, mas nada.

Uma hora, Jenny ligou e perguntou se eu tinha notícias dele. Dava para dizer pela voz dela que tinha alguma coisa errada, mas, quando perguntei, ela não disse nada. Isso, claro, me deixou ainda mais preocupada.

Por mais que eu odiasse, a ideia dele e de outra mulher passou pela minha cabeça. Ele era lindo, e eu sabia que as mulheres o achavam atraente. Doeria demais descobrir que ele estava saindo com outra pessoa.

Sentei na cama para ver TV com o celular na mão. Fiquei quase cochilando e acordando assustada por um tempo, e finalmente, acabei dormindo.

Uma batida forte na porta me acordou. Esperei um pouco para ver se Shannon atenderia, mas então me lembrei de que ela não estava em casa. Afastei o edredom e saí da cama. Aí lembrei que estava preocupada com Devin e corri para a porta.

Assim que cheguei à porta, olhei pelo olho mágico e vi seu rosto. Senti uma onda de alívio e, de súbito, uma felicidade enorme. Abri a porta com um sorriso no rosto que logo se desfez quando vi sua aparência desmazelada.

O batente da porta o segurou quando ele apoiou todo o seu peso contra. Olhos inexpressivos e vermelhos me encararam para mim, e ele ergueu a mão e a passou, pesada, pelo rosto não barbeado. Seu cabelo estava desgrenhado e havia sangue na frente de sua camisa. Pânico cresceu quando o observei com atenção. Corri para ele e passei os dedos por seu corpo verificando se havia ferimentos.

— Você está sangrando! Meu Deus, Devin! O que aconteceu? Você está bem? — Continuei examinando seu corpo.

— O sangue não é meu — falou, arrastado.

Dei uma olhada melhor no seu rosto lindo. Seu olhar desfocado tentava encontrar o meu, e foi então que o cheiro de álcool alcançou meu nariz.

— Você está bêbado?

— Pra caralho. — Ele tentou se mover em minha direção e quase caiu.

Passei os braços em volta dele e o ajudei a entrar no meu apartamento. Assim que chegamos ao sofá, deixei-o desabar nele e comecei a dar um jeito em suas roupas. Primeiro, tirei a camisa manchada de sangue e a joguei para o lado. Rapidamente, verifiquei de novo, apenas para ter certeza de que ele não estava ferido em lugar nenhum. Senti nas pontas dos meus dedos sua pele fria e pegajosa.

Os nós de seus dedos estavam arrebentados, então fui ao banheiro e peguei uma toalha molhada e o kit de primeiros socorros. Limpei os dedos dele e os enfaixei.

Senti um toque no meu cabelo, olhei para cima e vi um Devin muito bêbado olhando para mim.

— Você é linda pra caralho — sussurrou, e sua cabeça pesada caiu no encosto do sofá novamente.

Balançando a cabeça, fiquei de joelhos no chão e tirei suas botas.

Assim que terminei de tirar seus sapatos, fui ao armário do corredor e peguei um cobertor para ele. Quando voltei para o sofá, ele estava de pé, olhando para mim em toda a sua glória tatuada e musculosa. Ainda estava se inclinando um pouco para o lado quando fixou o olhar no meu.

— Vem aqui — chamou, com a voz rouca.

Ele parecia estar prestes a desmoronar, e eu não conseguia saber se era o álcool ou se tinha algo que estava realmente o incomodando.

— Você está bem, amor? — perguntei.

Ele fechou os olhos e suspirou.

— Eu amo quando você me chama de amor.

Fui até ele, que gemeu quando passei as mãos suavemente por seu peito e pus os braços em volta de seu pescoço. Na ponta dos pés, beijei de leve seu pescoço e seu queixo.

— Me conta o que aconteceu, Devin.

Quando ele finalmente abriu os olhos, me fitou de forma diferente. O Devin calmo e sereno se foi, e um homem dominado por ansiedade estava diante de mim. Seus ombros ficaram tensos sob meus dedos, e seus olhos tinham um brilho de loucura.

— Eu preciso de você, Lilly. — Ele pegou meu rosto com delicadeza ao balbuciar as palavras.

Na Medida Certa

— Por favor, me conte o que aconteceu.

— Faça isso ir embora, amor — sussurrou, ao se inclinar e começar a me beijar.

Eu o deixei me beijar enquanto me derretia contra seu corpo. Ele desabou no sofá mais uma vez, mas desta vez ele me levou consigo. Não parou de me beijar nem por um segundo, e logo senti sua língua aveludada na minha. Eu o beijei de volta e brinquei com o cabelo atrás do pescoço com os dedos.

Ele parou de me beijar e começou a descer pelo meu pescoço.

— Eu preciso de você, Lilly — repetiu, contra a minha pele.

— Estou aqui. — Mordi o lábio inferior para conter meus gemidos.

— Por favor, só faça tudo desaparecer — implorou, bêbado.

— Não sei o que está acontecendo, mas me diga o que fazer para melhorar as coisas. Eu quero melhorar as coisas, Devin. — Eu o detive e olhei em seus olhos, esperando por sua resposta.

— Não me deixe — pediu, em desespero.

— Não vou a lugar algum. Estou aqui. Vou fazer o que for preciso para melhorar as coisas. — Eu queria chorar.

Ele parecia tão magoado e assustado. Era estranho ver um homem tão forte e confiante tão perdido e inseguro.

Ele me virou de costas no sofá e se arrastou para cima de mim. Seus movimentos eram menos precisos, mais lentos do que o normal.

— Eu quero você. Preciso estar dentro de você — ele disse, de um jeito agressivo.

Os movimentos de suas mãos eram atrapalhados quando ele se inclinou para trás e começou a tirar minha calça de flanela. Ele soltou um ruído de satisfação ao ver que eu estava sem calcinha. Eu não disse nada enquanto ele puxava minha blusa com raiva para tirá-la.

— Quero ver a sua pele. Preciso de você — continuou repetindo.

Eu me levantei um pouco e, num movimento rápido, tirei a regata de baixo pela cabeça. Em vez de seu modo sexual lento de costume, ele veio para cima de mim de novo e logo entrou em mim. Pegou-me tão desprevenida que ofeguei. Meu corpo o aceitou com facilidade, então não senti dor, mas não era o normal de Devin e, por um breve instante, senti medo.

Mas assim que olhei para seu rosto, meu medo desapareceu, e tudo o que eu queria era fazer com que o que o machucava sumisse. Ele olhou para mim e, embora não houvesse lágrimas em suas bochechas, parecia que ele estava prestes a chorar. Enterrou o rosto no meu pescoço para que eu não pudesse mais olhar para ele.

Tinha alguma coisa muito errada. Eu me segurei nele, e senti uma dor no coração enquanto ele se movia para frente e para trás. O sofá rangia a cada penetração, e o som de nossos corpos batendo um contra o outro ecoava por toda a sala.

— Eu só quero sentir você, amor, nada mais, só você — sussurrou no meu cabelo.

Então, ele começou a se movimentar mais rápido. Ele me penetrava sem parar, cada vez mais forte. Sua respiração quente se chocava contra o meu pescoço. Eu não disse nada enquanto ele encontrava consolo em meu corpo. Apenas o segurava perto de mim e beijava seu pescoço de tempos em tempos.

Senti seu corpo tensionar quando ele gritou ao gozar e penetrou em mim uma última vez. Caiu sobre mim com todo seu peso e largou os braços, relaxando completamente.

Quando, finalmente, tirou o rosto do meu pescoço e olhou para mim, pude ver em seus olhos a constatação do que acabara de acontecer. Em nenhum momento eu disse não, mas ele não perguntou. Imediatamente, coloquei as mãos em suas bochechas e o beijei suavemente.

— Eu te machuquei? Não quero te machucar nunca — afirmou, disse num balbucio rouco.

— Tudo bem, estou bem — sussurrei.

Ele não disse nada. Apenas olhou para mim como se tivesse medo de que eu o afastasse e corresse para me salvar. Então, sua expressão mudou, e seus olhos ficaram cheios de lágrimas. Nunca tinha visto um homem adulto chorar na vida, e meu coração ficou pequenininho dentro do peito quando ele enterrou o rosto no meu pescoço mais uma vez e chorou muito.

— Eu vou te perder. Vou sim. Você é a melhor coisa que já aconteceu comigo e eu vou te perder. — Chorou, embriagado.

Vinte e Sete

CONTROLE DE DANOS

Devin

Acordei na manhã seguinte com os dedos inchados e arrebentados, uma dor de cabeça absurda e apenas uma lembrança do dia anterior.

Minha mãe estava morta e, por mais que odiasse, teria que dar a notícia ao meu pai e à Jenny. Tentei me levantar, mas algo prendia meu braço. Era Lilly. Ela estava me segurando perto do peito dormindo sentada no sofá.

Ela teria um torcicolo infernal. Então, me lembrei de tudo. Destruí a oficina e depois esmurrei Eric Fitch quase até a morte. Tinha certeza de que, quando chegasse em casa, haveria policiais lá me esperando para me levar para a cadeia.

A última memória me açoitou, e me senti pior ainda. Apareci na casa de Lilly e praticamente a ataquei. No entanto, aqui estava ela, me abraçando e cuidando de mim.

Deslizei por debaixo do braço dela e a deitei no sofá com cuidado. Puxei um cobertor sobre ela e fui tomar um banho. Felizmente, tinha deixado uma muda de roupa em sua casa, e tinha algo para vestir.

Quando voltei para a sala de estar de banho tomado e renovado, Lilly estava sentada no sofá com os olhos arregalados e tristes.

— Tudo bem? — perguntou, com uma voz áspera.

Ela parecia exausta, e tenho certeza de que mal tinha dormido durante a noite.

— Tudo bem. E você? — devolvi.

Precisava saber que ela estava bem e que não a machuquei ou fiz algo que a afastasse.

— Fiquei assustada com você ontem à noite. — Ela puxou a ponta do cabelo e a enrolou ao redor do dedo.

Não precisei de mais nada. Fui até ela e caí de joelhos na sua frente.

— Lilly, me desculpa. Por favor, me perdoa. Eu nunca faria nada para te machucar. Não sei o que deu em mim. Recebi más notícias ontem e só precisava muito de você. Você sempre faz eu me sentir melhor.

— Qual foi a má notícia? — perguntou.

Contei tudo. Comecei aos treze anos, quando minha mãe foi embora, e terminei ontem, quando descobri sobre a sua morte. Quando terminei, havia lágrimas nas minhas bochechas e eu estava nos braços de Lilly novamente.

— Quer que eu vá com você para contar ao seu pai e à Jenny? — Ela era tão altruísta.

Chegaria o momento em que eu também teria que contar a verdade sobre como as coisas entre nós começaram, mas dava para esperar um pouco mais. Já tinha acontecido muita coisa. Precisávamos de uma pausa de tanto drama.

— Por favor. Preciso de você lá.

Meu pai chorou, como eu já esperava. Acho que, no fundo, ele sempre achou que ela voltaria. Também acho que ficou chateado por não estar lá com ela no final. Ele era assim. Mesmo que ela tivesse fugido, ele ainda sentia que era seu dever cuidar dela.

Jenny não expressou reação. Se o fez, esperou até que estar fora de nossa vista. É bem provável que tenha sido isso o que ela fez. Jenny não era de chorar, ainda mais na frente das pessoas.

Lilly ficou para me ajudar a limpar a bagunça na oficina, e depois pegamos meu carro para consertar as janelas. Não tive notícias da polícia, então supus que Eric Fitch tinha sobrevivido e não estava planejando apresentar nenhuma queixa. O desgraçado teve o que merecia. Lilly não ficou muito feliz quando contei que tinha batido nele até não aguentar mais, mas ela devia ter imaginado que eu descobriria. Como um homem que amava tanto ela e minha irmã, eu tinha que defender a honra das duas.

No caminho para a casa de Lilly, estava ficando tarde, e nós dois tínhamos que trabalhar no dia seguinte. Eu estava grato a ela por faltar no trabalho por mim, mas não poderia pedir que fizesse isso de novo.

O plano era deixá-la em casa e ir para a minha ficar com meu pai e Jenny, mas, quando cheguei à sua porta, algo dentro de mim precisava ficar. Felizmente, ela me pediu para dormir lá, então nos preparamos e caímos na cama cedo.

Quando acordei, ainda estava escuro lá fora. Uma nesga de luz que vinha da porta entreaberta do banheiro iluminava um cantinho do quarto. Pensando que Lilly provavelmente estava apenas usando o banheiro, eu me virei e tentei voltar a dormir.

Na Medida Certa

Estava quase apagando quando a ouvi se engasgando no banheiro. Saí da cama e fui até ela.

— Amor, tudo bem?

— Sim! Tudo bem. — Ela se engasgou novamente. — Por favor, não entre aqui.

Eu a ignorei. Peguei uma toalha de rosto e entreguei a ela. Ela estava tendo ânsia de vômito, e sua pele estava pálida.

— Comeu algo que te fez mal, minha linda?

— Acho que sim. Já estou saindo.

Eu a deixei sozinha e fui esperar na cama. Eu a ouvi se engasgar mais, e então a água correndo enquanto ela escovava os dentes.

Quando ela veio para a cama, era tarde, e nós dois estávamos tão cansados que voltamos a dormir instantaneamente.

Tive outro sonho com a minha mãe me deixando, exceto que, nesse pesadelo, nós nos despedimos um do outro. Não senti medo ou tristeza. Em vez disso, senti o calor da mão de Lilly segurando a minha. Olhei para ela e a vi de pé ao meu lado, sorrindo.

— Você vai me deixar também? — perguntei.

— Não vou a lugar algum. — Apertou minha mão.

Acordei sorrindo, feliz, na manhã seguinte.

Vinte e oito

POSSIBILIDADES IMPOSSÍVEIS

Lilly

— Não sei o que estou fazendo de errado. Quase não como e, quando como, meu estômago não segura nada. Esse problema está me enchendo o saco, e ainda assim estou ganhando peso! — eu disse, irritada. — A porcaria da minha calça nem abotoa mais.

Eu me recusava a sair para comprar um tamanho maior. Juro que eu seria uma daquelas mulheres desleixadas que usam calça de moletom todos os dias antes de aumentar um tamanho.

— Isso é o que acontece quando você fica à vontade em um relacionamento. Você e Devin estão juntos há quase cinco meses. É meio cedo para ficar à vontade, mas ei, cada um na sua — Shannon disse, folheando uma revista.

— É, acho que sim. Sei lá. Caramba, *já* faz quase cinco meses. Que loucura. — Exibi um sorriso grande e contente.

Estava pensando em tudo o que tinha acontecido nos últimos meses — tantas coisas, ruins e boas. Devin compensava as coisas ruins, ele era tudo o que eu queria.

Acho que, uma hora, eu teria que contar a ele sobre o dinheiro. Ele não estava comigo pelo dinheiro; Devin não era esse tipo de cara. As coisas não poderiam ser mais perfeitas, e, como Shannon, ele não fazia ideia. Não era como se eu vivesse a vida de uma pessoa que tinha milhões, então, como ele poderia saber?

— Ai, meu Deus, estou com tanta cólica. Essa menstruação está acabando comigo. Queria que o chico fosse direto para o inferno. — Ela se recostou e esfregou a parte inferior da barriga. — Você, por acaso, não tem um absorvente interno, né? Não estou nem um pouco a fim de andar até a farmácia. Aquele menino com o olhar de doido está trabalhando hoje. Sabe, aquele que olha para você o tempo todo quando está lá?

— Sei, ele é esquisito. — Enfiei a mão na bolsa e procurei, e foi então que me dei conta.

Não conseguia me lembrar da última vez que tinha menstruado. Não era regular o tempo todo, tipo, não vinha na mesma época todos os meses, mas nunca tinha falhado um mês inteiro antes. Sentei, pensando sobre isso, e não menstruava há *pelo menos* três meses.

— Que cara é essa? Você tem ou não? — Shannon perguntou.

— Shannon, eu não menstruo há mais de três meses — eu disse, confusa.

Uma lista de todos os motivos para um atraso na menstruação passou pela minha cabeça.

Câncer cervical, cistos, uma doença feminina terrível que faria meus seios caírem. Tudo o que passou pela minha cabeça era ruim. Minha sorte seria essa, morrer de alguma doença horrível logo depois de encontrar o amor e a felicidade.

— Sei que é um assunto delicado, mas será que você não deveria fazer um teste de gravidez? — Ela arregalou os olhos. — E se você estiver grávida?

— Acredite em mim, é impossível.

— Ei, nunca se sabe. Coisas malucas acontecem, Lil.

— Bebês não constam no meu futuro, mas acho que eu deveria marcar uma consulta e fazer um check-up. Espero que não seja nada sério. — Franzi a testa.

— Isso, mal não vai fazer. Espero que não seja nada também. Mas imagina a cara do Devin se você *estivesse* grávida? Ele cagaria nas calças. — Nós rimos.

Uma semana depois, não estávamos mais rindo. Uma semana depois, estávamos diante de um palitinho com xixi no banheiro do corredor mostrando um mega sinal positivo rosa cintilante.

Sacudi o teste como se fosse um termômetro velho e olhei para ele novamente. Era definitivamente positivo.

— Bem, se estou lendo isso direito — Shannon levantou a caixa do teste de gravidez —, você está grávida.

Depois de anos ouvindo que nunca teria filhos, eu deveria estar me sentindo feliz. Deveria ter ficado exultante com a possibilidade de segurar um bebezinho em meus braços e ser chamada de mamãe, mas não estava. Só conseguia ter medo.

Não era para isso estar acontecendo comigo. Todos os especialistas aos quais eu tinha ido quando era mais nova juraram que nunca aconteceria.

Na minha cabeça, algo estava errado e, se não estivesse errado, daria errado. Não tinha como eu ter sido tão sortuda.

Tentei não pensar nisso até depois da consulta. Não havia necessidade de aumentar minhas esperanças ou deixar Devin doido sem motivo. Ele me odiaria. Jurei para ele que era impossível. Fizemos sexo sem proteção porque engravidar não era algo possível para mim e, no entanto, havia um risquinho rosa em um palitinho que dizia que eu estava grávida.

Mais tarde naquela noite, Devin veio, e ficamos na cama vendo TV. Ele tentou conversar comigo várias vezes, mas eu não estava com vontade de falar.

— Você tá se sentindo bem, amor? Ficou quieta a noite toda e mal tocou no jantar. Ainda tá com problemas no estômago?

— Algo do tipo — respondi.

— Sabe que pode conversar comigo sobre tudo, né? — Ele sorriu para mim.

— Sei. Estou bem.

Queria tanto contar para ele. Queria que ele me abraçasse e dissesse que daria tudo certo, mas uma vozinha no fundo da minha cabeça ficava repetindo que eu nunca poderia ter um bebê. Meu corpo não podia e, se estivesse realmente grávida, perderia o filho. Devin tinha muita coisa acontecendo em sua vida e eu não queria adicionar mais um item à lista.

No dia da consulta, menti que tinha que trabalhar. Era algo que eu queria fazer sozinha. Fiquei sentada na sala de espera e fiz algo que nunca tinha feito: roí as unhas. Quando a enfermeira me chamou, tive um uma crise de ansiedade. Algo no fundo estava me dizendo que o médico teria más notícias.

Quando o Dr. Dandridge entrou na salinha de exames, eu estava sentada na maca com uma camisola de papel. Meus dedos estavam começando a doer de tanto apertá-los com força e, embora a sala estivesse quente, eu tinha a sensação de estar congelando.

— Há quanto tempo, minha filha — o Dr. D falou, com um grande sorriso cheio de dentes brancos.

Eu tinha começado a me consultar com ele quando era mais nova, logo depois do grande trauma do ataque da máfia adolescente. Ele foi o único médico que consultei que não fez eu achar que morreria em uma hora se não perdesse vinte quilos logo. Sempre me senti muito à vontade com ele.

Era mais jovem e muito simpático — alto e magro, com grandes olhos azuis e cabelo grisalho. Shannon veio comigo na última consulta e tinha uma queda por ele desde então.

— Então, quais as novidades? — perguntou, batendo a caneta na prancheta.

— Hum, eu não menstruo há três meses. Fiz um teste de gravidez e deu positivo. Estou meio que achando que alguma coisa está errada. — Estalei os dedos, nervosa.

— Hmmm, bem, vamos dar uma olhada e ver o que está acontecendo, certo? — Ele continuou a sorrir, mas eu podia ver uma pontinha de preocupação em seu olhar.

Ele conhecia minha situação. Sabia que um bebê não era uma possibilidade.

Fez um exame vaginal primeiro. Eu ficava olhando para ele e, de vez em quando, peguei o olhar perplexo em seu rosto.

Definitivamente, tinha alguma coisa errada.

— Bem, Lilly, seu colo do útero realmente está diferente.

Que diabos isso significava? Era ruim? Meu colo do útero estava coberto de câncer e eu morreria em dez horas? Me dê os fatos, homem! Eu precisava de fatos! Tinha coisas para resolver. Tinha que garantir que Devin e sua família fizessem parte do meu testamento e precisava me despedir.

Estava no meio de um ataque de pânico monstruoso, e ele se inclinava para trás como se estivesse em um cruzeiro pelo Caribe. Só precisava de um coquetel de frutas com um guarda-chuva de enfeite e um óculos de sol.

Ele puxou a camisola de papel para me cobrir, rolou o banco para trás e tirou as luvas de plástico.

— Vamos fazer um ultrassom — avisou, puxando uma máquina grande com uma tela de TV pequena na frente.

Cobriu minha parte de baixo com outro lençol antes de puxar a camisola de papel para revelar minha barriga gordinha.

A geleia transparente que ele esguichou nela estava morna, e logo ele estava deslizando uma varinha branca sobre a superfície.

A tela em preto e branco se iluminou com uma imagem turva. Parecia a tela que aparecia quando você se esqueceu de pagar a conta da TV a cabo. Não tinha nada lá, apenas uma massa preta me lembrando de que minha barriga nunca abrigaria uma criança e, então, lá estava.

O perfil de um bebê — uma cabeça excessivamente grande e um nariz minúsculo. Dois braços e duas pernas saíam do seu corpinho. Foi difícil distinguir pela tela, mas era definitivamente um bebê.

Olhei para longe da tela e para a minha barriga, como se precisasse ter certeza de que essas imagens estavam realmente vindo de mim, e não que ele tinha tirado a varinha de mim e colocado em outra paciente que entrou na sala errada por engano.

Ele ainda estava pressionando a varinha em mim, movendo-a para me mostrar ângulos diferentes da pessoinha escondida dentro da minha barriga.

Eu estava em choque e, pelo olhar em seu rosto, ele também.

— Parabéns, Lilly. Parece que você está com cerca de quatorze semanas. — Os olhos grandes e azuis do Dr. D se enrugaram nos cantos com seu sorriso enorme.

Como se eu não tivesse entendido e, tecnicamente não entendia mesmo, perguntei:

— Quatorze semanas?

— Sim, senhora. O bebê está com a medida de um pouco mais de três meses.

— Mas eu estive no hospital, eles não disseram nada. E *essa coisa* está bem? — As palavras saíram como se tivessem sido esmagadas.

— Bem, de alguma forma eles não viram, e sim, *o bebê* parece estar bem. Vou ter que fazer alguns testes, é claro. — Ele sorriu.

O bebê — havia um bebê lá dentro. Olhei para minha barriga novamente antes de olhar para a tela mais uma vez. Eu estava em choque. Talvez estivesse sonhando. Não podia ser real.

Então ele apertou um botão e um barulho soou. Era um batimento cardíaco, forte e constante, me acalmando e me permitindo saber que era real. Eu estava grávida, e o coração do meu bebê estava batendo.

— Quer saber o que você vai ter? — perguntou.

— Dá pra dizer agora? — Eu ainda estava descrente.

— Às vezes dá, se o bebê estiver disposto a nos mostrar. Quer saber ou quer que seja um segredo?

— O que eu vou ter? — Minha voz saiu estranha, como um robô feminino muito legal do futuro.

— É uma menina.

Naquele momento, minha vida mudou para sempre. Um pedacinho perfeito de mim e Devin estava vindo: uma princesinha.

Depois de marcar quatro consultas com quatro especialistas diferentes, deixei o consultório médico.

Dr. Dandridge me garantiu, depois de verificar tudo várias vezes, que eu realmente estava grávida e que o bebê e eu estávamos saudáveis. As consultas de acompanhamento eram apenas uma precaução por causa do meu histórico médico, mas isso estava definitivamente acontecendo.

Assim que fiquei sozinha no carro, chorei. Lágrimas de felicidade escorreram pelo meu rosto e uma euforia preencheu cada fresta do meu corpo.

Na volta para casa, só conseguia pensar em Devin e qual seria sua reação. Suas palavras quando transamos pela primeira vez ressoaram na minha mente.

Você acha que eu quero ficar preso a você desse jeito?

Ele me odiaria ou ficaria feliz? Muita coisa mudou desde a primeira vez. Estávamos juntos e apaixonados.

Como eu contaria para ele? Era um momento tão delicado para ele e sua família, com a segunda perda da mãe. Talvez um bebê fosse uma coisa bem-vinda para sua família *por causa* da perda dela.

Acho que meu sogrinho e Jenny ficariam em êxtase. Era com Devin que eu estava preocupada. Se um bebê não era algo que ele queria, teria que deixá-lo partir. Eu poderia fazer isso sozinha e podia cuidar de um bebê, financeiramente falando.

Decidi que, independentemente do que acontecesse entre mim e Devin, o bebê era uma bênção e o trataria como tal.

Quando estacionei em casa, fiquei sentada no carro e coloquei a mão sobre a barriga. Agora que eu sabia por que estava engordando, o peso extra não parecia uma maldição.

Quando entrei no apartamento, dei de cara com a minha mãe. Ela me assustou, e eu soltei um grito.

— Que merda, mãe! — Coloquei a mão no peito. — Vou trocar as fechaduras. Está tentando me matar do coração? — Abaixei-me para pegar minha bolsa caída.

— Onde você estava? Passei na Franklin's e você não estava lá. Liguei para o seu celular e você não atendeu. O que está acontecendo, Lilly? Parece que você não tem mais tempo para mim.

Pela segunda vez na minha vida, vi minha mãe abalada. A primeira vez foi quando meu pai foi embora.

— Está tudo bem, mãe, só estive ocupada. — Fui para a cozinha e peguei uma garrafa de água.

— E onde você estava? — insistiu.

— Eu tinha uma consulta com o obstetra.

Não falaria mais do que isso. Contaria à minha mãe quando fosse a hora certa, mas, de alguma forma, parecia errado contar a ela antes de contar ao Devin.

— Está tudo bem, suponho?

— Sim, tudo bem.

Ela me olhou por alguns instantes antes de, finalmente, suspirar alto.

— Tem alguma coisa que você não está me contando? — Ela começou a tamborilar as unhas recém-feitas no balcão da cozinha. — Desde que conheceu Devin, você está diferente. No começo, gostei de te ver feliz, mas agora sinto que está se afastando de mim.

— Não estou me afastando. Só tenho alguém com quem passar o tempo agora. Estamos apaixonados. — Exibi um grande sorriso feliz.

— Não seja ridícula, Lilly. Você não sabe o que é o amor. — Ela passou os dedos pelo cabelo com nervosismo.

Nunca tinha visto minha mãe parecer tão insegura e, agindo como estava, quase fiquei convencida de que o médico já tinha ligado para ela e contado a grande novidade.

— Acho que é hora de você parar de passar tanto tempo com Devin — decretou, impassível, como se eu fosse uma menina de quatorze anos que tivesse que ouvi-la.

Isso não aconteceria.

— Você ouviu o que acabei de dizer, mãe? Eu o amo. Passo todas as noites com ele.

Ela arregalou os olhos e me encarou com repulsa.

— Você está transando com ele? — Ela parecia tão furiosa que me afastei um pouco.

— Isso é pessoal. — Corei.

— Ah, meu Deus, você está! O que foi que eu fiz?

O que ela havia feito? Ela não tinha nada a ver com isso.

— Você não fez nada. Apenas aconteceu, mas ele é um cara legal e eu adoro a família dele. Não estou dizendo que vamos nos casar ou algo assim, pelo menos não logo, mas você precisa se acostumar com Devin presente na nossa vida agora.

Queria tanto contar para ela que ele era o pai de sua neta, mas não tiraria isso de Devin. Se eu fui a primeira a saber, então ele deveria ser o segundo.

— Sobre o meu cadáver! — ela gritou.

Nunca tinha ouvido minha mãe levantar a voz desse jeito, e isso me assustou de verdade. Talvez eu devesse estar mais preocupada com a reação dela ao bebê, e não tanto com a de Devin.

Ela nem sequer me deu a chance de responder, pegou a bolsa e saiu correndo pela porta.

Ela só precisava de um momento para esfriar a cabeça. Assim que tivesse algum tempo para relaxar, talvez fazer uma visita ao Spa, as coisas ficariam melhores. Em breve eu a convidaria para almoçar em algum lugar e a colocaria a par da grande notícia. Ela só precisava de mais tempo.

Sabia que Devin estava ocupado no trabalho, então não liguei, mas mandei uma mensagem.

> Eu: Saudade. Tudo bem se eu passar pra te ver um pouco mais tarde?

> Devin: Muita saudade. Claro! Mal posso esperar para ver seu rosto lindo. Termino o trabalho por volta das cinco.

> Eu: OK. Te vejo depois então.

> Devin: OK. Te amo, linda.

> Eu: Também te amo.

Eu contaria a ele naquela tarde. Colocaria todas as cartas na mesa e rezaria para que minha mão fosse boa o suficiente para ganhar o jogo.

Vinte e nove

MUDANÇAS DE REGRA

Devin

Olhei para a última mensagem dela.

> Também te amo.

Nunca achei que algum dia essas palavras me acalentariam. Eu amava Lilly e estava feliz. Pela primeira vez na vida, estava realmente contente. Manteria no fundo da memória o fato de que a mãe dela estava pagando nosso empréstimo, porque isso não importava mais. A mãe dela nunca contaria para ela, e eu decidi que também não contaria. Não importava como nos conhecemos. O fato é que nos conhecemos, e ela foi a melhor coisa que me aconteceu.

Estava ansioso para vê-la mais tarde. Não consegui parar de pensar nela o dia todo e planejava beijar cada centímetro de seu corpo com a maior calma.

Fiquei meio confuso por ela querer vir até minha casa, em vez de eu ir ao apartamento dela, como de costume, mas eu faria o que ela quisesse. Fazia tempo que não transávamos na minha cama. Era um saco ter que fazer silêncio por causa do meu pai e da Jenny, mas era bom do mesmo jeito.

Afrouxei as porcas e tirei o pneu furado de uma Caravan que trouxeram. O pneu precisava ser substituído, já que os arames estavam começando a se soltar. A mulher não tinha falado nada sobre substituir o pneu, mas ela tinha quatro filhos e não tinha como eu deixá-la sair daqui com o pneu em condições tão ruins.

Tiraria do meu bolso se fosse preciso, sem problema.

Estava cantarolando com o rádio e sem prestar atenção a nada ao meu redor quando ouvi uma porta de carro batendo.

A megera-demônio dobrou a esquina e transformou meu dia inteiro em uma merda.

— Você! — Ela apontou para mim. — Fique longe da minha filha, entendeu?

Seu rosto estava vermelho de raiva. Foi uma grande mudança em relação à sua natureza de megera discreta de sempre.

Então, compreendi o que ela tinha dito. Ela estava me dizendo para ficar longe de Lilly. Meu coração quase saiu pela boca e, de repente, ficou mais difícil respirar.

— O quê? — Tirei forças para fazer essa simples pergunta.

— Se quer seu dinheiro, fique longe da minha filha! Termine com ela. Eu não queria que isso fosse tão longe. Não achei que você começaria a gostar dela de verdade ou que ela realmente se apaixonaria. Quero coisa melhor para ela. Eu disse especificamente para você não encostar a mão nela e você fez isso mesmo assim!

Senti como se tivesse levado um tapa na cara. Por que Lilly escancararia nossos assuntos pessoais para o mundo, especialmente para a mãe megera? Parecia errado ela saber coisas tão delicadas sobre o nosso relacionamento.

— Eu a amo. Não vou terminar com ela. Fomos feitos um para o outro. — Tentei manter a calma e ser o mais respeitoso possível.

Ela era um pé no saco, mas era sua mãe e, se eu planejasse passar o resto da vida com Lilly, precisava começar a ser mais gentil com ela.

— Você não quer coisa melhor para ela? — Apontou para a oficina suja à nossa volta.

Queria que Lilly fosse feliz e sabia que podia fazê-la feliz. Eu não era o homem mais rico do mundo, mas, se eu sabia algo sobre Lilly, era que ela não se importava com coisas materiais. Ela me amava e queria ficar comigo. Poderíamos fazer isso dar certo juntos.

— Eu posso fazer a Lilly feliz — garanti, com calma.

— Se você gosta mesmo dela, vai ficar longe, e, se quiser essa casa, essa terra ou esse barraco que você chama de negócio, vai terminar com ela e nunca mais encontrá-la de novo.

Aquilo não estava acontecendo! Não podia estar acontecendo.

Calma, tranquilidade e respeito foram jogados direto pela porra da janela.

— Sua megera! Você gosta disso? Anda por aí e acaba com a vida das pessoas por prazer? Você não pode brincar com as pessoas desse jeito! Não vou fazer isso, não posso fazer isso. — Joguei a chave de roda longe e ela bateu em uma parede antes de cair no chão.

— Você vai fazer isso ou vai perder tudo. Vou garantir que Lilly não suporte ver você. É só ela descobrir que você a enganou. Não duvide que não sou capaz de pagar um qualquer para mentir por mim. — Ela estava começando a se acalmar, o que significava que achava estar em vantagem novamente. — Farei o que for preciso para resguardar o futuro da minha filha. Já escolhi um jovem ótimo para ela. Ele é advogado. Você consegue competir com isso? — Mais uma vez, ela apontou para a área da oficina. — Faça o que é melhor para ela, Devin, e desista. Se não, você não recebe nada e eu acabo com a sua vida.

Com essas palavras finais, ela se virou e foi embora. Não estava disposta a ouvir meu argumento e, sinceramente, eu estava cansado de discutir. Lilly era mais importante para mim do que a casa ou o negócio.

Já passou da hora de eu jogar as cartas na mesa. Estava cheio daquela megera me manipulando como uma marionete.

Contaria tudo ao meu pai, e à Jenny também, já que isso significava que provavelmente perderíamos tudo. Eles amavam Lilly tanto quanto eu e entenderiam; como uma família, nós resolveríamos as coisas. A única diferença era que agora eu incluía Lilly nessa situação.

Ela era meu futuro, meu tudo, e eu faria o que era melhor para ela. Recomeçaria em algum outro lugar e seria o melhor Devin possível para ela. Mesmo que isso significasse perdê-la, colocaria tudo em pratos limpos. Tinha a esperança de que ela entenderia. Tinha a esperança de que ela me perdoaria e poderíamos superar isso e começar de novo.

Terminei todo o trabalho na oficina e, quando meu pai chegou, limpamos um óleo velho e varremos o espaço em silêncio.

Quando terminei, entrei e tomei o banho mais quente que minha pele podia aguentar. Lilly chegaria em breve, e a possibilidade de a minha vida ser virada de cabeça para baixo pairava no ar.

Eu conhecia a Lilly. O que contaria para ela iria magoá-la, e só pensar em magoá-la eu me sentia nauseado. A última coisa no mundo que eu queria fazer era isso, mas, se quisesse me sentir seguro em nosso relacionamento, precisava ser feito. Eu tinha que contar a verdade.

— Está com cara de quem viu um fantasma. O que você tem na cabeça? — Jenny perguntou ao se jogar no sofá ao meu lado.

— Apenas pensando. E você? — perguntei, esperando mudar de assunto.

— Josh me beijou — ela soltou.

Dei toda minha atenção a ela.

— Você deu um soco nele? Será que eu preciso dar um soco nele?

Na Medida Certa

E daria. Sem questionamentos.

— Acho que gosto dele, Dev. — Ela corou, e ficou linda.

Minha irmãzinha, a moleca, a menina que podia acabar com todos os meninos da escola, corou. De repente, a sala ficou pequena.

— Bem, espero que sim. Vocês são amigos há muito tempo — falei, brincando.

— Não, quero dizer, eu *gosto dele* de verdade. Tudo bem? Quer dizer, você gosta do Josh?

Alarmes dispararam em todos os lugares da minha mente. Ela estava falando sobre namorar. Eu sabia que esse dia chegaria. Minha irmã é uma menina bonita, mas eu esperava que fosse acontecer depois da faculdade, depois de ela sair do estágio esquisito de aspirante a menino.

— Contanto que seja o que você quer, acho que tudo bem por mim. Se ele te magoar, eu quebro as pernas dele.

Ela veio mais perto de mim e pôs os braços em volta do meu pescoço.

— Não se preocupe, se ele me magoar, *eu* quebro as pernas dele. — Ela sorriu e me deu um beijo na bochecha.

Ela me daria muita dor de cabeça ainda.

— Escute, Jenny, preciso sentar e conversar com você e o pai esta noite sobre algo sério. Ok?

— Você vai pedir a Lilly em casamento? — perguntou, esperançosa.

— Seria meio precipitado, não acha? — Dei risada. — Não, não vou pedir a Lilly em casamento, mas é algo importante, então não fique na casa do Josh a noite toda, ok? E sem ficar dando amassos e merdas do tipo, só videogame, ou eu mato ele, entendeu?

Ela balançou a cabeça.

— Tá bom, tá bom… Estarei aqui. E se ele encostar um dedo em mim, quebro ele por você.

Eu ri, enquanto ela saía pela porta da frente e me deixava sozinho com meus pensamentos e medos. Hoje seria um dia em que o jogo viraria de todos os jeitos, e eu estava começando a me preocupar se ganharia ou não.

Trinta

NOTÍCIA IMPORTANTE

Lilly

Dirigi os trinta minutos até a casa de Devin com um sorriso enorme no rosto. Ainda não conseguia acreditar no quanto minha vida tinha mudado nos últimos dois meses. Eu costumava ser tão solitária, e agora tinha um cara maravilhoso na minha vida que eu amava do fundo do coração e uma bebê a caminho.

Tive o dia inteiro para pensar e cheguei à conclusão de que estava em êxtase com a criança. Já tinha começado a pensar nos nomes que eu gostava e em todas as coisas divertidas que compraria. Pensei em casas e em comprar um novo carro de "mãe".

Mesmo com todas as coisas boas passando pela cabeça, ainda estava preocupada se Devin ia querer ou não fazer parte disso tudo. Esperava do fundo do coração que ele quisesse.

Jenny seria uma tia perfeita, e meu sogrinho amaria nossa menininha mais do que tudo; mas e Devin? O que ele diria quando eu lhe contasse essa notícia maravilhosa?

O tópico crianças nunca foi trazido à tona, principalmente porque nosso relacionamento estava apenas no início, mas também porque era um tópico muito sofrido. Nunca foi uma possibilidade para mim, e eu sentia vontade de morrer só de pensar em como meu futuro seria solitário sem os pequenos correndo ao meu redor.

Parei em um sinal vermelho, rezando para que ficasse verde, e puxei a imagem do ultrassom que o médico imprimiu para mim. Eu estava doida para mostrar a ele e ver sua reação.

Parecia que o trajeto para a casa de Devin tinha ficado mais comprido. Quando cheguei em sua garagem, estava quase pulando para fora do carro e correndo para a porta da frente. Quando bati, um turbilhão de ansiedade me atingiu. E se ele não quisesse o bebê? E se quisesse uma família, mas não comigo?

Mas o que eu estava pensando? Ele era Devin Michaels, o homem mais doce, mais altruísta e amoroso que eu conhecia. Era o homem por quem eu tinha me apaixonado loucamente, com quem eu queria passar o resto da minha vida. Espantei todos os pensamentos ruins da cabeça e bati mais uma vez.

Ele abriu a porta, sorriu e segurou a porta, me convidando para entrar sem falar nada. A imagem do ultrassom estava queimando na minha mão. Tive que fazer um grande esforço para não abrir e jogá-la na cara dele com um grande sorriso.

— Ei, amor. — Eu me inclinei e dei um beijo nele.

Ele me beijou, me abraçou e me segurou por um bom tempo. Estava agindo de um jeito muito estranho, e, por um breve instante, entrei em pânico e achei que talvez, de alguma forma, ele já soubesse sobre a bebê. Era impossível, é claro, já que, além do médico, eu era a única que sabia.

Ele me soltou, deu um passo para trás e ficou olhando para mim, enquanto sentava no sofá. Sentei ao lado dele e segurei suas mãos. Ele nem percebeu a imagem na minha mão. Parecia tão nervoso quanto eu e, mais uma vez, me perguntei por quê.

— Pensei muito em você hoje. — Levei sua mão à boca e beijei sua palma suavemente.

— Também pensei em você. Eu te amo, Lilly — ele disse, sem muita emoção.

— Também te amo, Devin. Mais do que você imagina.

Desta vez, foi ele quem beijou minha mão. Colocou a palma fria da minha mão em sua bochecha e olhou para mim. Ainda não tinha notado a imagem dobrada na minha mão. Definitivamente, tinha alguma coisa errada.

— Preciso te contar uma coisa.

Alarmes soaram na minha cabeça.

— Preciso te contar uma coisa também. Por isso vim aqui, mas pode falar primeiro. O que tenho pra dizer pode esperar mais um pouco. Você está bem? O que foi, amor? — Me aproximei dele e o abracei.

— Não sei por onde começar — ele disse. — Acho que devo começar dizendo como te acho maravilhosa. Você é a mulher mais doce que já conheci, e agradeço a Deus todos os dias por ter te conhecido.

Ele estava começando a suar. Até suas mãos começaram a transpirar nas minhas. Ele pigarreou e puxou o colarinho.

Então, de repente, eu soube o que ele estava fazendo. Estava terminando comigo. Logo quando eu estava prestes a contar que teríamos uma filha, ele estava me dizendo que não queria mais nada comigo. Dava para sentir. Suas próximas palavras iam me destruir, e eu teria que voltar para casa com uma parte de Devin escondida em segurança dentro de mim.

Daqui a alguns anos, quando olhasse nos olhos da minha filha, eu o veria, e isso acabaria comigo, mas eu não deixaria isso me derrotar. Não podia pensar somente em mim agora e, mesmo que fosse a última coisa que fizesse, eu protegeria meu bebê, mesmo que isso significasse permanecer forte e não ficar arrasada com o nosso rompimento até depois que ela nascesse.

Sentei em silêncio e tentei disfarçar a preocupação, torcendo para que não transparecesse no meu rosto.

— Meu Deus, é muito mais difícil do que eu imaginava. — Sua respiração começou a ficar mais pesada. Ele sabia que suas palavras me abalariam.

Eu também sabia.

— Devin, você pode me dizer qualquer coisa. Não importa o que seja, eu vou entender. Apenas me diga o que há de errado, e eu vou consertar. Eu te amo, Devin, e eu…

Ele me interrompeu, levantando a mão para que eu parasse de falar antes de terminar a frase.

— Você vai me odiar quando eu falar. Prometa que não vai me odiar, só quero ser sincero com você.

Ele queria ser sincero… isso significava que tinha outra mulher na jogada. Eu tinha que me lembrar de ser forte quando ele contasse. Podia aguentar.

— Eu nunca poderia te odiar, Devin — sussurrei.

Era isso, o fim de nós. Ele estava prestes a terminar comigo.

— Você se lembra do primeiro dia em que nos conhecemos? — perguntou.

— Claro que lembro.

Era óbvio que eu lembrava, considerava um dos melhores dias da minha vida.

— Bem, não foi por coincidência que entrei na sua loja naquele dia. Sua mãe me disse para ir lá. Ela me disse onde você trabalhava e onde costumava ir. Ela facilitou as coisas para que eu conseguisse que você saísse comigo.

— Não estou entendendo — eu disse, confusão tomando conta do meu rosto. — O que minha mãe tem a ver com isso? Você se encontrou com ela poucas vezes.

— Conheci sua mãe antes de te conhecer. Eu a conheci no banco um dia. Estava fazendo papel de idiota, implorando ao banco para dar ao meu pai mais tempo para pagar a casa. A gente ia perder tudo, Lilly, tudo pelo que trabalhamos tanto. Devíamos oito mil dólares ao banco e perderíamos tudo. Não tínhamos esse dinheiro — declarou.

— Ainda não entendi o que a minha mãe tem a ver com tudo isso — eu disse.

No fundo, eu já sabia. Mas fiquei lá, sentada em silêncio, rezando para que ele não dissesse as palavras que me destruiriam completamente.

— O banco não aceitou. Eles me disseram que não havia nada que eu pudesse fazer além de pagar o saldo devido. Fiquei transtornado e dei um soco no gerente do banco. Fui preso, mas me soltaram pouco tempo depois, quando sua mãe pagou a fiança. Eu não fazia ideia de quem ela era. Eu a vi no banco antes de fazer o escândalo que fiz, mas fiquei chocado quando saí da prisão e a vi parada lá, esperando por mim, e bem… — Ele parou.

— Bem? — questionei.

Eu precisava ouvi-lo dizer. Precisava ouvi-lo me dizer que minha mãe o comprou para mim. Eu tinha que ouvir!

— Ela me fez uma proposta que eu não pude recusar.

Ok, então talvez eu não precisasse ouvir. Talvez ouvir isso fosse fazer eu me sentir como se alguém arrancasse meu coração do peito, jogasse-o no chão e cuspisse em cima dele.

— Quanto? — perguntei.

Afinal, eu não queria que ele terminasse. Podia sentir a bile subindo pela garganta. A sala de repente começou a girar. Deitei a cabeça no encosto do sofá e fechei os olhos, na esperança de que isso diminuísse a tontura.

— Quanto ela pagou para você dormir comigo? — perguntei, calmamente.

— Não foi bem assim, Lilly. Eu me apaix…

— Eu perguntei quanto! — gritei alto. — Qual foi o preço da minha virgindade?

— Não era para eu tocar em você. Era estritamente proibido, mas eu não conseguia me controlar ao seu lado. Você me deixa tão fraco. — Ele agarrou a parte superior dos meus braços como se quisesse que eu entendesse.

— Ah, mas eu posso adivinhar porque, eu sou tão *bonita* e *sexy*! — Joguei suas palavras contra ele. Fiquei enojada por tê-lo deixado me ver nua.

Só de saber que, provavelmente, o tempo todo ele não sentiu tesão por mim revirou meu estômago. Minha mãe não precisou amarrar uma costeleta de porco no meu pescoço para que o cachorro brincasse comigo; ela só teve que pagar o filho da puta!

— Você é, amor. Você é tão linda, e eu…

— Não se atreva a me chamar de amor! Não sou o seu amor, porra, e estou cansada das suas mentiras! Só me fala quanto! — Minha voz falhou e isso me deixou ainda mais puta.

Não queria explicações. Não queria ouvir nem mais uma palavra, exceto a soma de dinheiro que *eu paguei* para ter Devin na minha vida pelo curto espaço de tempo que esteve nela. Precisava saber quanto me custou para conceber minha filha.

Meu coração estava oficialmente partido, e doía mais do que ser chutada por uma gangue de líderes de torcida maldosas, era pior do que um homem adulto me espancando. Doeu como nunca tinha doído na vida.

— Vinte e três mil no total. Ela me deu três mil no começo, e eu deveria receber mais vinte quando… — Ele parou.

— Quando você o quê?

O fato de eu não conseguir chorar estava começando a me assustar. Pela primeira vez na vida, eu não teria problemas em me acabar de chorar. As malditas lágrimas eram bem-vindas, qualquer coisa que aliviasse a pressão no meu peito, mas nenhuma lágrima saiu. Em vez disso, eu apenas olhava para ele como uma louca.

— Você recebe mais vinte mil quando o quê, Devin? — grunhi.

— Quando eu terminar com você — ele sussurrou. — Mas agora que estou sendo sincero com você, provavelmente não vou receber o dinheiro, e não me importo mais. Não quero o dinheiro. Estou preparado para perder tudo… tudo menos você.

Quando ele disse essas palavras, em vez de ouvir: "eu te amo e não quero perder você", ouvi: "por que negociar com sua mãe quando posso apenas ficar com você e receber mais do que vinte mil? Por que foder com a mãe quando posso ter a filha que tem milhões?".

Ele ficou com a cabeça baixa o tempo todo. Claro que ele não podia me olhar na cara. Durante meses, ele me olhou e me disse coisas que nunca sonhei em ouvir de um homem. Meses!

Respirei fundo, tentando me acalmar.

A sala estava ficando pequena para mim. Eu precisava sair dali. Precisava correr para longe e nunca mais olhar para a cara dele, mas apenas o pensamento de ficar sem ele já fazia meu estômago começar a queimar.

Senti como se alguém tivesse acabado de tirar o ar de mim. Como minha mãe pôde fazer isso comigo? Como ela podia balançar algo tão

Na Medida Certa

perfeito na minha cara e depois roubá-lo de mim? Eu nunca conseguiria perdoá-la por isso.

Eu não estava respirando e a falta de oxigênio estava fazendo minha cabeça rodar.

Levantei-me depressa, e a sala girou ainda mais quando me virei para a porta. Senti o braço dele em mim para me ajudar a não cair, mas arranquei o braço como se seu toque me queimasse. E queimava. As lembranças de seu toque me queimavam por tudo.

— Me desculpa, Lilly — pediu.

Ouvi o que parecia ser tristeza em sua voz; outra encenação, suponho.

Então, ele estava na minha frente de joelhos, segurando minha mão.

— Por favor, me perdoe. Me desculpa. Por favor, me perdoe.

Era atípico ver Devin de joelhos implorando. Um homem tão linda-mente destruído, mas eu já tinha visto as pessoas fazerem pior por dinhei-ro. Dinheiro! Era o que fazia o mundo girar, e eu era muito sortuda mesmo de ter ele sido gentil o suficiente para me pegar e sair por aí com ele.

— Não se lamente, porque eu não lamento. Não me arrependo. Pelo contrário, eu deveria te agradecer.

Olhei para o rosto dele. Mesmo de joelhos, ele estava quase na altura dos meus ombros. Eu queria gritar com ele. Como ele pôde fazer isso com a gente? Vamos ter uma filha!

— Me agradecer? Pelo quê? — perguntou, confuso. — Sou uma pes-soa horrível e te magoei, não importa o que você diga, eu sei que te magoei. Eu só...

Eu o interrompi.

— Você fez o que tinha que fazer para cuidar da sua família. Fico feliz em poder ajudá-los. Vou garantir que sua dívida no banco seja paga.

Ele levantou a cabeça com violência e raiva no rosto. Ele parecia tão irado que, por um segundo, temi que me atacasse.

— Eu não quero o maldito dinheiro dela!

Dinheiro dela? Ele não sabia que era tudo meu?

Uma pontinha de esperança floresceu dentro de mim, mas a esmaguei bem e com força. Uma mentira... ele *ainda* estava mentindo! Ah, ele sabia, ele sabia que era meu e era por isso que estava de joelhos na minha frente, implorando.

— Por mais que você tenha me magoado, é simplesmente uma estupi-dez. Você me deu mais do que eu te dei, acredite em mim. — Pude sentir as lágrimas rasgando meus olhos.

O nó na minha garganta, de repente, ficou grande demais para engolir. Tentei limpar a garganta antes de continuar.

— O tempo que passamos juntos foi uma mentira, pelo menos para você foi — gaguejei.

— Não! Nem tudo que eu...

Eu o cortei de novo.

— Me deixe terminar. Mesmo que o tempo que passei com você tenha sido só uma encenação, eu não sabia disso, e prefiro ter um momento maravilhoso de realidade alterada, não importa o quanto fosse falso. Prefiro ter tido esse momento, mesmo sendo falso, do que não nunca ter vivido. Pelo menos agora posso dizer que sei como é estar apaixonada.

Não sei como, consegui sorrir através da minha dor. O líquido em meus olhos parecia que transbordaria a qualquer minuto, e não demorou muito para que eu sentisse as lágrimas escorrendo pelo rosto. Estava tudo acabado. Ele sairia da minha vida para sempre assim que passasse pela porta e entrasse no carro.

— Obrigada, Devin. Você nunca vai saber por que estou te agradecendo, mas saiba que, assim que eu sair por aquela porta, ficarei bem.

Eu ficaria bem, não tinha outra escolha.

Jurei a mim mesma que nunca o deixaria descobrir sobre a bebê. Seria apenas mais uma razão para que ele, do nada, quisesse ficar comigo. Achei que ele estava tão envolvido nisso quanto eu. Ele disse que me amava por dinheiro; eu não queria ouvi-lo mentir novamente por causa da nossa filha.

— Por favor, Lilly, não me deixe. Eu te amo tanto.

Suas palavras ecoaram como se tivessem sido gritadas através de um desfiladeiro profundo. Era assim que seria para sempre — eu de um lado e ele do outro. Não dava mais para ouvir suas mentiras. Cada vez que ele dizia que me amava, doía, porque eu sabia que não tinha nada a ver comigo e tudo a ver com o meu dinheiro.

Havia tantas coisas que eu queria dizer, mas nada sairia, exceto:

— Nunca vou ter certeza de que você está comigo por mim. Desculpe, Devin. Não dá.

Finalmente, dei uma boa olhada nele e vi as lágrimas em suas bochechas. Ele estendeu a mão e pegou a minha, mas seu toque me deixou nauseada. Afastei os dedos dele dos meus, me virei e saí.

Pude ouvi-lo me chamando atrás de mim, implorando para que eu lhe desse outra chance, mas o inferno teria que congelar antes que isso acontecesse.

Na Medida Certa

As lágrimas continuaram vindo enquanto eu caminhava até o carro. Assim que entrei, elas desceram com intensidade.

Eu sabia que levaria muito tempo até as lágrimas pararem. Nunca na minha vida tinha sentido esse tipo de dor. Cortou-me tão fundo emocionalmente que me machucou de forma física. Meu estômago doía, meu peito doía, tudo dentro de mim doía.

Eu estava morrendo por dentro?

Mas era isso. Era por isso que as pessoas tinham medo de se apaixonar, porque perder a pessoa que você ama doía mais do que qualquer outra coisa.

Chorei o caminho todo para casa.

Trinta e um

DIA DE PAGAMENTO

Devin

Prefiro levar uma surra cinco vezes por dia, todo dia, pelo resto da vida, do que sentir a dor que senti naquele momento. Quando Lilly saiu pela porta, e eu sabia que nunca mais veria seu rosto novamente, o pedacinho de mim que havia começado a florescer por causa dela morreu de repente.

Quando eu estava começando a me sentir vivo outra vez, Lilly pegou uma arma metafórica e atirou à queima-roupa no meu coração. Era como se ela nem tivesse me ouvido implorando. Ela apenas olhou para o nada, como se eu a tivesse destruído, e, no fundo, eu sabia que tinha. Não bastava ter sido despedaçado em um milhão de pedaços durante toda a minha vida, tive que arrastar uma pessoa perfeitamente intacta para o meu mundo e despedaçá-la também.

Minhas pernas de repente cederam, e desabei na varanda da frente. O fato de que eu nunca mais a veria de novo fez eu me sentir derrotado. Parte de mim gritava para ir atrás dela, mas eu sabia que ela não merecia isso, e nem queria. Ela merecia coisa melhor. Ela era boa demais para um merda como eu, e eu daria a ela a chance de ter uma vida melhor sem mim. Era o mínimo que eu podia fazer.

Estava prestes a perder o pouco que tinha. Só tinha pedaços partidos de um homem para oferecer a ela.

As luzes traseiras de seu carro desapareceram na estrada, e senti minha alma dar seu último suspiro. Ela foi embora. Acabou. E o melhor que eu podia fazer era deixá-la ir.

Voltei para dentro e desabei no sofá de novo. Uma parte de mim queria se afogar no armário de bebidas do meu pai, mas eu não merecia ficar anestesiado. Eu merecia sofrer, merecia sentir meu coração ruir dentro de mim.

Não sei quanto tempo fiquei ali olhando para o nada. O tempo deixou de existir, mas em algum momento, ouvi Jenny falando comigo. Ela estava estalando os dedos na minha cara, tentando me fazer reagir.

— Dev, você está me assustando, droga! O que está acontecendo? Juro por Deus que você vai me obrigar a beber!

Então, ela estendeu a mão para trás e deu um tapa na minha cara. A ardência causada por sua mãozinha fazendo minha cabeça balançar me despertou. Queria implorar para ela me bater de novo. Eu merecia apanhar.

— Ela foi embora — resmunguei, com a voz rouca.

— O que você quer dizer com ela foi embora? — Ela nem perguntou de quem eu estava falando, ela sabia. — O que você fez, Devin? — Estava em pânico.

Além de magoar Lilly, eu a arrastei para o meu mundo e permiti que meu pai e Jenny se apaixonassem por ela também. Eles também sofreriam. A perda também seria deles. Como não previ isso? Lilly tinha se tornado parte de nossa família, e eu, sozinho, arranquei de Jenny sua irmã, e do meu pai, sua filha. Era como eles a consideravam. Era o que ela tinha se tornado para eles.

Eu nem conseguia contar a Jenny o que tinha feito. Não queria que ela visse quem o irmão realmente era; não queria mais ver quem eu realmente era. Eu era pior do que qualquer palavra que pudesse pensar para me descrever; pior do que um merda, pior do que egoísta.

Nem respondi. Simplesmente me levantei, peguei as chaves do carro e saí. Não sei para onde planejava ir, mas acabei estacionado do lado de fora do apartamento de Lilly. Não saí do carro e bati à porta. Não fui implorar a ela como queria, só fiquei lá sentado. De alguma forma, saber que ela estava ao meu alcance me acalmava.

Em algum momento, adormeci sentado no banco do carro. Quando acordei, havia um passarinho no capô olhando para mim, me julgando. Massageei o pescoço dolorido e liguei o motor. Não havia necessidade de prolongar o inevitável. Eu tinha que ir para casa e dizer à minha família que era hora de começar a fazer as malas. Precisávamos resolver onde moraríamos, e eu tinha que começar a procurar emprego o mais rápido possível. Não pegaria o dinheiro daquela megera nem morto, nem se ela me oferecesse.

Quando cheguei em casa, meu pai estava sentado na mesa da cozinha tomando café da manhã. Joguei-me na cadeira de frente para ele, e ela deslizou pelo chão de linóleo.

— É, você tá parecendo que teve uma noite dos infernos — comentou, pegando uma garfada cheia de ovos.

— Talvez seja porque passei a noite lá. — Minha voz soava tão vazia quanto eu me sentia.

— Você precisa comer alguma coisa e tomar um banho. Não dá para reconquistar uma mulher com esse cheiro de cachorro. Então, quero que tire o resto do dia de folga, vá até lá e pegue nossa menina. — Ele se levantou e enxaguou o prato na pia.

— Pai, ela nunca vai me perdoar pelo que eu fiz. Você não sabe nem metade. Eu não a culparia se ela nunca mais falasse comigo. Eu amo a Lilly, então vou deixá-la. — Apoiei o cotovelo na mesa.

— Eu não estava falando da Lilly, embora, é claro que quero que vocês resolvam as coisas. Estava falando da nossa outra menina.

— Você já bebeu logo cedo?

— Não, estou sóbrio. Encontrei isso no chão. — Ele tirou uma imagem em preto e branco do bolso e deslizou-a sobre a mesa para mim. — Estou falando dessa menina.

Olhei para a imagem de ultrassom. Escrito em uma letra branca de computador estava a palavra *menina* com uma linha pontilhada apontando para uma mancha cinza no meio da imagem embaçada. O nome *Lilly Sheffield* estava impresso na posição vertical na lateral da imagem.

No começo, fiquei confuso. Lilly disse que não podia engravidar. No entanto, seu nome estava claramente impresso na imagem.

Era uma confusão, tudo desfocado, mas consegui distinguir uma perninha e um pezinho e, naquele momento, meu mundo caiu ao meu redor em pequenos fragmentos de luz branca e brilhante. Minha pele formigou enquanto os fragmentos choviam em mim. O oxigênio que eu estava prestes a expirar ficou refém em meus pulmões e meu coração, de repente, parou de bater.

Lilly veio ontem para me contar uma coisa. Ela queria me contar que teríamos um bebê. Ela provavelmente estava em êxtase, provavelmente estava mais feliz do que jamais havia estado em toda a sua vida quando apareceu na minha porta, e eu dei um soco em seu estômago com a verdade. Eu tinha esmagado essa felicidade num piscar de olhos.

Eu a fiz chorar. Deixei-a em estado de choque. Vi o choque em seu rosto. Eu a magoei mais do que talvez as outras vezes que tinha sido magoada. Minha agora ex-namorada, o amor da minha vida, a mulher que andava com meu coração confortavelmente aninhado dentro dela, e eu a fiz chorar.

Na Medida Certa

Tive um estalo. Levantei depressa e a cadeira deixou uma marca no linóleo. Meu pai estava me dizendo algo, mas não consegui ouvir e nada chegou ao meu cérebro. Minhas articulações ficaram rígidas conforme eu atravessava a casa até a porta da frente.

Acabei no apartamento da Lilly, mas ela não estava. Eu iria a todos os lugares que podia imaginar até encontrá-la. Precisava que ela soprasse minha existência de volta para dentro de mim e juntasse todos os minúsculos fragmentos de vida que flutuavam ao meu redor e os unisse de volta.

Eu me encontrei na porta da frente da mãe dela. Um homem mais velho de terno atendeu.

— Preciso falar com Lilly Sheffield.

— Me siga.

Ele se virou para sair andando e, como um cachorrinho, eu o segui. Estava me levando para ver Lilly e, quando chegasse até ela, a única opção possível para nós seria a de ficarmos juntos.

A última vez que estive nesta casa, fui expulso, e provavelmente seria expulso de novo, mas tinha que tentar qualquer coisa e tudo o que era possível para reconquistá-la. Sim, pelo bebê, mas também porque, desde o momento em que ela saiu pela porta da minha casa, eu não me sentia vivo. Eu queria viver.

Quando chegamos a duas portas de madeira marrons, o velho se afastou e fez sinal para que eu entrasse. A porta era pesada, mas se abriu sem fazer barulho. No fundo, algo estava me dizendo que tinha alguma coisa errada, e quando meus olhos se conectaram com os da mãe de Lilly em vez de Lilly, eu soube o porquê.

Como punhais, seu olhar me perfurou. Se isso fosse um desenho animado, haveria fogo saindo deles e me queimando até a morte. Tenho certeza de que meus olhos espelhavam os dela enquanto eu a encarava, sem piscar.

— Espero que você esteja orgulhoso de si mesmo — ela sibilou.

— Você está orgulhosa de si mesma?

Ela estava sentada atrás de uma mesa, pilhas de convites fechados em sua frente. Ao observá-la, notei seus ombros tensos, as olheiras ao redor dos olhos e uns fios de cabelo desarrumados. Ela estava chateada, e isso me deu a indicação de que tinha visto Lilly.

Eu me aproximei da mesa e fiquei lá.

— Onde ela está? — perguntei.

Ela não respondeu. Em vez disso, enfiou a mão na gaveta da mesa e puxou um pedaço de papel. Ela o estendeu para mim e eu o arranquei da mão dela.

— Acredito que é por isso que você veio aqui. Pegue e suma das nossas vidas. — Ela se virou como se estivesse me dispensando.

Olhei para o cheque na minha mão. Era de cinquenta mil dólares. A megera estava me subornando. Aquele pedacinho fino de papel resolveria a maioria dos meus problemas. Eu poderia descontá-lo e pagar o empréstimo e tudo ficaria muito bem, só que não. Enquanto eu não tivesse Lilly de volta, nada ficaria bem de novo.

Toda a dor que senti foi por causa desse cheque maldito. Uma onda repentina de raiva percorreu meu corpo e, antes que percebesse, estava rasgando o cheque na cara da Sra. Sheffield. Eu moraria na rua, mas não descontaria o cheque, e sabia que meu pai e Jenny me apoiariam. Eles não iriam querer aquele dinheiro, assim como eu. Eu queria a Lilly.

— O que você está fazendo? Ficou louco? — perguntou.

— Não quero seu maldito dinheiro. — Continuei rasgando o cheque em pedacinhos.

— Mas você vai perder tudo! — A expressão em seu rosto era quase cômica e, se eu estivesse de bom-humor, teria rido.

Não estava com vontade de rir, estava em uma missão.

— Eu já perdi tudo. Agora, me diga onde ela está.

Ela não respondeu. Só ficou lá olhando para mim como se eu fosse de outro planeta.

— Tudo bem, vou continuar procurando até encontrá-la.

Eu me virei para ir embora. Estava farto daquela megera e de toda dor que ela tinha causado a Lilly e a mim.

— Espere — gritou, atrás de mim.

— O quê? — grunhi, quando me virei para encará-la.

Ela balançou a cabeça por um instante, como se estivesse em choque.

— Você realmente a ama, não é? — perguntou, com delicadeza.

— O que você acha? — esbravejei e fui em direção à porta novamente.

— Espere, tenho algo para você. — Ela deu a volta na mesa e ficou diante de mim.

Seu olhar era mais afetuoso e seu sorriso discreto parecia verdadeiro. Por um segundo, fiquei surpreso com a súbita mudança nas expressões faciais dela.

Ela estendeu um pedaço de papel e, por mais que eu quisesse pegá-lo dela e rasgá-lo em pedacinhos também, parei e li. Era a escritura da casa e da oficina. O empréstimo tinha sido integralmente pago, e a propriedade estava agora no nome do meu pai.

Na Medida Certa

Fui tomado por uma fúria novamente e quase rasguei o papel.

Quem diabos essa megera achava que era?

— Eu já disse! Não quero sua caridade! Você é a dona agora! — exclamei, amassando o papel e o enfiando na mão dela.

— Devin, não fui eu. Lilly me pediu para garantir que você recebesse isso.

— Não entendi. Se você não…

Mas ela me interrompeu:

— Eu moro aqui, dirijo carros chiques e faço compras até cansar, mas o fato é que nada disso é meu. Lilly é dona de tudo, todas as casas, todos os carros e todo o dinheiro são dela.

Eu não acreditava no que estava ouvindo. Minha expressão era de choque. Lágrimas ardiam em meus olhos. Como ela não me contou isso?

— Lilly não gosta que as pessoas saibam — respondeu, como se tivesse lido minha mente. — Quando meus pais morreram, não tínhamos um bom relacionamento. Eles não estavam felizes com a maneira como eu estava criando Lilly. Verdade seja dita, eles tinham o direito de discordar. Eu era uma mãe horrível, ainda sou. — Um raro lampejo de fraqueza passou por seu olhar. — Eles deixaram tudo para ela. Lilly ainda gosta de viver como se não fosse rica, mas a verdade é que minha filha tem mais dinheiro do que conseguiria gastar em uma vida inteira.

Durante todo esse tempo, ela era uma herdeira rica e eu era apenas um cara sujo de uma oficina mecânica. Ali estava eu, achando que poderia fazer o certo por ela e fazê-la feliz, quando a verdade era que ela não precisava de *nada* de mim.

— Não acredito nisso…

— Devin, ela te ama. Está sofrendo e eu vou fazer algo, pela primeira vez na minha vida, que vai *fazê-la* feliz. Vou fazer exatamente o que ela me pediu para não fazer e te dizer onde ela está. — Ela parou e respirou fundo. — Ela ia fazer uma parada na Franklin's para pedir demissão e depois ficaria na nossa casa de praia por algumas semanas até se esquecer de tudo. É lá que você vai encontrá-la.

Ela se inclinou e rabiscou algo em um pedaço de papel e o entregou para mim.

— Este é o endereço. Vá fazê-la feliz. — E sorriu com tristeza.

Mais que depressa, eu estava no carro. Tive que fazer uma parada e depois estava a caminho da praia para ter o amor da minha vida de volta.

Trinta e dois

VALOR INESTIMÁVEL

Lilly

Eu nunca tinha falado com a minha mãe do jeito falei quando cheguei à casa dela. Depois de sair da casa de Devin, fui direto para lá. Tinha quase certeza de que quebrei alguns vasos antigos e estava confiante de que disse à minha mãe que nunca mais queria ver a sua cara.

Ela pediu perdão. Todos queriam perdão. Todo mundo achava que estava tudo bem brincar com a minha vida; eles achavam que eu simplesmente superaria e seguiria em frente. Bomba! Eu não precisava deles! Tinha minha própria filha a caminho e faria de tudo para que ela nunca se sentisse inadequada. Não importava como, ela saberia que era um milagre.

— Achou que eu era incapaz de encontrar alguém por conta própria? O que fez você pensar que precisava pagar alguém para ficar comigo? — Meus gritos ecoavam no chão de mármore do hall de entrada da minha mãe.

— Eu não pensei! Só queria te fazer feliz, Lilly. Vi a maneira como você olhou para aquele casal naquele dia no café e sabia que, não importava o que eu tinha que fazer, eu faria isso acontecer para você porque você merece!

— Mas você *pagou* a ele, como se fosse prostituição! Não era real, mãe! Não conta se não for real! Ele estava fingindo que gostava de mim, e agora estou apaixonada por ele! Como você acha que me sinto? — Lágrimas escorriam pelo meu rosto. — Eu sou tão repugnante assim para você? Alguma vez já teve orgulho de mim? — A comporta tinha se rompido.

Anos me sentindo inadequada e sendo provocada me esmagavam. Eu chorava tanto que meu peito ardia. Minhas palavras saíam em gritos soluçados. Chorava, porque não importava o que acontecesse, minha mãe nunca teria orgulho de mim. Chorava, porque tinha dado tudo de mim para um homem que estava fingindo, e chorava, porque, em menos de seis meses, eu teria que ver o rosto dele cada vez que olhasse para a minha filha.

— Repugnante? — perguntou, sem fôlego. — Lilly, você é muito mais do que minha filha para mim. Você é tudo que eu tenho. É a única pessoa no mundo que gosta de mim. Você é minha melhor e *única* amiga. Desculpe se não sei como demonstrar essas coisas. Desculpe se pareço uma megera fria e sem coração, mas é assim que eu sou. Você é a melhor coisa que já fiz na vida e tenho muito orgulho de você. Tenho um cofre no meu quarto com todas as coisas que você já fez para mim e todos os prêmios que já ganhou. Nenhuma mãe tem mais orgulho de uma filha do que eu.

Pela primeira vez na minha vida, a megera exterior da minha mãe rachou e ela chorou. Alcançamos um novo nível em nosso relacionamento de mãe e filha e, embora eu não a tenha perdoado, entendi melhor. Embora eu jamais faria da mesma forma que ela, sabia que iria querer a mesma coisa para a minha filha — felicidade completa e total.

Uma hora, contaria a ela sobre o bebê. Muita coisa tinha acontecido e eu queria um tempo para organizar as ideias primeiro. Tínhamos um longo caminho a percorrer, mas ela ainda era minha mãe. E estava tentando fazer o certo por mim do seu jeito, mesmo que fosse o jeito errado.

— Vou pedir demissão e depois vou ficar na casa de praia por um tempo. Preciso de um tempo, mãe, mas preciso que você faça uma coisa para mim. — Enfiei a mão na bolsa e peguei o documento que tinha redigido mais cedo naquela manhã.

Era a escritura da casa e da oficina de Devin. Tinha sido pago na íntegra e estava em nome do meu sogrinho. Era triste que um único pedaço de papel fosse a razão por trás de toda a minha dor, mas eu não o odiava. Alguma coisa boa tinha resultado da situação e, por mais que eu quisesse odiar minha mãe e Devin pelo que fizeram comigo, eles acabaram fazendo algo por mim também. Eu teria algo embrulhado em um lindo cobertor rosa em breve.

— Certifique-se de que Devin receba isso. — Entreguei o papel a ela. — E não diga a ninguém onde estou. Logo volto pra colocar minha vida em ordem.

A Sra. Franklin chorou quando eu disse que não cumpriria o aviso prévio. Tinha muita coisa acontecendo na minha vida e eu estava faltando demais ao trabalho, de qualquer maneira. Ainda compraria algo uma vez por mês para ajudá-la a ficar no azul, mas não tinha tempo para trabalhar lá. A Sra. Franklin tinha se tornado uma mãe para mim, e doeu fazer isso, mas ela entendeu.

Shannon, por outro lado, estava completamente em choque. Contei tudo e ela ficou puta por eu nunca ter contado sobre o dinheiro, mas, assim que verificou sua conta corrente, superou muito rápido. De qualquer modo, não tinha importância. Quando confirmei que estava realmente grávida, ela esqueceu tudo e foi direto para o modo "planejando um chá de bebê.

Sem mencionar que ela também estava me escondendo algumas coisas. Acabei descobrindo que ela e o amigo de Devin, Matt, estavam se vendo há um mês.

— É, boa sorte com isso. — Dei risada.

— Não preciso de sorte. Ele não vai entrar nessa calcinha até provar que merece. Acho que ele está em uma missão, e estou gostando de suas tentativas. É meio sexy.

A boa e velha Shannon e o idiota do Matt. Isso ia ser interessante.

Eu estava pegando todas as minhas coisas lá de trás e colocando itens em caixas quando a Sra. Franklin entrou.

— Ah, seu colar voltou. Queria ligar para você e avisar, mas estava uma loucura aqui.

Ela puxou uma caixinha.

— Meu colar?

Eu não fazia ideia do que ela estava falando.

— Sim. Diz aqui que você fez o pedido de gravação há pouco mais de um mês — comentou, olhando para um formulário de pedido.

Ela colocou a caixa na mesa e foi para a frente da loja quando a campainha tocou.

Abri a caixinha e lá dentro estava o medalhão que Devin havia comprado no dia em que o conheci. *Lilly* estava gravado do lado de fora da tampa de prata. Limpei a garganta e engoli em seco. Estava com medo de ler o que estava escrito dentro — medo de mais mentiras.

Empurrei o medalhão para o lado e ele se abriu. A gravação surgiu e meus olhos se encheram de lágrimas.

> *Você será para sempre inestimável para mim.*
> *Eu te amo.*

Fui caindo sentada em uma cadeira velha enquanto as lágrimas saíam com mais intensidade. Segurei o colar nas mãos e relembrei o primeiro dia

Na Medida Certa

em que vi seu rosto. Eu considerava um dos melhores dias da minha vida.

Li o interior do medalhão novamente e doeu. Era uma mentira também. Eu não era inestimável para ele.

— Você é. — Ouvi Devin sussurrar como se tivesse escutado meus pensamentos.

Olhei para cima e o vi parado na minha frente com um olhar de muita preocupação estampado no rosto. Ele parecia não ter dormido e seus olhos estavam inchados e vermelhos. Era estranho vê-lo assim, já que geralmente ele era tão calmo e tranquilo.

Ele caiu de joelhos na minha frente e segurou minhas mãos. Eu queria afastá-lo. Queria fugir, mas estava tão fraca. A parte de mim que se sentia atraída por ele, a parte apaixonada por ele, era muito mais forte do que minha vontade de sair.

— Eu estava vindo pegar isso. — Ele passou o dedo sobre a corrente do medalhão. —Para levá-lo para você. Acho que nunca fiquei tão feliz em ver seu carro estacionado aqui na frente. — Ele respirou fundo e seu rosto desmanchou diante dos meus olhos. — Eu sei sobre o bebê.

Eu sabia que ele descobriria quando me dei conta de que deixei cair a imagem de ultrassom em sua casa acidentalmente. Depois de pensar a noite toda, decidi que contaria a ele de qualquer maneira. Meu sogrinho e Jenny não gostariam de ficar de fora da vida do bebê, e eu queria que eles fizessem parte disso.

— Fui te contar sobre ela ontem. Eu não menti para você, Devin. Me disseram que eu não podia ter filhos. Nunca tentaria prendê-lo dessa maneira, e não vou te pedir nada, prometo.

— Ela. — Ele baixou a cabeça ao dizer a palavra antes de olhar para cima com lágrimas nos olhos. — Quero estar presente. Por favor, deixe eu estar na vida dela… e na sua.

— Eu gostaria que ela fizesse parte da sua família — afirmei.

Observei seus ombros relaxarem visivelmente um pouco.

— E você? — sussurrou. — Você vai fazer parte da minha família também?

— Não sei. Você ao menos gostava de mim, Devin, ou era tudo por causa do dinheiro? — Olhei nos olhos dele e rezei para ver sinceridade.

Suas pálpebras se fecharam e tremeram por um instante, e então ele correspondeu ao meu olhar.

— Antes de te conhecer, eu mal existia. Depois que minha mãe foi embora, passei todos os dias da minha vida sentindo que nunca mais veria a luz; era como se cada parte de mim estivesse indo em um milhão de direções diferentes ao mesmo tempo. Aí eu te conheci, e tudo dentro de mim ficou em equilíbrio. Você é a luz em cada parte sombria da minha alma, e sou atraído pelo seu afeto. Eu estava tão despedaçado antes de você e, não sei como, você me conserta. Talvez eu devesse me arrepender, mas não me arrependo de ter aceitado a oferta da sua mãe. Você é a melhor coisa que já aconteceu comigo e não consigo me arrepender disso. — Ele abaixou a cabeça no meu colo e chorou. — Só sei que sinto muito por ter te magoado e, se tiver que passar o resto da vida compensando isso, eu vou. Qualquer coisa que eu tenha que fazer para ficar perto de você, eu vou fazer. Porque, sinceramente, quando não estou perto de você, sinto que vou desmoronar novamente.

— E o dinheiro? — perguntei, com a voz rouca.

— E o dinheiro? Não dou a mínima pro seu dinheiro. Não faz nem meia hora eu estava rasgando um cheque de cinquenta mil dólares e estava pronto para morar na rua. Só me importo com você e o bebê. Trabalho desde os treze anos e vou trabalhar pelo resto da minha vida. Só quero cuidar de você e do nosso bebê. — Ele colocou a mão de leve sobre a minha barriga. — Por favor, me dê outra chance, linda. Eu te amo tanto.

Seu amor me preencheu e, por alguma razão louca que eu não entendia, acreditei em cada palavra. Talvez eu fosse uma idiota, talvez me xingasse nos próximos anos, mas amava Devin e queria me sentir como ele fazia eu me sentir pelo resto da vida.

— Eu também te amo, Devin.

Estendi a mão e enxuguei a única lágrima que escorria por sua bochecha, e ele me abraçou e enfiou o rosto no meu pescoço.

— Eu quase perdi você — ele sussurrou.

— Quase, mas agora você está preso comigo. Eu estarei grávida e irritada e você vai adorar.

Ele sorriu em lágrimas para mim.

— Parece perfeito. — Ele se inclinou e beijou minha barriga antes de se aproximar e me beijar suavemente nos lábios.

Na Medida Certa

Epílogo

Devin

Trabalhei até tarde na oficina com o meu pai. Estávamos atolados e, como Jenny estava vindo da faculdade para casa para ficar aqui por alguns dias, precisávamos terminar tudo. Quando cheguei em casa, todas as luzes estavam apagadas e imaginei que todos dormiam.

Estacionei na garagem da nossa casa de três quartos e me senti extremamente feliz por estar em casa com minha família. Certifiquei-me de fechar a porta da frente sem fazer barulho, já que a última coisa que eu queria era acordar Emma.

Entrei de fininho no quarto e, sem acender as luzes, atravessei o cômodo escuro e fui para o chuveiro.

Depois do banho, fui até o meu lado da cama e acendi o abajur. A luz fraca iluminou uma pequena parte da cama, mas foi o suficiente para ver minha linda esposa dormindo. Seus cabelos escuros se esparramavam sobre o travesseiro, e um leve rubor deixava suas bochechas macias rosadas.

Em vez de estar em sua cama em seu quarto, Emma estava enrolada ao lado da barriga grávida de sua mãe, com a mãozinha de três anos de idade embaixo do queixo.

Era uma visão tão bonita que eu não queria movê-las para abrir espaço para mim. Os olhos de Lilly se abriram quando ela percebeu que eu estava reposicionando Emma.

— Ei, amor. — Ela me deu um sorriso sonolento. — Desculpe, ela teve um pesadelo. — Ela passou os dedos pelos cabelos de Emma.

— Tudo bem, minha linda. — Eu me inclinei e dei um beijinho nela. — Volte a dormir. Você precisa descansar o máximo possível.

Ela se virou de lado para ficar de frente para mim e enfiou o braço debaixo do travesseiro.

— Minha mãe passou aqui hoje. — Apoiou a outra mão na barriga e sorriu. — Ela levou Emma ao parque por algumas horas. Quando voltaram, minha mãe tinha lama por toda a calça. Foi tão engraçado.

— Coitada da sua mãe, não tem a menor chance com Emma. Ela é tão parecida com a Jenny. — Estendi a mão e passei os dedos pela bochecha macia da minha filha antes de pousá-la na barriga de Lilly.

Senti um golpe leve na palma da mão e sorri.

Lilly assoviou baixinho e balançou a cabeça.

— Ele fez isso o dia inteiro. Acho que está pronto pra sair. — Fez carinho na barriga.

— Ele vai ser durão como o pai. — Sorri com orgulho.

— É, como se eu pudesse lidar com um mini você correndo por aí. — Ela riu.

Adorei a risada dela. Eu amava tudo nela. Coloquei uma mecha de cabelo escuro atrás de sua orelha.

— Você é a única pessoa no mundo que sabe como lidar comigo. — Eu me inclinei e dei um beijo nela.

— Imagine como seria o mundo se eu não estivesse aqui para amansar você. Isso aumenta o meu valor para a comunidade. — Ela riu.

— Não, baby, isso te torna na medida certa.

Agradecimentos

Para mim, essa é a parte mais difícil de escrever um livro. Contar uma história é a parte fácil, mas sentar e tentar agradecer às pessoas que apoiaram você é muito difícil, especialmente quando você viveu uma vida cheia de pessoas maravilhosas. Dito isto, vou fazer uma tentativa.

Pode parecer estranho, mas, em primeiro lugar, gostaria de agradecer a qualquer pessoa que já disse alguma grosseria para mim sobre o meu peso. A minha vida inteira sempre estive acima do peso, então isso aconteceu muito no meu mundo. Na época, as coisas que você me disse machucaram muito, mas, olhando para trás agora, fico feliz que você as tenha dito. Você, por si só, alimentou esta história. Plantou a ideia em minha mente e a regou toda vez que me disse uma coisa que me magoou. Então, obrigada.

Em segundo lugar, gostaria de agradecer às minhas leitoras beta, Mary Smith, Melissa Andrea, Ruthi Kight e Katy Austin. Vocês, senhoritas, são incríveis, e eu aprecio as mensagens tarde da noite e suas opiniões sinceras. Sou muito abençoada por ter conhecido pessoas tão maravilhosas ao longo de todo o processo de publicação. Fico impressionada com todo o apoio que recebo de pessoas que nunca conheci pessoalmente. Mais uma vez, muito obrigada, pessoal.

Para todos os blogueiros que entraram na *The Fat Bitches Blog Tour* e para todas as pessoas próximas e distantes que me ajudaram a promover ou que apoiaram meu trabalho: eu amo todos vocês mais do que vocês podem imaginar.

Para Tabitha Short, obrigada por escolher e encontrar todas as palavras ou vírgulas que faltavam. Além disso, obrigada por me ajudar a encontrar novos nomes para o ponto de prazer feminino. Você é incrível, garota!

À Regina Wamba, por ser tão incrível com a arte de capa original. Tudo o que você toca fica visualmente deslumbrante, e fico muito feliz de ter seu nome encantador ligado ao meu trabalho. Obrigada pela minha capa linda!

Por último, mas não menos importante, ao meu maravilhoso marido, Matthew. Você pegou a menina insegura que eu costumava ser e a transformou na mulher confiante que sou hoje. Obrigada por me dizer que sou linda todos os dias nos últimos onze anos da minha vida, e obrigada ainda mais por ser sincero em relação a isso. O amor que você demonstrou para mim ao longo dos anos me alimentou e me ajudou a florescer. Eu te amo, amor.

Quente e Pesada

LIVRO 2 DA SÉRIE CRÔNICAS SOB MEDIDA

Às vezes, só um pouquinho de calor é o bastante para iluminar um coração pesado.

Shannon Daniels tem medo de homens, mas quando Matthew Ellis literalmente cai em seu colo, medo é a última coisa que ela sente. Pela primeira vez em anos, ela deseja um homem e tem planos de tirar vantagem de seu novo querer. Ela arma um plano para satisfazer sua fome súbita, mas dançar com o diabo faz você ganhar mais do que uma viagem só de ida para o inferno, e Shannon descobrirá rapidamente que até as melhores estratégias para transar dão errado.

Matthew Ellis jura que nunca ficará preso nas garras de uma mulher. Depois de um devastador término, está determinado a morrer solteiro. Quando conhece Shannon, uma ruiva gordinha com personalidade explosiva, decide adicioná-la à sua lista de conquistas. A boa notícia é que ela concorda com um flerte quente e pesado. A má notícia é que, pela primeira vez desde que era adolescente, ficar preso não parece tão desagradável.

A The Gift Box é uma editora brasileira, com publicações de autores nacionais e estrangeiros, que surgiu no mercado em janeiro de 2018. Nossos livros estão sempre entre os mais vendidos da Amazon e já receberam diversos destaques em blogs literários e na própria Amazon.

Somos uma empresa jovem, cheia de energia e paixão pela literatura de romance e queremos incentivar cada vez mais a leitura e o crescimento de nossos autores e parceiros.

Acompanhe a The Gift Box nas redes sociais para ficar por dentro de todas as novidades.

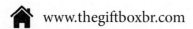 www.thegiftboxbr.com

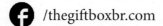 /thegiftboxbr.com

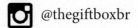 @thegiftboxbr

 @GiftBoxEditora

Impressão e acabamento